Une vérité aux yeux tendres

TRACY WOLFF

Une vérité aux yeux tendres

PRÉLUD'

éditions HARLEQUIN

Collection : PRÉLUD'

Titre original : DESERVING OF LUKE

Traduction française de MARIE-PIERRE CORRIN

HARLEQUIN®
est une marque déposée par le Groupe Harlequin
PRÉLUD'®
est une marque déposée par Harlequin S.A.

Photo de couverture
Enfant : © RUBBERBALL / GRAPHIC OBSESSION

83-85, boulevard Vincent-Auriol 75646 PARIS CEDEX 13.
Service Lectrices — Tél. : 01 45 82 47 47
www.harlequin.fr
ISBN 978-2-2802-4709-2 — ISSN 1950-277X

Chapitre 1

— Luke ?

Paige jeta un regard circulaire autour d'elle.

— Luke ? Où es-tu ?

Il ne pouvait pas être bien loin… Sans doute deux allées plus bas, à vérifier au rayon des jouets que la sélection valait la peine de s'y attarder. Il y avait tellement de tentations dans ce magasin : rien que les petites voitures, jamais elle n'aurait pu imaginer qu'il pouvait y avoir un tel choix !

Pas de Luke en vue quand elle arriva dans le rayon…

Bon, se raisonna-t-elle, en dépit de la sourde appréhension qui commençait à lui serrer le ventre, il restait encore le kiosque à glaces. Le petit garçon était particulièrement gourmand, surtout lorsqu'il s'agissait de glace à la fraise.

Quel danger pourrait-il courir, dans ce magasin familial de la petite ville de l'Oregon où elle avait passé son enfance ? Ici, on était loin des énormes supermarchés de Los Angeles où Luke était né et où ils avaient vécu. Et puis, à huit ans, il était capable de se débrouiller et il connaissait les consignes. Il savait qu'il ne devait pas parler aux gens qu'il ne connaissait pas. Il savait aussi que si, pour une raison ou pour une autre il venait à être séparé d'elle, il devait rester sur place. Cela ne s'était encore jamais produit, mais il y avait toujours une première fois…

Que pouvait-il lui arriver ici ? Rien. Pourtant, elle accéléra le pas, malgré elle, surtout lorsqu'elle ne le vit pas non plus dans le rayon des bonbons. Non seulement il n'y était pas mais de toute évidence, il n'y avait pas mis les pieds. Il suffisait de voir que rien n'avait été touché. Il était sûrement arrivé quelque chose !

Son cœur s'emballa et malgré ses efforts pour se raisonner et rester calme, elle fut positivement saisie de panique en quelques minutes.

Elle ne pouvait s'empêcher de repenser à sa propre enfance ici, à Prospect, et aux ennuis qu'elle y avait connus. Des pensées, toutes plus effrayantes les unes que les autres, se bousculèrent dans sa tête et c'est en hurlant carrément qu'elle se précipita vers la sortie.

— Luke ! Luke ! Réponds ! Où es-tu ?

Oh non ! Ce n'était pas possible ! Ce n'était pas en train de lui arriver ! Pas à elle… Même dans cette petite ville de province sans histoire, n'importe quoi pouvait arriver à un enfant de huit ans ! Eugene n'était pas si loin. Ni Salem ou encore Portland, autant d'endroits où le crime crapuleux prospérait et croissait à vue d'œil.

— Luke ! Luke !

Elle se mit à courir comme une folle, essayant en vain de chasser les pensées horribles dont elle était assaillie, fouillant du regard chaque coin du magasin, chaque allée.

Les autres clients la dévisageaient, murmurant entre

eux, hochant la tête d'un air désapprobateur, et il n'était pas bien difficile de deviner ce qu'ils se disaient à voix basse. Mais elle n'en avait cure. Pendant les dix-sept premières années de sa vie, on en avait raconté sur son compte, des ragots ! Jusqu'à ce qu'elle quitte cette petite ville, seule et sans un sou et surtout, comble de la honte, enceinte. Alors un peu plus ou un peu moins… Que tout recommence, à peine y avait-elle remis les pieds, ne l'étonnait guère. C'est même le contraire qui aurait été surprenant.

Il y a des choses qui ne changent jamais…

Au moins, cette fois, ils avaient de bonnes raisons de parler derrière son dos, car elle devait avoir l'air d'une démente à courir comme ça à travers tout le magasin. Personne ne se doutait qu'elle cherchait son petit garçon, cela dit. S'ils l'avaient compris, peut-être l'auraient-ils aidée à le retrouver, pour s'assurer qu'il ne courait aucun danger. C'était tout ce qui comptait, le reste, elle s'en moquait ! Elle n'était pas revenue à Prospect pour leur plaire.

Bien sûr, personne ne s'enquit de son problème, personne ne proposa son aide.

Seigneur, où Luke pouvait-il bien être ?

Elle avait parlé à peine quelques minutes avec Mary Beth Peters, quelques minutes pendant lesquelles Luke avait disparu. Comment était-ce possible ? Comment son fils avait-il pu se volatiliser en moins de cent quatre-vingts secondes ?

Mais aussi, pourquoi donc s'était-elle laissé distraire par Mary Beth ? Elle n'était même pas une amie ni même quelqu'un qu'elle appréciait. Juste une vague connaissance. Même quand elles étaient à l'école ensemble, elles n'avaient rien eu en commun. Mary Beth était la fille la plus populaire de tout l'établissement. Quant à elle-même… On ne pouvait pas dire qu'elle n'était pas populaire, car elle l'était d'une certaine manière. Mais d'une manière toute différente.

Si elle s'était arrêtée lorsque la jeune femme l'avait interceptée, c'était uniquement par politesse. Inutile de faire des vagues, de rajouter de l'eau au moulin des racontars, d'autant que sa sœur Penny habitait dans la région. Elle y serait encore longtemps après que Paige et Luke seraient rentrés chez eux. Et ce n'était pas en se mettant les habitants à dos qu'elle parviendrait à se réconcilier avec sa sœur.

Elle était presque arrivée au bout du magasin. Si Luke n'était nulle part, que ferait-elle ?

La panique avait atteint son paroxysme ; elle se sentait glacée. S'il n'était plus dans le magasin, elle n'aurait plus qu'à se rendre au bureau du shérif. Pour lui, ce ne serait qu'un fait divers parmi tant d'autres. Il prendrait sa déposition avec indifférence, lui demanderait de lui décrire l'enfant, les vêtements qu'il portait au moment de sa disparition. Elle lui décrirait le sweater violet et jaune avec une capuche, celui qu'elle avait payé les yeux de la tête pour ses huit ans et qu'il ne quittait pas.

Oh non ! C'était trop horrible ! Une chose pareille ne pouvait pas être en train de lui arriver.

— Luke ! hurla-t-elle une fois encore, indifférente aux regards qui se tournaient vers elle.

C'est alors qu'elle l'aperçut.

— Luke…

Elle resta sur place quelques secondes, se frottant les yeux pour s'assurer qu'elle ne rêvait pas, que c'était bien lui et non pas un mirage, une projection de son esprit tourmenté. Non, c'était bien son fils, son petit garçon si beau, si extraordinaire, même s'il avait une forte propension à faire des bêtises. Il était assis devant le rayon des bandes dessinées, les écouteurs de l'iPod offert par sa tante Penny la veille rivés sur les oreilles, plongé dans le dernier album des aventures de son héros favori.

Elle dut cligner des yeux plusieurs fois pour en chasser les larmes qui lui brouillaient la vue. C'était étrange, ces larmes… Cela faisait des années qu'elle ne s'était pas accordé le luxe de pleurer. Pendant si longtemps, il n'y avait eu que Luke et elle, seuls contre le monde. A quoi lui aurait-il servi de pleurer ?

Paige ne se précipita pas vers son fils, ne l'enveloppa pas dans ses bras, ne le serra pas contre elle avec toute la force de son amour comme elle brûlait pourtant de le faire. Non, il lui fallait d'abord contrôler ses émotions. D'une part pour ne pas montrer son inquiétude à Luke et d'autre part parce qu'on ne se comportait pas de la sorte à Prospect. Que diraient les gens ?

Luke choisit ce moment pour lever les yeux de sa page. En l'apercevant, son petit visage à l'expression un peu trop mûre pour son âge s'illumina aussitôt.

— Hé, maman ! Regarde, c'est le dernier !

Il bondit sur ses pieds et courut vers elle.

— Tu veux bien me l'acheter ?

Au lieu de l'attraper dans ses bras, elle écarta doucement de son oreille l'un des écouteurs.

— Luke… Tu disparais de ma vue sans me prévenir, dans un lieu public, et tu voudrais que je te récompense ?

Elle eut beau utiliser le ton le plus sévère qu'elle put,

sa voix tremblait tant, comme tout son corps d'ailleurs, que l'effet escompté en fut considérablement atténué.

Luke cependant ne fut pas long à comprendre.

— Oh ! Maman, je te demande pardon ! s'écria-t-il, tout contrit de lui avoir créé tant d'inquiétude. J'étais parti à la recherche de ces bonbons horribles en forme d'yeux pour Halloween, tu sais… ceux que j'adore et que tu détestes… Et puis j'ai vu les livres. Je ne pensais pas que tu t'inquiéterais… Je ne voulais pas te faire peur.

Malgré ses efforts pour se montrer sévère, comment pouvait-elle résister face à un repentir aussi sincère ? Elle lui prit l'album des mains et l'entraîna jusqu'au chariot qu'elle avait laissé un peu plus haut dans l'allée. A quoi bon en faire toute une histoire ? se dit-elle en jetant le livre parmi le reste de ses achats. Luke n'était pas coutumier du fait et elle était tellement heureuse de l'avoir retrouvé sain et sauf qu'elle lui aurait accordé n'importe quoi. Après tout, c'était elle qui l'avait arraché à son environnement habituel et l'avait traîné dans cette bourgade pour y passer un été interminable. Elle pouvait bien lui offrir cette bande dessinée, si ça pouvait l'aider à passer le temps.

— Ne me refais jamais un coup pareil, Luke, c'est compris ? Tu es parti sans rien me dire, et je me suis fait du souci. Je t'ai cherché partout dans le magasin en t'appelant à tue-tête. Mais bien sûr, tu n'as rien entendu avec ta musique dans les oreilles !

Luke jeta un regard en coin aux deux garçons sensiblement du même âge que lui, qui se tenaient un peu plus loin et les dévisageaient comme s'ils venaient de débarquer de Mars.

— Moi qui voulais faire bonne impression en arrivant ici, dit-il piteusement, on ne peut pas dire que ce soit vraiment réussi…

A quoi bon lui expliquer que s'ils le regardaient ainsi, cela n'avait sans doute rien à voir avec ce qui venait de se passer, songea Paige. C'était bien plus probablement à cause des horreurs que leurs mères avaient dû leur raconter à son sujet.

Une fois qu'on vous avait collé une étiquette, à Prospect, il était pratiquement impossible de s'en débarrasser. Même si neuf longues années s'étaient écoulées depuis son départ, personne n'était apparemment prêt à lui accorder le bénéfice du doute. Elle resterait toujours cette fille Matthews qui venait du mauvais côté de la rivière. Une enfant sauvage que sa mère avait conçue pendant que son mari servait son pays au-delà des mers.

Elle avait eu beau faire tous les efforts possibles, cela n'avait servi à rien. Les gens continuaient de la regarder du même œil. Alors au bout du compte, elle avait pris la décision de leur en donner pour leur argent. Elle s'était retrouvée bien seule mais cela s'était avéré beaucoup plus satisfaisant que de pleurer toutes les nuits jusqu'à l'épuisement, comme elle l'avait fait un temps.

Qu'est-ce qui lui avait pris de revenir ? se demanda-t-elle une fois encore, en se remémorant ces bribes du passé. Elle repensa à tous ces gens qui chuchotaient derrière son dos, aux faveurs qu'elle accordait trop volontiers aux garçons, par peur d'être rejetée, par besoin d'affection, de compter pour les autres ou du moins d'en avoir l'illusion.

Pourquoi avait-elle laissé Penny la convaincre de remettre les pieds dans ce petit bourg de province ?

La question lui trottait dans la tête depuis qu'elle y avait débarqué la veille avec Luke. Depuis bien avant, même, en toute honnêteté. Pour tout dire, elle n'avait pas encore raccroché le téléphone, après l'appel de sa sœur, qu'elle avait compris l'erreur monumentale qu'elle venait de commettre. Si elle avait accepté de venir, finalement, et si elle avait gardé le pied appuyé sur la pédale de l'accélérateur, résistant à la tentation de faire demi-tour, c'était parce qu'elle avait senti combien Penny avait besoin d'elle. Si cette dernière lui tendait la main, après toutes ces années de silence, elle ne pouvait pas lui tourner le dos en réponse.

— Viens, Luke. On s'en va.

Elle guida son fils vers la caisse.

— Tu sais très bien que tu ne dois pas t'éloigner de moi comme ça. Tu ne sais pas ce qui pourrait t'arriver, surtout dans un endroit que tu ne connais pas.

— Enfin, maman ! Il doit y avoir cinq habitants à tout casser, ici ! Comment veux-tu qu'il m'arrive quelque chose ?

— Ne dis pas de bêtise ! Il y a plutôt cinq mille habitants à Prospect. Et puis, comment peux-tu être aussi certain que rien ne peut t'arriver ? Personne ne peut affirmer ce genre de chose…

Elle était bien placée pour le savoir. Il lui en était bien arrivé, à elle, des choses, dans cette petite ville endormie de bord de mer. Suffisamment pour qu'elle prenne ses jambes à son cou et en parte sans se retourner.

Jusqu'à cet appel au secours lancé par Penny, qui s'était tournée vers elle en désespoir de cause, trop effrayée pour demander de l'aide à leurs parents.

Comment Paige aurait-elle pu ignorer sa soudaine

vulnérabilité, sa peur même ? Elle avait tourné le dos à sa sœur une fois, avait littéralement coupé les ponts avec elle, parce qu'elle n'avait pas eu d'autre solution. Parce que c'était pour elle une question de vie ou de mort. Mais c'était autrefois. Elle avait changé. Elle était devenue plus forte. Et même si cela devait lui coûter un peu de l'équilibre qu'elle avait payé si cher à construire, elle ne lui tournerait pas le dos, cette fois.

Luke dut sentir dans sa voix une intonation qui en disait plus long que les mots, car il se rangea à ses raisons sans discuter pendant des heures contrairement à son habitude.

— Je suis vraiment désolé, maman, dit-il avec un sérieux attendrissant.

— Je sais et je te crois, mon chéri. Mais tant que tu ne connais pas la ville, je te demande de rester avec moi. D'accord ?

— D'accord… Je te promets que je ne recommencerai pas, fit-il en posant sur elle ses grands yeux emplis d'un remords sincère.

— Parfait, parce que la prochaine fois je ne serai pas aussi gentille !

Tout en parlant, elle lui frottait le dos affectueusement et se pencha pour déposer un baiser sur ses boucles noires indisciplinées, le cœur gonflé de gratitude. Cet enfant était un vrai miracle ! La lumière de sa vie ! Pourtant, lorsqu'elle avait appris que ce serait un garçon, elle s'était effondrée en larmes et avait sangloté devant le médecin médusé. Les hommes l'avaient fait tant souffrir qu'elle ne pouvait imaginer rien de pire.

Mais dès qu'il était né, dès qu'elle avait pu le tenir contre elle, dès qu'elle avait appris à le connaître, elle avait su que Luke était l'être le plus extraordinaire qu'elle ait jamais rencontré. Il était beau, intelligent, plein de joie de vivre… Chaque jour avec lui était une nouvelle aventure. Pour rien au monde elle n'aurait voulu l'échanger contre une petite fille toute mignonne et tirée à quatre épingles. Et s'il lui faisait parfois venir quelques cheveux blancs, il en valait vraiment la peine. De cela, elle n'avait aucun doute. N'en avait jamais eu.

— Merci pour le livre, maman. C'est trop cool !

Tout en vidant le contenu de son chariot sur le tapis roulant, elle l'écoutait d'une oreille distraite lui raconter les aventures de son super-héros et du méchant. Elle aurait dû regarder en premier le rayon des livres, au lieu de s'affoler et de hurler dans tout le magasin. Elle l'aurait fait, si elle avait pensé qu'il y en avait un digne de ce nom. Quand elle était petite, les seuls livres que l'on pouvait trouver chez le vieux M. Marshall étaient des manuels religieux ou des documentaires sur la nature. De toute évidence, *certaines* choses avaient changé à Prospect.

Certaines seulement, hélas, constata-t-elle en percevant les commentaires chuchotés autour d'elle, qui se voulaient peut-être discrets, mais qu'elle entendait.

— Je ne me trompe pas ? C'est bien Paige Matthews, là-bas ?

— J'ai toujours dit que c'était de la mauvaise graine. Une mère célibataire, vous vous rendez compte…

— Incapable de surveiller son enfant !

— Elle a dû venir chez sa sœur, dans ses petites chambres d'hôtes minables…

— Elle doit être à court d'argent et elle vient mendigoter chez Penny…

— Non, je ne pense pas qu'elle soit à court d'argent. Vous avez vu sa voiture ? A mon avis, elle doit être la petite amie d'un dealer…

Paige posa son sac à main d'un coup sec sur le rebord réservé à la signature des chèques et se mit à ranger ses achats, tandis que la caissière, une jeune fille qui ne semblait pas entendre les commentaires acerbes qui fusaient de toutes parts, lui demandait aimablement si elle venait d'arriver en ville. En temps normal, Paige aurait dû attendre que l'employée range l'épicerie dans les sacs, car le faire soi-même était considéré comme grossier, signifiant que l'on n'était pas disposé à passer un moment à bavarder. Mais elle n'en était plus à une critique près. Alors, elle fourra le brocoli dans le même sac que le pain et la barre de chocolat. Qu'ils pensent ce qu'ils veulent, tous, elle s'en moquait éperdument !

— Nous sommes venus passer l'été ici, dit Luke à la jeune fille tout en la gratifiant d'un grand sourire. Maman a dit qu'elle allait m'apprendre à surfer !

— Ah oui ?

La caissière était visiblement très impressionnée.

— Tu en as de la chance ! Moi, j'ai toujours voulu faire du surf…

— Maman pourra vous apprendre à vous aussi. Elle en fait super bien !

Paige se mit à rire.

— Quand il dit que j'en fais *super bien*, il veut dire que je ne tombe de la planche qu'une fois sur deux.

Elle rangea le dernier sac dans le chariot.

— Je vous dois combien ?

— Quatre-vingt-dix quarante.

— Et elle va m'emmener déjeuner chez Prospector,

reprit Luke. Il paraît qu'ils font les meilleurs milk-shakes à la fraise de tout l'Oregon !

— Moi je dirais de tout l'univers, confirma la jeune fille. Et ils sont encore meilleurs si tu leur demandes d'ajouter une banane avec la glace à la fraise.

— Vraiment ?

Luke n'avait pas l'air convaincu.

— Je te jure !

Il se tourna vers sa mère.

— Je pourrai en demander un comme ça, maman ? *J'adoooore* les bananes !

Avec la peur que Luke venait de lui faire, Paige avait complètement oublié sa promesse de l'emmener déjeuner en ville. Elle sourit, en essayant d'être patiente.

— Tu pourras prendre tout ce que tu voudras du moment que tu manges des légumes avec ton repas. D'accord ? Cela me paraît un marché équitable.

Luke renâcla un peu, puis accepta.

— D'accord.

Après avoir réglé ses achats, Paige laissa Luke manœuvrer le chariot. Malgré l'inquiétude qui ne la quittait pas depuis qu'elle avait remis les pieds à Prospect, elle l'observa en souriant tandis qu'il louvoyait entre les véhicules. Que ferait-elle s'il venait à apprendre la réputation que sa mère s'était forgée avant de s'enfuir de ce bastion du sectarisme ?

Et comment allait-elle lui expliquer, le cas échéant, les raisons qui l'avaient poussée à faire ce qu'elle avait fait ? Il était déjà le seul enfant dans sa classe qui ne savait rien sur son père - ce qui n'avait d'ailleurs pas l'air de lui causer le moindre souci -, comment réagirait-il, s'il venait à entendre tous les commérages qui couraient sur son compte ici et depuis si longtemps ? Elle préférait ne pas y penser.

Ce qui était certain, et elle s'en fit la promesse tout en montant dans sa voiture, c'était qu'elle ferait tout pour le tenir éloigné des gens qui chercheraient à lui faire du mal, pour la simple et unique raison qu'il était son fils.

Celui qui a dit que le bonheur était dans l'ignorance avait vraiment tout compris.

Chapitre 2

Il faisait un temps magnifique. Une de ces journées qui emplissaient Logan Powell de gratitude et le confortaient dans la certitude qu'il avait bien fait de revenir à Prospect après l'échec de son mariage. Non pas qu'il ait détesté Seattle, bien qu'il y pleuve quelque chose comme quatre-vingt-sept pour cent du temps, mais après le départ de Melissa, il avait eu besoin de changement.

Sans compter sa blessure, suivie d'une longue convalescence… Il avait été pris dans une fusillade au cours d'une opération de saisie de drogue qui avait tourné au fiasco. Il avait vu la mort de près tant il avait perdu de sang… Alors, après ce qu'il avait vécu comme un double échec et des plus douloureux, tant physiquement que psychologiquement, l'idée de revenir s'établir à Prospect lui était apparue comme la meilleure option possible. Prospect était le type même de la petite station balnéaire endormie, tout à fait ce qui lui convenait pour se reconstituer et repartir dans la vie…

Il se gara dans la première place qu'il trouva au centre-ville et descendit de voiture. Il emplit ses poumons d'une grande bouffée d'air iodé puis l'exhala lentement. Tout ce qu'il aimait était là, en fait, concentré dans cette bouffée d'air : le soleil, la mer et la verdure à perte de vue.

Il jeta un coup d'œil à sa montre. Il avait largement le temps avant son rendez-vous chez Prospector, un bistrot décoré dans le style des années soixante. Il décida donc de prendre le chemin des écoliers pour s'y rendre. S'il n'y avait pas beaucoup de crimes ni de délinquance à Prospect, il n'en prenait pas pour autant son job de shérif à la légère. Les habitants comptaient sur lui et ce n'était pas dans sa nature de décevoir les gens.

Il entreprit donc de faire le tour de la ville en suivant ses rues bordées d'arbres, s'arrêtant de temps à autre pour bavarder avec les commerçants. A cette époque de l'année, tout était très calme, les touristes n'avaient pas encore envahi les lieux. Plus tard, lorsque la saison battrait son plein, ce qui lui apparaissait maintenant comme un devoir bien agréable à accomplir prendrait sans doute l'allure d'une corvée. Finis les papotages ici et là à l'ombre des grands arbres. Toute une foule en shorts et robes fleuries sillonnerait les rues, s'agglutinerait dans les magasins de souvenirs ou de brocante, marchandant les prix à n'en plus finir, et demandant son attention sans lui accorder une minute de répit.

Il sourit intérieurement. Il se sentait bien.

Il suivit les rues ombragées d'un pas nonchalant, le cœur léger. Le soleil brillait de tous ses feux, une brise délicieuse lui caressait le visage, et, plus loin, derrière les maisons, lui parvenait le murmure continu des vagues déferlant sur le sable. Oui, pas de doute, c'était vraiment une très belle journée.

Il suivit Sycamore Street jusqu'à Main tout en sifflotant un petit air joyeux qui lui revenait de son enfance.

Et s'il passait par la clinique voir si Jake était de garde dans la soirée ? Dans le cas contraire, son vieux copain se laisserait sans doute tenter par une tournée ou deux de poker… Ils se retrouvaient tous les premiers jeudis de chaque mois pour une partie et, la dernière fois, Jake l'avait littéralement plumé. Ce serait pour lui l'occasion ou jamais de prendre sa revanche et de rentrer dans ses fonds.

A peine s'était-il engagé dans Main qu'il remarqua une effervescence inhabituelle qui s'étendait même jusque dans les petites rues environnantes. Que se passait-il donc ?

Le rottweiler de M. Walker se serait-il encore échappé et aurait-il renversé quelqu'un ? A moins que les frères Harbinger ne se soient battus une fois de plus au beau milieu de Town Square ? La dernière fois, ils se seraient tués, s'il n'était intervenu de justesse ! Il avait dû les emmener de force jusqu'au poste de police et les mettre en garde à vue, ce qui lui avait valu un œil au beurre noir. Au bout du compte, il les avait poursuivis tous les deux pour agression et leur avait mis le marché en main : il était prêt à abandonner les charges contre eux contre la promesse solennelle qu'ils régleraient dorénavant leurs différends sans violence. Mais s'ils avaient recommencé à se battre…

— Bonjour, Logan !

La voix de Marge Hutchinson le tira soudain de ses pensées.

— Bonjour, madame Hutchinson. Comment allez-vous, ce matin ?

Il la connaissait bien. Durant toute son enfance et

même plus tard, elle lui avait glissé subrepticement un petit bâton de réglisse rouge à l'insu de sa mère.

— Très bien, merci. Je me prépare pour l'assaut des touristes.

— Parfait. Ils vont nous tomber dessus avant qu'on ait eu le temps de dire ouf.

— D'ici une semaine ou deux, tout au plus… Bob m'a convaincue de stocker des parfums et des savons aux huiles essentielles. Il paraît que c'est très demandé. Tu devrais venir jeter un coup d'œil un de ces jours, ajouta-t-elle avec un petit clin d'œil, tu trouveras peut-être quelque chose pour ta nouvelle petite amie.

Il rit.

— C'est une très bonne idée, je n'y manquerai pas.

Il avait rendez-vous avec Joni pour déjeuner. Ce n'était que la deuxième fois qu'ils se rencontraient ; la première datait de quelques jours, quand ils avaient pris un café ensemble. Ce qui n'empêchait pas toute la ville d'être déjà au courant. Pour les habitants de Prospect, ils formaient dorénavant un couple stable. Logan trouvait cela plutôt amusant, contrairement à certains qui ne supportaient pas cette intrusion dans leur vie privée. Il n'y avait qu'à Prospect que sa vie sentimentale pouvait devenir un sujet d'intérêt général !

— Je vais te mettre de côté ceux à la rose musquée. Tu verras, je suis sûre qu'ils plairont à Joni. Et puis, tu seras bien content de les avoir, quand elle apprendra…

Elle détourna le regard tout en pinçant ses lèvres rouge carmin.

— Quand elle apprendra quoi, madame Hutchinson ?

— Je suppose qu'il vaut mieux que je te le dise

moi-même, avant que tu ne l'entendes de la bouche d'une de ces commères du quartier...

Logan réprima un sourire. En fait de commères, c'était bien elle la pire de toutes ! Derrière ses airs de sainte-nitouche, elle devait être absolument ravie d'avoir battu Ruth Oberly à ce jeu.

— Figure-toi que je me trouvais à l'épicerie ce matin très tôt, et devine un peu qui j'ai vu ?

Elle l'examina attentivement, comme si elle s'attendait à ce qu'il devine, mais il n'avait pas la moindre idée de qui elle pouvait bien parler. Il supposa qu'il s'agissait d'un touriste, mais il ne se souvenait jamais, d'une année sur l'autre, des vacanciers, même de ceux qui revenaient régulièrement.

Elle se pencha vers lui comme si elle allait lui confier un secret particulièrement juteux et prit tout son temps, faisant durer le suspense.

— Je ne l'aurais sans doute pas remarquée si elle n'avait pas *égaré son enfant*, tu te rends compte ? Dès le premier jour de son retour, elle égare son enfant !

Quelque chose lui dit subitement qu'il n'allait pas aimer la suite de l'histoire.

— On a retrouvé l'enfant ? A ma connaissance, aucune disparition n'a été signalée au bureau du shérif.

— Oh ! Oui ! Elle l'a retrouvé, ça n'a pas été long. Il se cachait dans le rayon des bandes dessinées. En attendant, elle a fait une scène de tous les diables... Tu l'aurais vue courir dans tous les sens en criant son nom ! Une vraie folle ! Sans s'occuper le moins du monde de ce que les gens pouvaient penser, inutile de le préciser...

Elle renifla avec dédain.

— Lui, il ne répondait pas. Remarque, ce n'est pas moi qui lui jetterais la pierre, si j'avais une mère comme elle. J'essaierais de me cacher moi aussi, je suppose. Il devait penser qu'il serait bien tranquille dans son petit coin, il n'y a pas beaucoup de passage par là.

La patience de Logan commençait à s'émousser. Il n'aimait pas se trouver mêlé aux ragots qui circulaient sur les uns et les autres. Commençant à se sentir mal à l'aise, il demanda :

— De qui parlez-vous, à la fin ?

Elle le gratifia d'un grand sourire triomphant.

— Mais de Paige Matthews, voyons ! Et si tu veux mon avis, à en juger par la quantité de nourriture qu'elle a achetée, elle doit avoir l'intention de rester ici un bon moment.

Logan crut que sa tête allait exploser. Paige Matthews ? A Prospect ?

Il en resta sans voix. L'autre avait obtenu le résultat escompté ; elle devait être ravie. Comme si de rien n'était, elle reprit son récit, racontant en détail la visite malheureuse de Paige à l'épicerie, l'étoffant à sa manière, il n'en doutait pas, afin de le rendre encore plus palpitant. Mais il ne l'entendait plus.

Paige…

Paige était revenue…

Les mots faisaient la farandole dans son esprit, et il tenta de voir si en les mettant bout à bout - Paige Matthews était de retour à Prospect – il parviendrait à se rendre compte de ce qu'ils voulaient dire vraiment.

Et surtout à comprendre quel effet ils faisaient sur lui.

Balbutiant une excuse plus ou moins plausible, il s'éloigna à grands pas et remonta la rue sans se préoccuper de ce qui l'entourait. Il avait l'impression de flotter au-dessus du sol, d'évoluer dans un brouillard à travers lequel il percevait vaguement des gens qui le regardaient avec curiosité. Qu'ils pensent de lui ce qu'ils voulaient, il s'en moquait bien. La nouvelle l'avait frappé comme un coup de tonnerre et il lui fallait recouvrer ses esprits.

Cela faisait si longtemps qu'il n'avait eu de nouvelles de Paige, si longtemps qu'il ne s'était autorisé à rien à son propos, pas même à *penser* son nom.

Il n'était pas allé bien loin, qu'une autre personne l'interpella pour lui annoncer la même nouvelle. Puis une autre, et une autre encore, chacune l'arrêtant pour lui parler de Paige, chacune y allant d'une histoire un peu différente chaque fois. Il avait l'impression d'être de nouveau au centre d'une fusillade.

Avait-il remarqué la voiture qu'elle conduisait ? lui demanda l'une d'elles. Une BMW qui devait coûter quatre-vingt-dix mille dollars au bas mot ! De toute évidence, une fille comme elle ne pouvait l'avoir acquise que par des moyens illégaux ! Ils l'avaient toujours dit, n'est-ce pas, qu'elle finirait mal, à s'acoquiner avec un malfaiteur.

Logan essayait de la défendre. Cela ne tenait pas debout, ces supputations… Et puis il y avait ce film pour lequel elle s'était occupée des décors et qui avait fait un nombre record d'entrées… Mais personne ne prêtait attention à ses paroles. Le but de toutes ces discussions n'était pas d'écouter ses arguments en faveur de Paige mais bien plutôt de ternir plus encore sa réputation. C'est ce qu'il comprit lorsque quelqu'un lui demanda s'il pensait qu'elle était revenue parce qu'elle tentait d'échapper à un petit ami dealer ou à quelque membre de la pègre d'une grande ville.

Quelle était la raison de son retour ? En avait-il la moindre idée ? ne cessait-on de lui demander.

Cette promenade matinale qui avait commencé pour lui dans l'allégresse se transformait en cauchemar.

Ils avaient formé un couple à une certaine époque, mais c'était un million d'années auparavant. Et Paige l'avait fait souffrir au point qu'il avait mis très longtemps à s'en remettre. Il ne lui en gardait pas rancune pour autant, ne lui voulait pas de mal, pas plus qu'il ne désirait s'associer à ces rumeurs ou les alimenter. En revanche, il ne tenait pas particulièrement à la revoir.

Bien sûr, il aurait bien aimé savoir ce qu'elle était devenue, ce qu'elle avait fait toutes ces années. Et surtout, *surtout,* pourquoi elle avait choisi de revenir à Prospect, alors que lui-même s'y était installé dix-huit mois auparavant et commençait tout juste à se sentir bien dans sa nouvelle vie.

Puis il décida brusquement que cela n'avait aucune importance. Ce n'était pas comme s'il avait l'intention de lui poser toutes ces questions dans un proche avenir.

S'il la rencontrait, ou plutôt *lorsqu'il* la rencontrerait, puisqu'à Prospect il y avait peu de chances que leurs chemins ne finissent pas par se croiser à un moment ou à un autre, il se montrerait courtois, ne ferait aucune distinction entre elle et les gens qu'il côtoyait dans le cadre de son travail. Quoi de plus normal ? Elle ne représentait et ne représenterait jamais rien de plus à ses yeux, même si autrefois, elle avait énormément compté pour lui.

Il était le premier à reconnaître qu'il avait fait beaucoup d'erreurs dans sa vie. Mais ce qui le différenciait de bien d'autres personnes, c'est qu'il avait compris qu'il ne servait à rien de faire la même erreur plusieurs fois, c'est pourquoi il s'en était bien gardé.

Paige avait été plus, beaucoup plus qu'une simple erreur de jeunesse. Elle avait traversé sa vie comme un ouragan, ne laissant que désolation et destruction dans son sillage. Les blessures qu'elle lui avait infligées avaient mis si longtemps à guérir, qu'il n'était pas près de la laisser s'approcher de lui. Oh non ! S'il y avait une chose dont il était certain, c'était bien celle-ci !

Il parvint à se frayer un chemin jusqu'au café tout en affichant un air aussi calme et serein que possible, sans dévier de sa route, sans chercher à éviter qui que ce soit, conscient qu'il était l'objet de l'attention de tous ceux qu'il croisait. Que savait-il de Paige maintenant ? Pas grand-chose, mais s'il entendait encore une seule de ces rumeurs ridicules qui couraient sur son compte ou sur celui de son fils, il aurait du mal à se contrôler.

C'est alors que Ruth Oberly lui barra littéralement le passage, lui demandant s'il avait eu l'occasion d'apercevoir le fils de Paige. Il répondit que non. « Le gamin est le portrait craché de son père », lui lança-t-elle alors, avant de s'éloigner.

Le coup était perfide et atteignit droit son but comme Ruth l'avait certainement escompté. S'il pouvait passer par-dessus les commérages, habituels et sans grande conséquence somme toute dans une petite ville de province, les bruits qui couraient sur le fils de Paige ne le laissaient pas indifférent. Combien de fois n'avait-il pas supplié Paige de lui dire la vérité sur le père de l'enfant ? Lequel parmi leurs camarades de classe de terminale l'avait mise enceinte ? Jamais elle ne le lui avait avoué.

La révélation qu'un simple coup d'œil avait suffi à Ruth pour découvrir qui était le père du petit garçon lui fit l'effet d'une gifle. Les oreilles bourdonnantes, la vision brouillée, il passa devant le café et faillit ne pas s'arrêter. Après toutes ces années, il allait donc enfin savoir ! Cette nouvelle avait de quoi le secouer et il lui fallut quelques instants pour recouvrer son sang-froid.

Son trouble n'avait rien d'étonnant… Ce n'était pas comme si Paige n'avait été qu'une simple connaissance, comme s'il ne s'était rien passé entre eux. Après son départ de Prospect, il avait passé des nuits entières, pendant des mois et des mois, à penser à elle. Comment s'en sortait-elle ? Le père de l'enfant lui était-il venu en aide ? Chaque fois qu'un des jeunes issus du même côté de la rivière qu'elle quittait la ville, il se demandait si c'était lui. Est-ce qu'il partait la rejoindre ?

Puis ce fut son tour de s'en aller. Il était parti à l'université et le souvenir de Paige s'était peu à peu estompé, avait fondu en une sorte de regret empreint d'amertume. Il lui arrivait parfois de repenser à elle, bien sûr… Quoi de plus normal ?

On n'oublie jamais son premier amour. Oh ! il s'en était remis. La vie avait repris le dessus ; il avait même fini par se marier avec une femme qu'il aimait. Pourtant, il continuait de repenser à Paige. Et chaque fois, cela le prenait par surprise. C'était toujours au moment où il s'y attendait le moins, lorsqu'il apercevait les balançoires dans le parc par exemple, ou que le parfum entêtant du lilas venait lui chatouiller les narines, ou encore lorsqu'il entendait une remarque faite en passant sur la propriété improbable que sa sœur avait achetée et qu'elle espérait transformer en chambres d'hôtes…

Alors, tout à coup, sans y être préparé, il se trouvait transporté des années en arrière, amoureux fou d'une fille que ses parents refusaient de recevoir, une fille qui n'avait jamais eu le droit de franchir le seuil de sa porte.

La nouvelle de la présence de Paige à Prospect l'avait bel et bien secoué et devant la force de sa réaction, il chercha à se rassurer. Ce n'étaient que des souvenirs, rien de plus. Simplement, par cette belle matinée de soleil, il ne s'y attendait pas. Son trouble passerait, tout comme l'eau avait passé sous les ponts… Depuis que Paige l'avait trahi, beaucoup de femmes avaient partagé sa couche. Désormais, il avait bien d'autres chats à fouetter que de se préoccuper d'un amour oublié.

Pourtant, les minutes passaient et rien n'y faisait. Impossible de chasser de son esprit l'image de Paige. Dire qu'elle était là, à deux pas de lui ; dire que les réponses aux questions qui l'avaient tant tourmenté autrefois étaient à portée de sa main !

L'œil sombre, Logan poussa la porte du café. Il se sentait las, accablé, tout à coup. Disparue l'insouciance qui l'avait habité quelques instants auparavant. Sans compter qu'à peine entré dans la salle, tous les regards ou presque se tournèrent vers lui et qu'un silence pesant s'installa.

Il déglutit, pris de court, puis tenta de se raisonner. Ce n'était jamais agréable de se retrouver au centre des conversations, mais dans une petite ville où il connaissait pas loin de la moitié de la population, c'était inévitable.

La contrepartie, c'est qu'il n'était jamais seul, qu'il se trouvait toujours quelqu'un avec qui bavarder, toujours quelqu'un prêt à lui donner un coup de main.

Au final, si l'on étudiait le pour et le contre, les avantages étaient supérieurs aux inconvénients, même si la situation s'avérait parfois inconfortable. Comme par exemple dans le cas présent, où tout le monde attendait de voir sa réaction en apprenant que Paige était revenue, accompagnée de son fils. Eh bien, ils allaient vite se rendre compte qu'il n'était pas nécessaire d'en faire tout un fromage ! Paige et lui n'avaient plus rien en commun et il entendait bien le faire clairement comprendre.

Il balaya l'espace du regard en souriant, affectant un calme qu'il était loin de ressentir, et ne put retenir un soupir de soulagement lorsqu'il aperçut Joni. Voilà qui allait aider les mauvaises langues à changer de registre : rien de mieux qu'un rendez-vous galant avec une femme pour faire cesser les racontars concernant une ex-petite amie.

Le visage éclairé d'un grand sourire - un vrai —, il se dirigea vers sa table. Tout allait bien, il suffirait d'un bon repas partagé en sa compagnie pour que sa vie reprenne son cours normal.

Sans détourner le regard, il marcha droit vers elle. C'est à peine s'il avait remarqué jusque-là la jeune femme assise à la table contiguë. Il la reconnut tout à coup, alors qu'il ne se trouvait plus qu'à quelques pas.

Il en resta comme foudroyé, les yeux rivés sur elle, prenant note mentalement des changements qui s'étaient opérés en elle depuis la dernière fois qu'ils s'étaient vus. Ses cheveux, toujours d'un blond aussi lumineux, étaient plus courts, plus stylés. Cette nouvelle coiffure lui allait bien. Il l'aurait mal imaginée coiffée ainsi, lorsqu'elle était une jeune fille timide et vulnérable, à l'époque où elle lui avait confié qu'elle l'aimait bien parce qu'elle se sentait à l'aise avec lui, qu'elle n'avait pas besoin de jouer un rôle.

Son visage d'un ovale toujours aussi parfait était plus mince, ses pommettes plus saillantes. Ses yeux paraissaient plus verts, moins innocents, comme s'ils reflétaient en permanence une certaine méfiance. Seule sa bouche n'avait pas changé, pas tout à fait droite, les lèvres pulpeuses, gonflées et rouges comme des framboises ne demandant qu'à être croquées.

Elle portait un petit haut violet moulant, qui laissait deviner des formes plus voluptueuses que dans son souvenir.

Au lieu de tirer une chaise et de s'asseoir à la table de Joni comme il aurait dû le faire, il resta debout à dévorer Paige des yeux, cherchant à attirer son regard.

Au début, elle sembla ne pas le voir, n'avoir pas noté que quelqu'un se tenait près de sa table. Peut-être le faisait-elle exprès ? Il était sur le point de faire la première chose qui lui passerait par l'esprit pour attirer son attention lorsqu'elle leva les yeux sur lui.

Leurs regards se croisèrent et pendant une seconde qui lui parut durer une éternité, ce fut comme si le temps avait basculé. Ils étaient de nouveau en terminale et plus rien ni personne n'existait à part eux. Ils auraient pu se trouver dans une pièce bondée, au milieu d'une foule grouillante, ils étaient seuls au monde.

Elle émit un bruit, comme une brève suffocation, qui ne lui échappa pas, tandis que son propre cœur faisait un bond dans sa poitrine. Sa main se tendit vers elle sans qu'il puisse la contrôler. Il crut qu'il allait laisser ses doigts se poser sur ses joues, effleurer les taches de rousseur si familières, comme si un miracle avait comblé tout à coup le gouffre creusé par neuf longues années et des disputes sans fin.

Il voulut parler, sans y parvenir. Il essaya de nouveau, mais aucun son ne sortit de sa bouche. Une petite voix avait détourné son attention.

— Maman, je peux avoir mon milk-shake maintenant ? J'ai mangé tous mes haricots verts.

Logan tourna son regard vers l'enfant assis en face de Paige, vers ses boucles noires qui brillaient dans la lumière chaude du restaurant et tout son monde fut mis sens dessus dessous en une seule seconde.

Les yeux écarquillés, il fixait la frimousse du petit garçon, tandis qu'un millier de questions tourbillonnaient dans sa tête.

Non ! Ce n'était pas possible ! Il devait y avoir une erreur !

Mais il avait beau chercher à se convaincre qu'il rêvait, que ses yeux ou son imagination lui jouaient des tours, il savait au fond de lui qu'il ne se trompait pas sur la signification de ce qu'il voyait. Cet enfant, cet enfant bien vivant de *huit ans*, aux yeux gris argenté, avec cette petite marque de naissance si caractéristique des Powell sur la joue droite, cet enfant était *son* fils ! Il n'y avait pas le moindre doute. Comment Paige avait-elle pu avoir un enfant de lui et ne rien lui en dire ?

Ne sachant plus, du choc ou du chagrin, ce qui prenait le dessus dans la bataille qui se livrait au fond de son cœur, il se sentit soudain dominé par une rage terrible qui balaya tout autre sentiment sur son passage et le laissa pantelant et tremblant.

Il avait un enfant ! Un enfant qui avait passé huit ans sur la Terre sans qu'il le sache !

Un enfant qui avait respiré, grandi, ri, pleuré, loin de lui. Qui s'était fait mal, avait été malade, avait joué.

Son enfant…

— Bonjour, Logan.

— Pourquoi ne m'as-tu rien dit ?

Paige arqua un fin sourcil blond et le toisa d'un regard serein tout en lui souriant, comme si elle était à cent lieues de s'imaginer ce qu'il venait de traverser en l'espace de ces quelques instants, en l'occurrence non moins qu'un aller-retour pour l'enfer.

— Je te l'ai dit. C'est toi qui as choisi de ne pas m'écouter.

Alors c'était tout ? Tout ce qu'elle trouvait à lui répondre ? Aucune explication. Aucune excuse. Elle ne se remettait pas en question, ne lui demandait pas pardon, n'essayait même pas de redresser la situation.

Et lui, dans tout ça, est-ce qu'il n'avait aucun droit ? Est-ce qu'il ne comptait pour rien ?

— Tu sais très bien que ce ne sont que des bo…

— Tant pis pour le milk-shake, mon chéri… Ce sera pour une autre fois, dit-elle calmement à son fils.

Quoi ? Comment osait-elle faire preuve d'un tel aplomb et lui couper la parole de la sorte ? s'insurgea-t-il, prêt à l'esclandre, oublieux qu'autour de lui, la salle entière faisait ses choux gras de cette rencontre inopinée, guettant leur réaction à tous les deux.

Heureusement, une partie de son cerveau fonctionnait encore, celle de la raison. Paige n'avait pas tort de refuser d'entrer dans une discussion, ce n'était ni le moment, ni le lieu de laisser éclater sa rage. Pas devant les clients, qui n'en espéraient pas tant, pas devant la jeune femme à qui il avait donné rendez-vous, encore moins devant... leur fils.

— Je te promets que nous reviendrons. Je n'ai pas vu le temps passer, et je n'avais pas remarqué qu'il était déjà si tard... Nous devons vite rentrer chez tante Penny, sinon tu peux me croire, elle est capable d'envoyer la cavalerie !

Le petit garçon leva les yeux au ciel.

— Tu sais bien qu'il n'y a plus de cavalerie, maman ! Maintenant, l'armée utilise des tanks. Vous êtes qui, vous ? lança-t-il tout à coup à Logan.

Cette question le laissa sans voix. Qui il était ? Mieux valait laisser Paige répondre à sa place. Pour l'instant du moins.

— C'est quelqu'un que je connaissais autrefois, quand j'étais au lycée...

Elle attrapa son sac.

— Le fait qu'il n'y ait plus de cavalerie est une raison supplémentaire pour nous dépêcher de rentrer. Tu imagines un peu, si un tank descendait la rue principale ? Il ne manquerait plus que ça.

— Ce serait cool ! Tu crois qu'il braquerait le café avec son canon ?

— On peut l'espérer.

Sur ces paroles sibyllines, elle se leva, paya l'addition et se dirigea vers la sortie en entraînant l'enfant.

Bon sang ! Il était aussi à lui, ce gosse ! Ce n'était pas juste son fils à elle ! Et dire qu'il ne connaissait même pas son nom.

— Comment s'appelle-t-il ?

Il avait parlé assez fort pour que toute la salle l'entende. Il se fichait pas mal de ce que ces gens pouvaient penser. Qu'est-ce que cela pouvait bien lui faire, alors que son enfant s'éloignait sans même lui jeter un regard ?

Paige fit volte-face. Elle semblait bouillir d'une rage aussi profonde que lui, ce qu'il remarqua seulement à ce moment-là et qui le surprit.

— Ça ne te regarde pas.

Sur ce, elle disparut, laissant dans son sillage un silence de mort.

La porte en claquant résonna comme un coup de feu.

Comment Logan avait-il osé l'humilier ainsi en public ?

Comment avait-il osé l'accuser à voix haute de ne pas lui avoir dit qu'il était le père de Luke ?

Pour un peu, elle en aurait éclaté en sanglots.

Elle lui avait dit qu'elle attendait un enfant de lui. Oh ! ça, oui, elle le lui avait dit ! Et lui, comment avait-il réagi ? Il n'avait rien voulu savoir. Elle avait eu beau le supplier, l'implorer de la croire, rien n'y avait fait.

Et après toutes ces années, venir lui faire une scène pareille devant Luke ! Sans s'occuper de l'effet dévastateur que ses propos pourraient avoir sur lui, sans penser à rien d'autre que son petit orgueil de mâle ! C'était immonde ! Il n'avait écouté que sa colère. C'était bien la preuve, si elle en avait eu besoin, qu'il aurait fait un père abominable. Si jamais leurs chemins se croisaient de nouveau, ce qui était fort improbable, elle n'irait pas par quatre chemins. Elle saurait se débarrasser de lui, même s'il lui fallait employer la manière forte. Pas question de le laisser s'approcher de son fils ! Trop, c'était trop ! Elle se battrait comme une lionne s'il le fallait.

Une petite voix la tira de ses pensées.

— Maman, ne marche pas si vite !

Elle s'arrêta net, consciente soudain du petit garçon qui trottait à côté d'elle, tâchant tant bien que mal de la suivre.

— Oh ! Mon chéri, je te demande pardon ! J'oublie parfois que tes jambes ne sont pas encore aussi longues que les miennes.

— Pourquoi est-ce que tu es en colère comme ça ? C'est à cause du monsieur qui t'a parlé ?

— Je ne suis pas en colère, mentit-elle tout en se remettant à marcher de manière plus posée. C'est juste que je n'avais pas réalisé qu'il était si tard. J'ai peur que le camion de livraison arrive avant nous chez tante Penny. Les livreurs ne vont pas savoir où mettre les meubles ; elle va leur dire de les poser n'importe où, tu vois d'ici le désastre !

Elle fit une pause, lui ébouriffa les cheveux.

— A moins que tu n'aies envie de m'aider à tout monter dans les chambres ?

— C'est ça, oui. La dernière fois, tu as failli me tuer.

— Justement.

Ils arrivèrent devant la voiture en silence. Paige n'était pas dupe et se doutait bien qu'elle n'allait pas s'en tirer à si bon compte. En effet, à peine eut-elle déverrouillé les portières que la question fusa, la poussant dans ses retranchements.

— Dis, maman… C'était mon père ?

Elle dévisagea son fils, interloquée, n'en croyant pas

ses oreilles. Que lui répondre ? Si elle lui mentait, il y avait toutes les chances pour qu'il le sente, avec les conséquences que l'on pouvait imaginer. Il n'y avait donc pas d'autre issue que de lui dire la vérité. Un jour ou l'autre, de toute façon, elle serait bien obligée de lui avouer que, oui, Logan Powell était son père.

Mais le moment était bien mal choisi, en plein milieu de la rue comme s'il s'agissait d'une affaire sans importance. Luke avait beau être assez mûr pour son âge, il n'en était pas moins un petit garçon de huit ans. Que pouvait-il comprendre de ce qui s'était passé entre Logan et elle ?

Elle ferma les yeux un bref instant, priant pour qu'une intervention divine lui apporte de l'inspiration. En vain.

Tout bien pesé, elle n'avait guère le choix. Mieux valait lui dire la vérité.

— Oui, c'est ton père.

Luke hocha la tête. Visiblement, cela ne faisait que confirmer ce qu'il savait déjà, ce qui n'avait rien d'étonnant chez lui.

— Pourquoi est-ce qu'il a dit que tu ne lui as jamais parlé de moi ?

Parce que c'est un salaud, un menteur, quelqu'un qui fait des coups en douce et sur lequel on ne peut pas compter, incapable de surcroît de regarder la vérité en face, même si elle lui crève les yeux.

Elle dut se mordre les lèvres pour ne pas cracher ce venin qui n'attendait que la première occasion pour sortir. Dire qu'elle pensait avoir réussi à surmonter la trahison de Logan ! Elle était bien loin du compte, en vérité ! Elle avait encore du chemin à faire, beaucoup de chemin.

Elle souleva le menton de Luke et plongea son regard dans le sien. Ce dont elle voulait s'assurer à tout prix, c'était qu'il ne s'imagine pas une seule seconde qu'elle lui en voulait, à cause de l'attitude de son père.

— Je ne sais pas pourquoi il a dit ça. Sans doute parce que nous n'étions pas en très bons termes lorsque nous nous sommes séparés et aussi, parce qu'il ne voulait pas croire que tu étais son enfant.

— Pourquoi ?

Parce que c'est un salaud, un menteur, quelqu'un qui fait des coups en douce…

— Je ne sais pas, mon chéri. J'ai passé de longues nuits sans dormir, à fixer le plafond en me posant cette question. Mais tu sais quoi ?

— Ça n'a pas d'importance.

— Pardon ?

— C'est ce que tu allais dire, non ? Que ça n'a pas d'importance. Et tu as raison, maman. On s'est très bien débrouillés sans lui jusqu'à maintenant, alors, qu'est-ce que ça peut faire qu'il m'ait voulu ou non ?

Il lui décocha un petit sourire, avant de grimper dans la voiture et de refermer doucement la portière.

Et ce geste, ce simple geste, parlait plus que tout le reste. Plus que ses paroles un peu trop matures pour son âge, énoncées d'une voix un peu trop basse, plus que la tristesse qu'elle lut dans son pauvre sourire. Luke, si plein de vie, si exubérant, ne fermait les portes doucement que lorsqu'il souffrait. En temps normal, elle ne cessait de lui répéter de ne pas les taper si fort.

Elle comprit alors à cet instant combien la présence d'un père manquait à son fils. Jamais cette réalité ne s'était imposée à elle de manière aussi crue.

Elle n'avait jamais cherché à éluder, quand Luke lui posait des questions, même si elle n'était pas rentrée dans les détails. Tout en se montrant aussi honnête qu'elle le pouvait, elle n'avait simplement pas vu l'intérêt de lui rapporter les discussions interminables et les difficultés qu'ils avaient rencontrées lorsqu'elle avait annoncé à Logan qu'elle était enceinte.

Luke avait semblé satisfait de ses explications dans un premier temps. Serein dans la certitude qu'elle l'aimait plus que tout au monde, il n'avait pas cherché à en savoir davantage. Elle avait tout fait pour compenser l'absence d'un père dans sa vie et ne s'en était pas trop mal sortie. De fait, Luke n'avait commencé à s'apercevoir que son père lui manquait que lorsqu'il était allé au jardin d'enfants. Tous les autres avaient deux parents, même si certains ne vivaient pas ensemble, alors pourquoi pas lui ?

Ils en avaient beaucoup parlé à ce moment-là. Elle croyait avoir apporté des réponses, mais de toute évidence quelque chose lui avait échappé. A un moment ou à un autre, entre le jardin d'enfants et l'école communale, Luke avait décidé que sa mère ne lui suffisait plus.

Le constater était douloureux. Elle essaya cependant de se raisonner : quoi de plus normal pour un garçon d'avoir besoin de son père ?

Ce qu'elle n'avait pas prévu, c'était que Luke ne lui en parlerait pas, qu'il la protégerait, en lui cachant sa tristesse, alors que c'était à elle de le protéger.

Comment redresser la situation maintenant ?

Tout cela, s'énerva-t-elle soudain, c'était la faute de Penny et de ses fichues chambres d'hôtes ! Si sa sœur ne les avait pas fait revenir dans cette bourgade perdue, ils n'en seraient pas là ! Tout allait bien à L.A. Tout allait mieux que bien, même. Ils s'étaient fait leur nid, avaient leurs petites habitudes, leurs petits bonheurs à deux…

En revenant à Prospect, tout avait basculé. Du jour au lendemain, son monde s'effritait. Et de toute évidence, ce retour avait eu le même effet sur Luke, même s'il ne lui en avait pas parlé. Quelle idiote ! Comment avait-elle pu imaginer un seul instant qu'elle pourrait revenir ici sans créer de remous ?

Elle aurait dû se douter que son fils, si intelligent, si en avance pour son âge, ne serait pas dupe : il avait compris qu'en mettant les pieds dans cette petite ville, il allait se trouver pour la première fois de sa vie d'enfant dans le voisinage immédiat de l'homme qui lui avait donné la vie.

Comment avait-elle pu être aussi aveugle ? Qu'avait-elle imaginé ? Que s'ils croisaient Logan dans la rue, il ne ferait pas le rapport ? Ou bien qu'en reconnaissant Luke comme son fils, Logan ne réagirait pas ? C'était plausible, étant donné qu'il n'avait pas essayé une seule fois de la contacter après son départ. Il ne s'était même pas donné la peine de demander de ses nouvelles à Penny, n'avait pas essayé de savoir où elle était partie. Elle avait posé la question à sa sœur chaque fois qu'elle avait eu l'occasion de lui parler. La réponse était toujours la même : Logan se comportait comme si elle n'existait plus.

Il avait montré si peu de difficultés à l'oublier, neuf ans auparavant, qu'elle avait du mal à comprendre sa réaction. D'où lui venaient toutes ces questions sur Luke ? Sur *son* enfant *à elle* ?

Elle était stupide, voilà tout. Elle poussa un long soupir de colère contre elle-même en ouvrant sa portière. Ce n'était ni la première ni la dernière fois qu'elle se conduisait comme une idiote. Malheureusement, cette fois-ci son fils se trouvait mêlé à cette histoire et cela, elle ne se le pardonnerait jamais.

Elle était sur le point de se glisser sur son siège, lorsque Logan la rattrapa.

— Tu crois que tu vas pouvoir t'en tirer à si bon compte ? lança-t-il d'une voix sourde.

Elle tressaillit. Malgré ses efforts pour rester calme, le ton qu'il avait employé lui fit froid dans le dos. Lui revinrent alors à la mémoire leurs batailles incessantes, leurs discussions interminables. Puis leurs réconciliations, lorsque la colère finissait par s'apaiser.

— Nous n'avons encore rien réglé, Paige…

Il avait parlé presque dans un murmure, cette fois, et elle sentit son estomac se nouer d'angoisse. Logan était une des rares personnes qu'elle connaissait, dont la voix se faisait plus basse à mesure que croissait sa colère. S'il criait ou lâchait des jurons, il n'y avait aucune inquiétude à avoir, sa contrariété restait toute superficielle. Mais plus sa voix baissait, plus la situation l'atteignait profondément.

Le jour où il l'avait chassée de sa vie, elle avait dû tendre l'oreille pour comprendre ce qu'il lui disait.

Néanmoins, la donne avait changé. Elle n'était plus cette lycéenne de dix-sept ans amoureuse du séducteur local. Elle était une femme adulte, parfaitement capable de lui tenir tête. Un coup d'œil vers le siège arrière de la voiture lui suffit cependant pour n'en rien faire.

Luke semblait captivé par la scène qui était en train

de se dérouler sous ses yeux, et il n'était absolument pas question de l'entraîner dans la querelle, ni de lui montrer combien elle était en colère contre son père.

— Ce n'est ni le moment ni l'endroit, Logan... Luke n'a nul besoin d'être témoin de nos disputes.

— Je vais te dire, moi, ce dont il a besoin...

Il s'interrompit. Paige l'observa sans rien dire, impressionnée malgré elle par l'effort manifeste qu'il déployait pour ne pas l'abreuver de reproches. Ses yeux avaient pris un ton d'orage. Ils lançaient des éclairs, et elle sentait tout son être tendu comme un arc. Il semblait prêt à exploser.

Puis, lentement, sa tension se relâcha. Il exhala une longue expiration et brisa enfin le silence.

— Il faut que nous parlions, toi et moi.

Elle faillit protester, surtout pour le principe. A quoi bon discuter ? Tout avait été dit, il y avait longtemps déjà. Mais à la vue de Luke, de toute évidence fasciné par Logan, elle préféra changer de tactique.

Ravalant son amertume, elle acquiesça.

— Je suppose que tu as raison.

— Quand ?

— Je ne sais pas. D'ici à quelques jours...

— Hors de question ! Je veux te parler aujourd'hui.

— Tu sais quoi, Logan ? Cela fait bien longtemps que je ne me préoccupe plus de ce que tu veux. Je ne suis pas venue ici pour te voir mais pour donner un coup de main à ma sœur. Alors, si tu tiens tant que ça à me voir, il va falloir que tu fasses avec mon emploi du temps !

— Ton emploi du temps ? Tu ne manques pas d'air ! Tu débarques ici la bouche en cœur, avec *mon* enfant, et tu as le culot de me parler de ton emploi du temps ? Tu ne veux pas que je te fasse une demande de rendez-vous en trois exemplaires, non plus ?

Paige vit rouge. Comment osait-il lui parler sur ce ton ? Ravalant un chapelet d'insultes, toutes bien trop grossières pour être proférées entre gens bien élevés, elle se contenta de demander :

— Que dirais-tu de demain après-midi ?

— Je veux te parler aujourd'hui ! insista-t-il d'une voix qui la fit frissonner.

Mais elle n'allait pas se laisser impressionner, encore moins céder. Son fils comptait trop pour elle, elle était prête à se battre bec et ongles et si Logan s'imaginait qu'il allait pouvoir faire ce qu'il voulait, il se trompait lourdement. Sa détermination n'avait rien à voir avec une histoire de pouvoir ou de domination. Elle ne cherchait pas non plus à avoir raison coûte que coûte, mais sur la question de Luke, elle ne céderait pas. Rien à faire.

— Moi aussi je veux beaucoup de choses, Logan. Comme la plupart des gens, d'ailleurs. Seulement, on s'aperçoit en grandissant qu'il n'est pas toujours possible d'obtenir ce que l'on veut. C'est comme ça, on n'y peut rien. Devenir adulte, c'est l'accepter, tu ne crois pas ?

Elle sentit immédiatement qu'elle avait poussé le bouchon un peu trop loin. Pendant un instant, elle crut que Logan n'allait pas pouvoir se contrôler. Non pas qu'elle ait eu peur de lui, il ne l'avait jamais frappée, mais elle craignait la réaction de Luke, qui ne perdait pas une miette de la scène. Il ne pouvait pas entendre ce qu'ils se disaient, et la tension qui se dégageait de leurs gestes, de leurs expressions, devait lui paraître d'autant plus effrayante.

Elle ne s'était pas trompée. Sa portière s'entrouvrit d'un cran.

— P'tite maman, tu vas bien ?

Cela faisait longtemps qu'il ne l'appelait plus « p'tite maman ». Son intervention eut un effet instantané sur Logan : son fils avait peur qu'il ne fasse du mal à sa mère, et cette constatation lui fit l'effet d'une douche froide. Il se calma aussitôt.

— Tout va bien, mon chéri, le rassura Paige. On va pouvoir y aller dans une seconde.

— A quelle heure, demain après-midi ? demanda Logan.

Céder ainsi sans discussion afin de ne pas contrarier Luke n'avait pas dû être facile pour lui, se dit Paige, reconnaissante bien malgré elle. Tant d'amertume, tant de ressentiment s'étaient accumulés en elle depuis toutes ces années… Elle avait tellement aimé cet homme, elle avait tellement attendu un signe de lui, que peu à peu son amour s'était changé en haine. Alors comment pourrait-elle, aujourd'hui, être bien disposée à son égard ? D'autant qu'il n'avait guère changé : toujours aussi arrogant, aussi différent des autres hommes, et toujours aussi séduisant, hélas.

Pourtant, pour son fils, elle décida qu'elle lui donnerait une chance.

— Passe chez Penny ce soir, après 10 heures. Luke s'endort vers 9 h 30. Comme ça, nous pourrons parler.

Il acquiesça d'un hochement de tête.

— Entendu. A ce soir, 10 heures.

Tout avait été dit et pourtant, aucun des deux ne

faisait mine de bouger. Ils restaient là, figés, à se dévisager sans un mot, le passé formant un gouffre béant entre eux.

Jusqu'à ce qu'une petite voix les ramène à la réalité.

— Maman ?

— J'arrive, Luke…

Logan hocha la tête puis pivota sur ses talons et s'éloigna.

Paige le suivit des yeux, le cœur serré. Pourvu, *pourvu*, qu'elle ne soit pas en train de faire la plus grosse erreur de sa vie, pour son malheur et celui de Luke !

Chapitre 3

— Comment s'est passé ton tour en ville ? demanda Penny tandis que Paige et Luke sortaient les sacs de courses de la voiture presque une heure plus tard.

— Tu veux vraiment le savoir ? Eh bien c'était effrayant !

Paige dégagea de son front une mèche rebelle.

— Franchement, je ne sais pas comment tu fais pour vivre ici, Penny. Rien n'a changé !

— Ce n'est pas forcément un mal en soi.

Penny la débarrassa de quelques sacs.

— C'est facile pour toi de dire ça. Tu n'as pas eu de problèmes ici ; on ne te regarde pas d'un œil torve comme si tu étais atteinte d'une maladie contagieuse et qu'il suffisait de te parler pour l'attraper. Je ne comprends vraiment pas pourquoi tu tiens tant à…

Elle s'interrompit. A quoi cela l'avancerait-il de gâcher le temps qu'elle venait passer chez sa sœur, en remettant sur le tapis un sujet de discorde qui remontait à leur enfance ? Elle était venue l'aider à reprendre les rênes de sa vie après sa rupture, l'aider à rénover cette monstrueuse maison de bord de mer maintenant qu'elle se retrouvait seule à tout gérer et surtout, elle tenait à raccommoder leur relation qui n'avait plus jamais été la même depuis son départ de Prospect, neuf ans auparavant. Elle devait donc faire attention à ce qu'elle disait.

— Je reste parce que je suis chez moi, Paige, et parce que ça me plaît. Je sais bien que tu n'étais pas heureuse à Prospect. Je sais aussi que depuis que tu es partie, tu as fait des choses extraordinaires. Pour moi, c'est différent, j'ai toujours voulu vivre ici. Quand j'en suis partie, j'ai eu le mal du pays, comme on dit…

Paige acquiesça d'un hochement de tête contraint. Heureusement pour elle, Luke lui épargna la peine de répondre. Il venait d'extirper du fond d'un sac le trésor qu'il brûlait de montrer à Penny.

— Regarde, tante Penny, ce que maman m'a acheté ! C'est une BD absolument géniale ! Tu veux la voir ?

— Bien sûr, quelle question ! Tu me la montreras pendant que je rangerai les provisions.

Tout en parlant, elle plongea la main dans le sac et en sortit un pot de chutney.

— Et tu sais quoi ? On est tombés sur mon père. C'est le shérif et il avait l'air très en colère contre maman !

Le pot de chutney fit un bruit de tonnerre en s'écrasant par terre.

— Assieds-toi donc, suggéra Paige mi-figue mi-raisin. Je vais m'occuper de ranger le reste des provisions…

— Tu as vu Logan et c'est tout ce que tu trouves à dire ?

Penny posa sur sa sœur puis sur son neveu un regard qui en disait long.

— Bon, je te l'accorde, c'est moins théâtral que de laisser tomber un pot de chutney, mais je fais ce que je peux dans la limite de mes moyens.

Penny alla chercher une pelle, une balayette et une serpillière et se mit à nettoyer le sol. Elle avait l'air hébété.

— Tu connais mon père, tante Penny ?

Prise d'une quinte de toux incontrôlable, Penny ne put répondre pendant quelques instants.

— Oui, un peu. Pourquoi ? finit-elle par articuler quand elle eut enfin repris son souffle.

— Parce que… je ne sais pas… je crois que je ne l'aime pas beaucoup. Il a été méchant avec maman. Elle m'a dit après, sur le chemin du retour, que c'était parce qu'il avait été surpris de me voir. Mais je n'en suis pas si sûr. Alors, je me disais que si toi, tu le connaissais, tu pourrais me dire si c'est juste une impression ou s'il est tout le temps comme ça.

Visiblement, ce sujet lui tenait à cœur. Il avait parlé d'un trait sans reprendre sa respiration, les yeux emplis d'un immense espoir mêlé de peur. Pourvu que Paige ait pu voir ce regard ! songea Penny, émue.

Paige l'avait vu et elle sentit son cœur se gonfler d'une tendresse immense pour cet enfant si adorable. Elle aurait tant voulu pouvoir donner un père à ce fils adoré, mais si cela signifiait qu'elle devait pour cela renouer avec Logan, elle ignorait si elle en serait capable. Pourtant, cela semblait si important pour Luke, il paraissait tant le vouloir qu'elle aurait voulu le désirer autant que lui.

Hélas, rien qu'à l'idée de revoir Logan le soir même, elle en avait l'estomac noué. Non, à y bien réfléchir, c'était impossible ! Impossible que Logan revienne, d'une manière ou d'une autre, dans sa vie !

Il lui avait fait trop de mal.

Un long silence s'installa, puis Penny reprit la parole.

— Je ne pense pas que ton père soit un mauvais homme, Lucky… Je suis même sûre qu'il ne s'est pas montré méchant avec ta maman de façon délibérée. A mon avis, il a dû être très choqué en te voyant, il ne s'y attendait probablement pas du tout.

— Il a dit qu'il ne savait pas que j'existais.

Le regard de Penny s'assombrit, prenant des teintes de forêt profonde.

— Tu vois ? Il n'a pas dû comprendre du tout ce qui lui arrivait.

— C'est ce que maman a dit aussi.

— Et tu devrais la croire. Elle sait beaucoup plus de choses que ton père.

— Penny !

Paige fusilla sa sœur du regard.

— C'est vrai ! Les hommes sont…

— Changeons de sujet, tu veux bien ? Je n'ai pas franchement l'impression que Luke ait envie d'entendre tes récriminations sur la gent masculine.

— Et pourquoi pas ? demanda l'intéressé.

Paige le fit taire d'un regard ferme. Le petit garçon obtempéra et se plongea ostensiblement dans son album de bandes dessinées.

Considérant qu'il valait mieux ne pas envenimer la situation, Penny lui demanda :

— A part ça, qu'est-ce que tu as à me raconter, bonhomme ?

— Bof, pas grand-chose…

Paige, qui commençait à penser qu'elle ne s'en était pas trop mal sortie, sursauta, outrée.

— Pas grand-chose ! Tu as déjà oublié qu'à cause de

toi, j'ai couru comme une cinglée dans tous les rayons de chez Mandala ? Tu as la mémoire courte, dis donc !

— Comment ça, tu as couru comme une cinglée chez Mandala ? Qu'est-ce qui s'est passé ?

Paige lui raconta alors l'incident, laissant Luke l'interrompre à plusieurs reprises pour donner à sa tante sa propre version des événements, ce qui, malgré son envie de le gronder, lui arracha des sourires amusés.

Elle l'écoutait, plus fière que contrariée. Décidément, ce gamin était impayable ! Avec un tel talent pour tourner les situations à son avantage, il ferait sûrement une carrière dans la politique.

A la fin de leur récit, Penny gratifia son neveu d'un regard sévère.

— Je crois que pour te faire pardonner, tu vas devoir faire toutes sortes de corvées sans rechigner pendant au moins une semaine.

— Mais…

Penny arqua un sourcil, comme Paige elle-même le faisait, et Luke se tut aussitôt. Il ne connaissait pas encore assez bien sa tante pour savoir si elle plaisantait ou non. Surtout qu'elle lui avait offert un iPod, ce qui lui donnait un certain ascendant. Sachant que cela ne durerait pas, Penny en profitait. Elle fit un clin d'œil à Paige.

— Je te propose d'ailleurs de commencer par monter dans ta chambre pour ranger tes jouets. J'ai installé une étagère, tu pourras y mettre tout ce que tu veux. J'ai aussi trouvé une vieille télé… Alors, si tu veux y brancher ta console de jeux, tu seras mieux là-haut qu'ici.

— Génial !

Luke bondit sur ses pieds et se précipita dans l'escalier.

— Justement, j'ai un nouveau jeu de base-ball qui a l'air super. J'ai trop hâte de l'essayer !

— Luke ! Tu n'as rien oublié, par hasard ?

— Merci, tante Penny !

Penny éclata de rire.

— Je ne sais pas comment tu fais avec ce gosse. Il arrive à mener tout le monde par le bout du nez, tellement il est charmeur.

— Tu peux le dire ! Il fait ce qu'il veut de tous ses professeurs, et c'est la même chose avec les voisins. Ils lui donneraient le bon Dieu sans confession.

— Ça ne doit pas être facile tous les jours de le discipliner.

— Tu ne crois pas si bien dire. Quoi que je fasse, quoi que je dise, c'est toujours moi qui finis par avoir tort. Je t'assure, il y a des jours où ça me rend folle !

Penny lui jeta un regard perçant.

— Luke est vraiment le portrait craché de son père. Physiquement, ça saute aux yeux. Ce regard pétillant, c'est ahurissant ! Et tu t'étonnes que Logan ait perdu son calme, tout à l'heure, en le voyant ?

Paige attendit d'être sûre que la porte de la chambre qu'elle partageait avec son fils soit bien refermée, avant de répondre :

— Il n'avait aucune raison de perdre son calme, Penny. C'est lui qui a voulu rompre, quand je lui ai annoncé que j'étais enceinte. C'est lui qui m'a accusée d'avoir couché avec la moitié de l'équipe de football du lycée. J'ai eu beau lui assurer que Luke était de lui, il n'a rien voulu entendre.

— Ce serait peut-être une bonne idée de le lui rappeler, la prochaine fois que tu le verras.

Penny marqua une pause.

— Je ne me trompe pas en supposant qu'il y aura une prochaine fois ?

— Non, tu ne te trompes pas. Il va passer ici ce soir, quand Luke sera couché…

— Eh ben dis donc, il ne perd pas de temps !

— Tu peux le dire. Je ne croyais vraiment pas qu'il me tomberait dessus aussi vite !

— Moi non plus.

Pendant quelques instants, les deux sœurs ne prononcèrent plus une parole, toutes deux perdues dans leurs pensées.

Puis Penny reprit :

— Qu'est-ce que tu as l'intention de lui dire ?

— Que Luke et moi, nous nous débrouillons très bien sans lui. Que nous nous sommes passés de lui pendant huit ans et que je ne vois pas pourquoi cela ne pourrait pas continuer pendant les dix prochaines années.

— Vraiment ? Et tu crois qu'il va accepter cet argument sans broncher ?

— Il n'aura pas le choix. Je saurai lui rappeler qu'il était bien content de ne pas faire face à ses responsabilités, quand je lui ai annoncé que j'étais enceinte.

Malgré son air bravache, Paige sentit sa voix se briser. Alors, pour ne pas fondre en larmes, elle se concentra sur le rangement des provisions.

— En vérité, Penny, j'essaie de me convaincre qu'il ne fera aucune difficulté, mais je n'en crois rien. Si tu l'avais vu, au café ! J'ai vraiment cru qu'il allait faire un scandale.

— C'est là que vous vous êtes rencontrés ? Chez Prospector ?

— Normal… Tu me connais, j'ai toujours adoré laver mon linge sale devant toute la ville !

Elle lui raconta alors dans le détail comment la scène s'était déroulée. Sa sœur l'écouta sans l'interrompre, se contentant de ponctuer son récit de petits bruits marquant sa sympathie.

Quand elle eut fini, Penny traversa la cuisine, la prit dans ses bras et la serra contre elle.

— Je suis vraiment désolée que tu sois obligée d'avoir affaire à lui, Paige. C'est une véritable ordure, il n'y a pas d'autre façon de le décrire.

— C'est bien vrai. Rien de tel que de passer le reste de sa vie à payer ses erreurs de jeunesse, pas vrai ?

— Oui. Et il n'y a pas que quand on est jeune que l'on fait des erreurs, crois-moi ! rétorqua Penny en esquissant une grimace.

Paige ne releva pas la remarque. Elle savait bien qu'en lui montrant un tant soit peu de sympathie ou en tentant de l'encourager à lui parler de ses problèmes de cœur, elle obtiendrait le résultat opposé à celui escompté : Penny se refermerait aussitôt comme une huître.

Elle soupira et appuya sa tête sur l'épaule de sa sœur.

— Qu'est-ce que je dois faire, à ton avis ?

— Tu dois faire comme tu le sens.

— Ce n'est pas évident… Si je m'écoutais, je ne laisserais pas Logan s'approcher de Luke.

— Alors, ne le laisse pas s'approcher de lui. Tu n'as absolument pas besoin de te justifier. Ce qu'il t'a fait est impardonnable et tu n'as aucun compte à lui rendre.

— Je sais.

— Tu en es bien convaincue ?

— Mais oui ! Ce n'est pas pour lui que je m'inquiète, c'est pour Luke. S'il veut connaître son père, je n'ai pas le droit de l'en empêcher.

— Paige, il a huit ans. Comment veux-tu qu'il sache ce qu'il souhaite vraiment ou pas ? S'il connaissait Logan comme nous le connaissons, il aurait vite fait de comprendre qu'il peut très bien se passer de lui.

— Ce n'est pas aussi simple. Maintenant que Logan sait qu'il est son père, qu'est-ce que je vais faire, s'il insiste pour le voir ?

— Tu l'enverras paître ! Il a eu sa chance il y a neuf ans, non ? C'est un peu facile de se réveiller après tout ce temps et de te jouer la scène de l'homme blessé, du séducteur repentant… Tant pis pour lui ! Il y a des erreurs qui ne se rattrapent pas.

Paige hocha la tête, avec un fond d'inquiétude cependant.

Logan ne pouvait revendiquer aucun droit sur Luke, bien sûr. Ils s'étaient séparés neuf ans plus tôt, et il lui avait déclaré qu'il ne voulait rien savoir de sa grossesse, qu'il ne se sentait nullement concerné et qu'elle n'avait qu'à se débrouiller. Il n'y avait donc pas de raison pour qu'il change d'avis, si longtemps après…

Mais il s'était toujours montré extrêmement déterminé, quand il s'agissait d'obtenir ce qu'il voulait. A dix-huit ans déjà, il était ainsi. Les années semblaient avoir renforcé cette tendance, car l'homme qu'elle avait rencontré un peu plus tôt dans la journée possédait de toute évidence une volonté farouche. Si pour une raison ou pour une autre, il décidait de jouer maintenant un rôle dans la vie de Luke, elle n'aurait aucun moyen de l'en empêcher. Surtout s'il décidait de passer par le tribunal dans cette petite ville où tout le monde la détestait et de demander la garde de son fils… S'il parvenait à convaincre le juge ?

Cette pensée la glaça. Elle en mourrait…

Non ! Il fallait qu'elle arrête. Tout de suite. S'inquiéter était parfaitement stérile et n'avait jamais rien changé au cours des choses. S'il y avait une leçon qu'elle avait retenue au cours des vingt-six années de sa vie, c'était bien celle-ci. En outre, elle avait bien mieux à faire qu'à se préoccuper de Logan Powell et de ses approches arrogantes et sournoises.

Arrogantes et sournoises, vraiment ? En quoi s'était-il montré arrogant et sournois, honnêtement ?

Elle secoua la tête, troublée par les émotions contradictoires qui la traversaient, ne sachant plus où elle en était.

— Il ne peut plus te faire de mal désormais, déclara Penny. Tu sauras l'en empêcher. Et moi aussi, je l'en empêcherai, tu peux compter sur moi !

Le cœur de Paige se gonfla de gratitude.

— Pour une petite sœur casse-pompon, je dois reconnaître que tu es plutôt remarquable.

— Et toi, pour une grande sœur odieuse, une mademoiselle-je-sais-tout, tu n'es pas mal non plus. Sérieusement Paige, comment allons-nous faire face à cette situation ?

— Nous ? C'est *mon* problème, Penny.

— Ecoute, si tu es revenue ici, c'est uniquement parce que j'ai fichu ma vie en l'air et que je t'ai appelée au secours. Alors tu comprendras que je me sente aussi concernée. C'est *notre* problème, d'accord ?

Elle désigna les pots de peinture et les outils qui encombraient le salon.

— Je ne pourrai jamais m'en sortir toute seule pour remettre cette maison en état, tu le sais très bien.

Elle n'avait pas tort. Neuf ans après son départ précipité de Prospect, seule, enceinte et totalement désemparée, Paige n'y était revenue que pour cette raison, même si elle aurait préféré ne plus jamais y remettre les pieds. En partant, elle avait laissé Penny seule avec leurs parents, et même s'ils ne la traitaient pas aussi mal qu'elle, la vie avec eux n'était pas rose tous les jours.

Elle n'avait cependant pas laissé cette considération influencer sa décision. Elle n'avait pas eu le choix, c'était tout simplement une question de survie pour elle à ce moment-là. Elle avait coupé tout lien avec sa famille, donc avec sa sœur, et si, un an auparavant, Penny avait cherché à renouer avec elle, elle ne s'était pas empressée de répondre à ses avances dans un premier temps. Jusqu'à ce que son fiancé finisse par la quitter, la laissant seule et presque sans un sou face à ce chantier gigantesque.

Pas question alors de laisser sa petite sœur sans aide. D'autant qu'elle se trouvait entre deux boulots, ayant fini les décors pour un film et attendant d'entamer le travail pour son prochain contrat. Elle disposait de deux semaines de vacances, qu'elle avait décidé de passer à aider sa sœur. Et s'il lui avait fallu travailler comme une cinglée de façon à pouvoir étirer ces deux semaines de coupure jusqu'à en faire deux mois, cela ne regardait qu'elle, après tout.

— Ce qui est bien, c'est que la question ne se pose même pas.

— Si, justement. Ecoute, Paige… Ne le prends pas mal… Tu sais que je suis très heureuse que tu sois là, mais je me demande si tu ne devrais pas retourner à Los Angeles. Il vaudrait peut-être mieux que tu éloignes Luke de Logan le plus vite possible.

L'idée lui avait traversé l'esprit, mais elle ne s'y était pas arrêtée.

— Je crois que ça ne changerait rien, maintenant. Il me suivrait au bout du monde. Il a l'air très déterminé à voir Luke.

Penny renifla avec dédain.

— Avec neuf ans de retard ! Même s'il te rattrape, tu serais au moins sur ton propre territoire, ce qui t'apporterait un avantage. Ici, il est shérif et tout le monde le porte aux nues. Si cette affaire doit aller devant un tribunal, tu aurais plus de chances de gagner à Los Angeles.

— J'espère que nous n'allons pas en arriver là.

— On ne peut pas repousser cette hypothèse.

— Dans ce cas-là, oui, L.A. serait un avantage pour moi.

— Alors, ne te crois pas obligée de rester ici.

— Penny…

— Je le pense sincèrement. Si c'est ce qu'il y a de mieux pour Luke et toi, je veux que vous retourniez en Californie. Le plus vite possible.

C'était tentant. Très tentant. Pourtant…

— Je ne sais pas. C'est peut-être déjà trop tard.

— Comment ça, trop tard ? Tu as vu Logan il y a une heure à peine !

Oui. Mais le doute s'était insinué. Elle avait l'intuition qu'en s'enfuyant de la sorte, elle risquerait de détruire la seule chance qu'il puisse y avoir, aussi ténue soit-elle, de résoudre ce conflit avec Logan de façon adulte.

— Je ne sais pas comment te dire… C'est trop tard, c'est tout. Fais-moi confiance.

Elle attrapa une boîte de céréales.

— Où veux-tu que je range ça ?

— Donne-la-moi !

C'est tout juste si Penny ne la lui arracha pas des mains. Puis elle la poussa sans ménagement vers la porte.

— Allez, dehors ! Va te promener. Tu as besoin de te détendre, ça te fera du bien. Profites-en pendant que je finis de ranger.

— Je n'ai pas envie de me détendre, Penny. Je suis énervée comme une puce !

— Justement. Va marcher sur la plage, tu y verras plus clair. Ensuite, tu m'aideras à préparer le dîner et pendant que ça cuira, nous ferons une partie de tennis virtuel.

Paige éclata de rire.

— Dis donc, il ne t'a pas fallu longtemps pour devenir aussi accro à la Wii que Luke ! Ça ne fait même pas deux jours que nous sommes arrivés !

Paige était sur le point de sortir, lorsqu'elle s'arrêta sur le seuil.

— Tu veux que je te dise ? Mike ne sait pas ce qu'il a raté. Quel imbécile celui-là !

— Je ne te contredirai pas sur ce point. Quand je pense qu'il a attendu que j'investisse tout mon argent dans cette maison pour prendre la poudre d'escampette ! Alors que nous étions sur le point de concrétiser notre rêve… J'espère qu'il va payer sa lâcheté au prix fort. En tout cas, je refuse de me lamenter une seconde de plus sur la disparition de ce goujat. Il ne le mérite pas et puis voyons le bon côté de l'affaire : c'est quand même grâce à lui que nous nous sommes retrouvées, toi et moi !

Paige s'éclaircit la gorge. Embarrassée par l'émotion profonde qu'elle lisait dans le regard de sa sœur, elle ne trouvait pas ses mots. La communication simple et directe entre adultes n'avait jamais été son fort.

— Bon, je crois que je vais aller me promener…

Penny la gratifia d'un grand sourire.

— Prends un pull. On est au mois de juin, mais il ne fait pas encore si chaud que ça, surtout quand le vent vient de l'océan.

Joignant le geste à la parole, elle lui lança une veste en laine.

— Je ne veux pas te revoir avant une bonne heure, c'est compris ? Tu dois prendre des forces avec tout le boulot que j'ai l'intention de te faire faire…

Paige sortit et s'éloigna, tournant le dos à l'énorme maison décrépite.

Après tout, Penny avait raison : une bonne balade lui ferait le plus grand bien ! Ce n'était pas comme si elle n'aimait pas l'océan, loin de là. A Los Angeles, ils n'habitaient qu'à quelques pas de la côte et, au moins une fois par semaine, elle faisait en sorte d'emmener Luke à la plage.

Seulement, la mer là-bas était différente. Plus calme, plus chaude. Moins chargée de souvenirs.

Mais elle n'allait pas laisser les souvenirs lui gâcher son séjour. Cette décision, elle l'avait prise bien avant d'arriver à Prospect, lorsqu'elle avait accepté de venir aider sa sœur à rendre la maison habitable et prête à recevoir des hôtes. Pas question de laisser le passé lui boucher l'horizon !

En tout état de cause, elle avait bien changé en neuf ans. De la jeune fille incertaine, manquant d'estime de soi au point de chercher l'affection et l'approbation des autres quel que soit le prix à payer, elle était devenue une femme affirmée, qui savait ce qu'elle voulait et comment l'obtenir.

Le plus dur, pendant son séjour, serait de rester à l'affût de tous les pièges qu'elle ne manquerait pas de rencontrer, et de ne pas laisser le passé lui faire oublier la réalité du présent.

Armée de ces pensées positives, Paige ôta ses chaussures et s'avança jusqu'au sable mouillé, là où de petites vagues venaient à sa rencontre.

Elle trempa ses pieds dans l'eau glacée, frissonna de plaisir lorsqu'elle vint lui chatouiller les doigts de pied, lui effleurer les chevilles. Le sable s'enfonçait sous ses talons et entre ses orteils, lorsque la mer l'aspirait en se retirant, et chaque nouvelle vague creusait un sillon en effaçant les traces de ses pas.

Si seulement l'on pouvait effacer le passé aussi facilement…

Pas tout le passé, non. Après tout, si elle n'avait pas commis toutes ces erreurs, elle n'aurait pas eu Luke. Et sans lui, elle n'aurait jamais pu remonter la pente après tout ce qui lui était arrivé ici…

Mais cette ville et tous les souvenirs qui y étaient rattachés allaient la rendre folle si elle n'y prenait pas garde ! A Los Angeles, il pouvait se passer des semaines, des mois même, sans qu'elle repense à Logan. Tandis que là, sur cette plage, les yeux tournés vers le Pacifique que le vent faisait moutonner, elle ne parvenait pas à le chasser de son esprit. Surtout avec Luke ici. Il lui ressemblait tant, que de le voir évoluer dans tous ces lieux chargés de mémoire faisait resurgir tous les souvenirs qu'elle aurait préféré oublier.

Même si elle avait traversé des périodes affreusement difficiles, surtout les premiers mois après son arrivée à Los Angeles, elle n'aurait rien voulu changer à sa vie. Malgré les épreuves qu'elle avait rencontrées, ou plutôt grâce à elles, elle avait réussi à conquérir pour Luke des richesses qu'elle était prête à défendre bec et ongles.

La stabilité.

La sécurité.

Un amour inconditionnel.

Ce que ses parents, qui ne l'aimaient pas, n'avaient jamais su lui offrir. Ce qu'elle s'était juré de donner à son fils sans aucune retenue.

Tout à coup, une vague plus grosse que les autres roula jusqu'à elle, la prenant par surprise. Elle fut trempée jusqu'aux genoux et reçut quelques éclaboussures sur les cuisses et le ventre. Le froid soudain lui arracha un petit cri. Puis elle rit. Même si c'était glacé, c'était tellement agréable ! Comme si cette eau avait le pouvoir d'entraîner dans son ressac tous les soucis qui l'avaient troublée quelques instants auparavant.

C'est à ce moment-là, alors qu'elle contemplait le sac et le ressac caressant le sable, léchant sa peau au passage d'une langue effrontée et glaciale, qu'elle prit une décision.

Elle s'était donné deux mois pour aider sa sœur à

mettre en route ses chambres d'hôtes. Pendant ces deux mois, elle vivrait dans le présent.

Elle oublierait ses erreurs ; elle oublierait tout le mal qu'elle avait fait et celui qu'elle avait subi. Elle se concentrerait sur tout ce qu'il y avait de positif dans sa vie. A commencer par Luke. Et Penny. Sans oublier un travail qu'elle adorait et qui l'attendait à L.A.

Grâce à tout ce qu'elle y avait appris, elle était à même d'aider Penny à transformer la maison immonde qu'elle avait sur les bras en un lieu tout à fait extraordinaire.

Et quand elle aurait fini… Quand elle aurait fini, eh bien elle quitterait Prospect pour de bon. Mais cette fois-ci, ce serait sa décision et selon ses conditions, car elle aurait réussi à faire taire une bonne fois pour toutes les fantômes de son passé.

Chapitre 4

Logan avait l'impression qu'il n'arriverait jamais. Pourtant, de chez lui, il ne fallait pas plus d'un quart d'heure pour atteindre la maison de bord de mer où vivait Penny Matthews. Juste avant de partir, il avait reçu un coup de téléphone furieux de sa mère. A peine avait-il décroché qu'elle l'avait bombardé de questions. Des bruits circulaient et se répandaient à la vitesse d'un feu de broussailles. On racontait que Paige Matthews était de retour en ville, avec *son fils à lui*… Etait-ce vrai ? Qu'est-ce que c'était que cette histoire ? Il avait eu un mal fou à conserver son calme. Elle avait enfin fini par raccrocher et il s'était demandé, non sans de bonnes raisons, s'il serait encore autorisé à pousser la porte de chez ses parents. Si tel était le cas, il serait en bonne compagnie, rejoignant la liste, de plus en plus longue, des bannis, liste qui comportait en premier lieu Paige et Luke, bien sûr, mais encore les anciennes maîtresses de son père, les enfants de sa sœur… Plus le temps passait, moins il restait de gens auxquels ils accordaient la permission de leur rendre visite.

Mais comment aurait-il pu donner à sa mère une explication plausible, alors qu'il était lui-même complètement désorienté ?

Tout ce qu'il savait, c'était que dès l'instant où ses yeux s'étaient posés sur le petit garçon, dès l'instant où il avait compris que Paige avait donné naissance à *son* enfant, ses neurones avaient cessé de fonctionner.

Depuis, il ne pouvait songer à son attitude sans se traiter d'imbécile. Sa réaction, au café, avait été tout simplement ridicule, épidermique et surtout sans commune mesure avec ce qu'il ressentait et avec ses intentions véritables. Il n'avait jamais voulu mettre l'enfant mal à l'aise, certainement pas ! Mais le choc en le voyant, en comprenant qu'il avait manqué huit ans de son existence, avait été d'une violence inouïe. Il en avait perdu tout sens de la mesure.

Heureusement, Paige l'avait vite remis à sa place. Déjà quand ils étaient adolescents, elle avait toujours su le recadrer si, pour une raison ou une autre, il s'avisait de dépasser les bornes. Jusqu'au jour où elle était partie sans se retourner, le laissant là comme un vieux paquet de linge sale, comme si elle n'avait plus de temps à perdre avec lui. Qu'il soit le père de son enfant ne comptait visiblement pas assez à ses yeux pour qu'elle se donne la peine de chercher à le retenir.

Rien que de repenser à leurs disputes de l'époque, il commença de nouveau à bouillir intérieurement. Pourtant, depuis leur rencontre chez Prospector, il en avait fait, des efforts, pour contrôler ses émotions ! Et cela n'avait pas été facile, surtout après que Joni, furieuse, l'avait accusé de l'humilier devant tout le monde, puis était partie en claquant la porte.

Mais qu'aurait-il pu faire ? Comment réagir autrement en apprenant aussi soudainement et en public en plus, qu'il était père et que la mère de son enfant ne s'était pas donné la peine de l'en informer ?

Pour dire le vrai, les choses ne s'étaient pas tout à fait déroulées de cette façon. Une petite pointe de doute, mêlée de culpabilité, chatouilla sa conscience un bref instant, mais il s'en débarrassa bien vite. Après tout, au cours des huit années qui avaient suivi leur rupture, qu'est-ce qui empêchait Paige de lui faire savoir que l'enfant était de lui ? Les occasions n'avaient sûrement pas manqué. Pourquoi n'en avait-elle rien fait ?

Il se concentrerait sur cet argument lorsqu'il lui parlerait. Il ferait aussi bien attention de ne pas se mettre en colère, ce qui ne serait pas facile vu qu'à cet instant précis, il avait déjà l'impression que sa tête était sur le point d'exploser. Plus il réfléchissait, plus il en arrivait à cette conclusion : Paige lui avait volé huit années de la vie de son enfant.

Comment formuler les choses autrement ?

Elle était partie, enceinte de *son* enfant, et ne s'était pas donné la peine de le contacter une seule fois pendant toutes ces années.

Elle ne s'était pas donné la peine de lui annoncer la naissance du bébé.

Elle ne s'était pas donné la peine de lui dire qu'il était papa !

Elle ne s'était pas donné la peine de lui envoyer ne serait-ce qu'une photo de son fils, une seule !

Lorsqu'il se gara devant la vieille bicoque en ruine, il était plus remonté que jamais. Il allait remettre les pendules à l'heure une bonne fois pour toutes ! Il obtiendrait d'elle une explication sur son silence durant toutes ces années, et ce soir même ! Il ne souffrirait aucune dérobade. D'une manière ou d'une autre, cette affaire devait être réglée !

Il grimpa les marches quatre à quatre et s'apprêtait à frapper, lorsqu'une voix profonde et calme l'arrêta dans son élan.

— Tu as l'air remonté à bloc…

Il aurait reconnu cette voix entre cent. Ce ton, il l'avait entendu tant de fois dans le passé. La voix était un peu plus profonde, un peu plus riche peut-être, mais c'était bien la même.

Il fit volte-face, fouillant des yeux l'ombre que seule une lampe faiblarde perçait d'un halo incertain, jusqu'à ce qu'il l'aperçoive, perchée sur la balancelle, un verre de vin dans une main, dans l'autre un téléphone portable. Ses cheveux étaient tout ébouriffés ; elle portait le même petit haut violet qu'au café et un jean délavé et troué qui avait dû lui coûter plus cher que ce qu'il gagnait en un mois. Elle sentait bon le lilas, comme autrefois. Elle avait les pieds nus et, en voyant ses petits ongles peints en bleu, il se sentit pénétré d'un immense soulagement, d'un calme que rien d'autre, en cet instant, n'aurait pu lui procurer. Peut-être lui rappelaient-ils inconsciemment les jours heureux, ces jours lointains où ils s'aimaient.

Lorsqu'ils sortaient ensemble, elle avait toujours peint ses ongles de pied de couleurs tout à fait improbables, des couleurs qu'aucune autre fille n'aurait envisagées, mais qui le rendaient fou sans qu'il puisse expliquer pourquoi.

Il était bien trop aveugle alors, bien trop naïf, pour se rendre compte qu'elle ne le faisait pas uniquement pour lui plaire, qu'il n'était pas le seul à avoir le privilège de pouvoir admirer ses ongles de pied, comme d'ailleurs bien d'autres aspects de son anatomie.

Une colère sourde s'empara de lui, qu'il s'empressa aussitôt de refréner. A quoi bon s'énerver aujourd'hui pour ce qui n'était plus ? Cela ne les avancerait à rien pour ce dont ils avaient à débattre aujourd'hui. Paige, à en juger par son accueil, avait dû arriver à la même conclusion que lui depuis leur rencontre de l'après-midi.

Il se laissa choir sur la balancelle qui lui faisait face, sans prononcer une seule parole, se contentant de l'observer. De remarquer ce qui avait changé en elle, ce qui était identique aussi malgré les années. Et tout à coup, il se sentit de nouveau complètement perdu.

— Tu veux un verre de vin ?

Elle parlait d'une voix feutrée, un peu rauque, et il fut parcouru de frissons.

— Non merci. Je conduis…

— C'est vrai, j'avais oublié. Tu es shérif maintenant. Un citoyen respectueux de la loi, mieux… celui qui la fait respecter ! Je dois avouer que j'ai du mal à m'habituer à cette nouvelle image de toi, si loin de ce que tu étais, à l'époque.

— J'ai toujours été un citoyen respectueux de la loi, même si j'aimais faire croire le contraire.

— Oui, je me souviens.

Elle but une gorgée de vin.

— Tu as l'air en forme, Paige…

— C'est vrai… Los Angeles me réussit. Beaucoup mieux que Prospect.

Un long silence s'installa, peuplé de souvenirs venant s'y accrocher comme des fruits mûrs sur un arbre fruitier, n'attendant que d'être cueillis. Logan préféra n'en rien faire, refusant d'admettre qu'il mourait d'envie de les goûter. De la goûter, elle aussi.

— Il s'appelle Luke, murmura-t-elle quand le silence se fit trop pesant. C'est le diminutif de Lucas.

— C'est joli.

— Oui, je trouve aussi. C'est le prénom de mon premier voisin, quand je suis arrivée à Los Angeles. Il a été formidable avec moi. Il m'a aidée à m'installer, à me construire de nouveaux repères. C'est même lui qui m'a conduite à l'hôpital et qui a attendu quand Luke est né. Je ne sais pas ce que je serais devenue sans son soutien.

Une bouffée de colère resurgit soudain, brûlante, entraînant dans son sillage toute pensée cohérente.

— Tu aurais pu te tourner vers moi ! Tu aurais pu me dire que tu attendais notre enfant. J'aurais pu être là, à tes côtés, j'aurais pu t'aider !

— J'ai bien peur que ta mémoire ne te joue des tours, Logan, répondit-elle d'un ton neutre, comme si sa réponse l'indifférait. C'est réellement le souvenir que tu en as ?

— Ça se serait passé comme ça si tu l'avais voulu. J'aurais pu être à tes côtés, à chaque étape.

— Vraiment ? Moi, je me souviens que je t'ai annoncé que j'étais enceinte, je t'ai dit que j'attendais un enfant de toi… C'est à ce moment-là que tu m'as traitée de pute, tu te rappelles ?

— Tu couchais avec mon meilleur ami ! Tu couchais avec la moitié de l'équipe de football ! Comment voulais-tu que je croie que cet enfant était le mien ?

— Je *ne couchais pas* avec la moitié de l'équipe de football. Je ne couchais avec personne, sauf avec toi.

Mais ça, tu n'as jamais voulu le croire. Comme tu n'as jamais voulu admettre que j'étais enceinte de toi. Si tu avais accepté de faire face à tes responsabilités, il t'aurait fallu tirer un trait sur la petite vie bien rangée que tu t'étais programmée, sur la petite vie que ton père et ta mère avaient toujours voulue pour toi et dans laquelle il n'y avait aucune place pour cette fille qui venait du mauvais côté de la rivière… Et ça, bien sûr, c'était hors de question pour toi !

Elle avait parlé d'un seul trait, sans reprendre son souffle. Lorsqu'elle arriva au bout de sa lancée, elle avait du mal à respirer ; sa poitrine se soulevait et s'abaissait péniblement.

Il n'aurait pas dû se réjouir de constater son agitation, mais il trouvait quelque chose de rassurant dans le fait qu'elle ne prenait peut-être pas cette affaire aussi calmement qu'elle voulait le laisser entendre.

Il ne répondit pas tout de suite, fouillant du regard l'obscurité profonde qui entourait la maison. Ecouter Paige faisait remonter trop de souvenirs, des souvenirs qu'il aurait préféré laisser enfouis au fond de sa mémoire. Est-ce qu'il n'y avait pas un peu de vrai dans ses paroles ? Est-ce qu'à l'époque, il ne s'était pas empressé de croire à ce qui l'arrangeait, d'une certaine manière ? Il refoula cette pensée aussi vite qu'elle lui était venue. Il n'était pas encore prêt à la regarder en face, ni à admettre que le mauvais rôle, c'était lui qui l'avait tenu…

Il aurait été si simple à Paige de revenir après la naissance de l'enfant et de l'obliger à faire face à ses responsabilités. Leur ressemblance parlait d'elle-même. Pas besoin d'autre preuve… Mais non ! Elle avait gardé le silence et cette façon qu'elle avait maintenant de tourner la situation à son avantage était exaspérante ! C'était trop facile de l'accabler de reproches, alors qu'elle avait eu les cartes en main et avait choisi, délibérément, de lui cacher son jeu.

— Ecoute, dit-il enfin, je sais que tu as honte de ton passé mais on ne peut pas réécrire l'histoire et…

Elle se leva d'un bond.

— Dégage !

— Quoi ?

Il se leva à son tour, lentement, de manière à lui faire face. Il la dominait d'une bonne tête.

— Tu as bien entendu, fit-elle d'un ton sans réplique. Si tu crois que je vais accepter que tu viennes ici m'insulter après toutes ces années, me traîner dans la boue, tu te trompes lourdement ! C'est terminé, Logan, je ne suis plus l'adolescente que tu as connue, ni le bouc émissaire habitué à encaisser les injures de tout un chacun, y compris du garçon qui prétendait l'aimer. Alors, va-t'en et ne t'avise surtout pas de revenir !

Qu'est-ce qui se passait ? Qu'est-ce qu'elle était en train de lui dire ? Malgré tous ses efforts pour saisir le sens de son discours, une seule information parvenait à se frayer un chemin jusqu'à son cerveau embrumé : elle lui refusait le droit d'être en contact avec son propre fils ! Tout ce qui comptait pour lui à ce moment précis, c'était son désir ardent de rencontrer Luke, et ce désir oblitérait toute autre considération.

— J'ai des droits en ce qui concerne mon fils, Paige. Tu ne peux pas tout simplement me dire de dégager !

— Ces droits, tu y as renoncé le jour où tu m'as jetée dehors en m'ordonnant de ne plus jamais revenir.

Tu te souviens ? Ce jour-là, tu as aussi déclaré que tu ne donnerais jamais ton nom à mon bâtard et que je ferais mieux d'aller m'exhiber dans un cirque avec les monstres, que pour ta part, tu avais assez traîné avec la plèbe.

Logan cilla. Avait-il vraiment prononcé des paroles aussi indignes, aussi cruelles ? L'homme qu'il était devenu aurait voulu croire que non, mais hélas, Paige ne mentait pas. Malgré le temps écoulé, il n'avait pas oublié ces horreurs qu'il lui avait criées au visage.

— J'étais en colère, rétorqua-t-il sèchement.

— Ben voyons ! Tout s'explique ! Avis à la population ! Logan Powell, le pauvre chou, était en colère ! Et bien sûr, cela t'accordait le droit de faire n'importe quoi, de dire n'importe quoi et de faire du mal à qui tu voulais ?

— Ne retourne pas la situation. C'est toi qui m'as fait du mal ! Je t'aimais, et j'ai appris que tu couchais avec plusieurs de mes amis. Comment voulais-tu que je réagisse ?

— Et moi, je pensais que tu aurais la décence de me croire lorsque je t'ai affirmé que c'était un tissu de mensonges ! Comment, Logan, *comment* as-tu pu penser un instant que ce qu'ils disaient était vrai ?

— Pourquoi auraient-ils menti ? Ils connaissaient les sentiments que j'avais pour toi.

— Qu'est-ce que j'en sais ? C'étaient tes amis. Beaux amis, en vérité, pour avoir été capables de te faire ça ! Ce que je n'ai jamais réussi à comprendre, c'est comment tu avais pu les croire aussi facilement… Tu disais que tu m'aimais et pourtant, quand tes amis se sont mis à raconter toutes ces horreurs sur mon compte, tu n'as pas mis une seconde leur parole en doute et, à la première occasion, tu n'as pas hésité à me plaquer, à nous plaquer notre enfant et moi… Je comptais donc si peu pour toi ?

Les paroles de Paige le touchaient plus qu'il ne l'aurait voulu, instillant rétrospectivement un doute atroce dans son esprit. Car il s'agissait de ses amis, nom de nom ! Certains l'étaient encore, après toutes ces années, et des meilleurs. Ils s'étaient tenus à ses côtés lorsqu'il s'était marié. Ils n'avaient aucun secret les uns pour les autres ; ils se connaissaient comme des frères. S'ils étaient des menteurs, il le saurait, bon sang ! Il était flic, et n'était-ce pas précisément le boulot d'un flic de percer les menteurs à jour ?

L'esprit en ébullition, il ne savait plus que penser et lâcha sans réfléchir la première chose qui lui passa par la tête.

— Pourquoi ne les aurais-je pas crus ? Ce n'est pas comme si tu avais été vierge, la première fois que nous avons couché ensemble !

Elle recula, les yeux écarquillés, comme s'il venait de la gifler. Son passé n'était pas très reluisant, c'était vrai, et elle était la première à le reconnaître. Etait-ce pour autant une raison pour lui parler aussi crûment ?

Logan regrettait déjà ses paroles. Il était sur le point de s'excuser lorsqu'il se ravisa. Elle n'était pas tant blessée que furieuse. Aussi furieuse que lui.

Elle le fusilla du regard.

— Ah ? Parce que, toi, tu étais vierge ? Si je me souviens bien, tu avais un tableau de chasse déjà bien rempli, quand nous avons commencé à sortir ensemble, et toutes les filles qui y figuraient s'en vantaient plutôt deux fois qu'une !

— Oui, mais…

Il voulut se reprendre, conscient qu'il était en train de s'engager sur un terrain glissant, seulement il en avait déjà trop dit.

— Mais quoi ? C'était différent pour toi, parce que tu étais un garçon ?

— Ce n'est pas ce que j'allais dire, protesta-t-il faiblement.

Comment la conversation avait-elle pu dévier à ce point ?

— Qu'est-ce que tu allais dire, alors ?

— Je ne sais pas. Pour tout t'avouer, je me fichais pas mal de ton passé.

— Vraiment ? Tu t'en fichais tellement qu'il a suffi d'un mensonge de la part de tes amis pour que tu me repousses, sans aucune hésitation, sans aucun regret ?

A bout d'arguments, conscient surtout que cette conversation lui échappait, il lui tourna le dos, examinant la végétation luxuriante et désordonnée qui avait envahi les alentours du bâtiment. Penny et elle avaient-elles conscience de l'immensité de la tâche à laquelle elles s'étaient attelées ? Remettre cette propriété en état s'annonçait comme un travail herculéen.

Il reprit la parole, bien déterminé à ne pas perdre de vue, cette fois, l'essentiel.

— Ecoute, ce que j'ai pu penser à une époque n'a absolument rien à voir avec la situation présente. Ce qui compte désormais, c'est Luke et la manière dont nous envisageons de nous y prendre…

Il y eut un silence. Elle s'était braquée et refusait de lui répondre. Puis, alors qu'il n'y croyait plus, elle soupira.

— Dis-moi, *toi*, comment tu envisages de procéder.

Et voilà, elle venait de poser la question qui le taraudait depuis l'instant où ses yeux s'étaient posés sur Luke. Il l'avait tournée et retournée dans sa tête un million de fois depuis, sans trouver une seule réponse satisfaisante. Un seul élément ressortait de façon récurrente, un élément qu'il pouvait affirmer sans la moindre hésitation :

— Maintenant que je connais son existence, je veux faire partie de sa vie.

Elle avait beau s'y être préparée, elle avait beau savoir qu'elle n'y couperait pas, le choc n'en fut pas moindre. Jusqu'à cet instant précis, Luke avait fait partie intégrante de sa vie et elle de la sienne, et cela depuis l'instant où elle avait appris qu'elle était enceinte. Personne d'autre n'était venu s'immiscer entre eux deux. Personne d'autre n'était venu infléchir le cours de leur existence. Et voilà qu'elle allait devoir partager son fils avec quelqu'un d'autre ! Et pas n'importe qui. Elle allait devoir le partager avec l'homme qui les avait rejetés, d'emblée, sans même prendre la peine d'écouter sa version des faits, de vérifier la véracité de ses affirmations. Il y avait vraiment de quoi devenir folle de rage !

La première idée qui lui vint à l'esprit fut de s'enfuir avec Luke le plus loin possible de cette horrible ville. Au moins, à Los Angeles, elle avait des amis, tous prêts à la soutenir, un travail qui lui permettait de vivre tout à fait confortablement, et, Dieu merci, un avocat qui n'avait pas les deux pieds dans le même sabot et qui saurait forcer Logan à se tenir à distance !

Penny comprendrait. Paige lui donnerait tout l'argent nécessaire pour qu'elle puisse procéder aux travaux indispensables, ainsi Luke et elle pourraient repartir tranquilles.

C'était décidé… Elle était sur le point de se lever et de rentrer dans la maison, de se diriger droit vers le buffet où elle savait qu'elle avait posé son sac et d'en tirer le chéquier qui lui ouvrirait la voie de la liberté, lorsqu'elle se ravisa.

Qu'allait-elle faire ? Fuir, une fois de plus ? Fuir comme elle l'avait fait neuf ans auparavant ? Qu'avait-elle gagné dans l'affaire ? Un voyage de retour à Prospect pour y trouver un placard plein de cadavres. Sans compter que si elle faisait le choix de s'enfuir, elle risquait de ne plus jamais pouvoir se réconcilier avec sa sœur.

C'était pourtant l'unique raison qui avait dicté son retour.

Elle repensa au visage de Luke lorsqu'il avait compris que l'homme qui se tenait devant lui était son père, au sourire de Penny lorsqu'elle s'était rendu compte que Paige était enfin prête à laisser le passé derrière elle et à affronter l'avenir avec courage, qu'elle était enfin prête à renouer avec elle, mettant de côté la culpabilité qui la rongeait parce qu'elle était partie, justement.

Non, cette fois-ci, elle n'irait nulle part. Elle ne fuirait pas. Pas question de tourner le dos à ses responsabilités. Logan Powell l'avait vaincue autrefois, elle ne lui ferait pas le plaisir de renouveler cet exploit. D'autant qu'elle n'était plus seule en jeu. Il s'agissait désormais de l'avenir de son fils et de sa sœur. Elle n'avait pas le droit de les faire souffrir par lâcheté.

Sa décision prise, et bien prise, elle se trouvait maintenant face à de nouveaux problèmes. Rester, c'était très bien, mais cela sous-entendait qu'il lui faudrait dialoguer avec Logan, accepter sa volonté d'intervention dans la vie de Luke, alors qu'il ne représentait plus rien à ses yeux. Après tout, qu'avait-il été, sinon un simple donneur de sperme ? Le fait qu'il se réveille après tout ce temps lui accordait-il des droits de partage sur son fils ? Il semblait le croire et elle avait du mal à le digérer.

Le silence se prolongea entre eux, lourd de sous-entendus, de non-dits, épicé d'incertitude, de ses peurs qui pulsaient dans ses veines comme les ailes d'un oiseau affolé contre un mur. Sans oublier la colère, dont le souffle formait un flot continu passant de l'un à l'autre, montant, descendant, au rythme des vagues qu'ils entendaient sans les voir. Les secondes s'égrenaient, interminables.

Malgré l'angoisse qui lui serrait le ventre, Paige aurait voulu retenir le temps. Il y avait si longtemps qu'ils n'avaient partagé une telle intensité d'émotions qu'elle tenait à la savourer le plus possible, ce qui, de toute évidence, n'était pas le cas de Logan.

Preuve, une fois de plus, qu'ils n'étaient pas sur la même longueur d'onde.

Après quelques minutes, il n'y tint plus. Sa voix profonde, un peu éraillée, brisa le silence.

— Tu ne dis rien ?

— Je ne sais pas ce que tu veux entendre.

Elle replia ses jambes sous elle, les bras serrés autour de son corps comme pour se protéger.

— Bien sûr que si, tu le sais, c'est juste que tu ne veux pas le dire.

Il suffit de cette petite phrase, anodine en apparence, pour qu'elle retrouve devant elle le Logan du temps passé, celui qu'elle croyait connaître mieux que n'importe qui d'autre. Un homme franc, sans détour, avec un sens de l'humour bien à lui, drôle et sarcastique.

Elle ne put réprimer un sourire. Pourtant, vu la façon dont ils s'étaient séparés, il n'y avait pas de quoi rire. Elle qui se croyait forte et déterminée… Pas étonnant que ce voyage menace de virer au désastre absolu !

— Quand tu dis que tu veux faire partie de la vie de Luke, comment l'envisages-tu ? Est-ce à dire que tu veux le voir un peu pendant que nous sommes à Prospect ou bien est-ce que tu penses à quelque chose de plus permanent ?

— A ton avis ? C'est mon fils, Paige, au cas où tu l'aurais oublié.

— Ça ne t'a pourtant posé aucun problème, il me semble, de lui tourner le dos et de l'abandonner une première fois… Je ne vois donc pas ce qui pourrait t'empêcher de recommencer. Ce n'est pas un jouet que l'on prend et que l'on jette quand il a perdu son attrait. Je n'ai pas l'intention de te laisser t'approcher de lui, pour que tu le laisses ensuite tomber alors que de son côté, il aura commencé à t'aimer et à dépendre de toi. Il mérite mieux que ça. Beaucoup mieux ! Je te préviens, Logan, tu as intérêt à réfléchir sérieusement, à savoir à quoi tu t'engages à cent pour cent, mais tant que ce ne sera pas très clair dans ton esprit, je ne te laisserai pas t'approcher de mon fils.

— Tu peux faire ta mère lionne prête à tout pour

défendre son petit autant que tu voudras, permets-moi de rire doucement. C'est un peu déplacé, tu ne trouves pas ? Il paraît qu'à peine arrivée ici, tu t'es débrouillée pour le perdre dans un magasin.

Devant l'injustice d'une telle accusation, elle fut suffoquée.

— Peut-être, mais moi au moins, je savais par quel nom l'appeler ! On ne peut pas en dire autant de toi !

Livide, Logan se figea sous la violence du coup. Quand il parvint à réagir, ce fut d'une voix basse, qu'il ne parvenait à contrôler qu'au prix d'un effort évident.

— A qui la faute, Paige ?

— A toi, Logan. Uniquement à toi…

Il ne répondit pas. La tension entre eux monta d'un cran, palpable. L'espace qui les séparait était électrique, chargé comme un ciel d'orage.

Paige avait du mal à respirer, comme si leur colère combinée aux myriades d'émotions qui les secouaient avait absorbé d'un seul coup tout l'oxygène de l'air ambiant.

Il savait que des paroles impardonnables étaient sur le point de s'échapper de ses lèvres et pourtant, il ne fit rien pour les retenir. Une expression de dégoût teinta son regard l'espace d'un instant, disparaissant aussi vite qu'elle était apparue.

— Tu sais aussi bien que moi que je peux obtenir du tribunal un droit de visite… S'il faut en passer par là, je n'hésiterai pas.

Tout ce qu'elle avait jamais ressenti pour cet homme, amour, rage, tendresse, haine, amitié, amertume, toutes les émotions, tous les sentiments qu'il avait su éveiller en elle pendant des années refluèrent d'un coup, lui coupant littéralement le souffle. Comment avait-il encore le pouvoir, après tout ce temps, de lui faire autant de mal ? Et comment faire pour éviter les pièges qu'il lui tendait, chacune de ses paroles étant comme une bombe prête à exploser ? Avait-elle seulement l'énergie de se frayer un chemin à travers toutes ces chausse-trappes, alors que l'enjeu était si colossal ? Elle avait bien peur que non.

— Tu me menaces ?

— Merde, Paige !

Il se passa une main sur le visage, lâcha de nouveau un juron.

— Bien sûr que non ! Mais je veux voir mon fils, je veux apprendre à le connaître. Est-ce si difficile pour toi de l'accepter ? Tu m'as privé de huit ans de sa vie… Tu comprends quand même ce que je peux ressentir ? Je ne veux pas en rater davantage.

— Je t'ai privé de lui ! C'est ta version des faits ? *Moi,* je t'ai privé, *toi*, de lui ?

— Je n'ai jamais été informé de sa naissance. Tu ne peux pas le nier…

Cette fois-ci, il dépassait les bornes ! Elle bondit, hors d'elle, et se planta devant lui, des années de colère refoulée fusant comme la lave d'un volcan en éruption.

— Dès que j'ai appris que j'étais enceinte, je te l'ai dit. Je t'ai demandé de m'aider, de nous aider mon bébé et moi. Je t'ai supplié, Logan, *supplié* de me croire, quand je te disais que j'attendais *ton* enfant ! Est-ce que je t'ai menti, alors ? Est-ce que tu peux nier, aujourd'hui, que Luke est ton fils ? Alors ne viens pas me dire que tu n'étais pas au courant. C'est toi qui n'en voulais pas. C'est toi qui l'as rejeté. Et si tu crois une seconde que je vais te laisser faire comme tu l'entends parce que tu menaces de me traîner au tribunal, alors c'est que tu es encore plus bête que je le croyais ! Tu veux passer par le tribunal ? Très bien, allons-y ! J'aurai bien des choses à dire ! La bataille n'est pas gagnée, loin de là… Ne crois pas que je laisserai un monstre d'égoïsme comme toi avoir accès à mon fils !

Elle fit demi-tour dans l'intention de le planter là et de lui claquer la porte au nez, mais il la retint par le bras.

— Arrête, Paige ! Cessons de nous déchirer… Tu auras beau chercher à endosser le rôle de la pauvre victime innocente, tu connais la vérité aussi bien que moi. Le père de Luke aurait pu être n'importe qui parmi une demi-douzaine de garçons. Pas de chance, c'est tombé sur moi…

— Si c'est comme ça que tu vois les choses, je crois que nous n'avons plus rien à nous dire. Si pour toi, la naissance de Luke, c'est « pas de chance », tu peux toujours courir pour que je le partage avec toi. J'attends des nouvelles de ton avocat.

Elle se dégagea violemment, se précipita à l'intérieur et claqua la porte derrière elle en s'assurant, pour la première fois depuis son arrivée, de bien la verrouiller.

Chapitre 5

— Eh bien ! On peut dire que votre entrevue s'est passée comme sur des roulettes !

Le cœur battant à tout rompre, Paige prit quelques instants pour recouvrer un peu son calme, avant de pivoter et de faire face à Penny.

— Tu as entendu ? demanda-t-elle à sa sœur, avant de se diriger vers la cuisine pour se verser un autre verre de vin.

Le premier était resté dehors, et pas question de le récupérer tant qu'elle n'avait pas la certitude que Logan était parti.

— Disons que je n'ai pas fait d'efforts particuliers pour me boucher les oreilles…

Penny la suivit dans la cuisine. Paige avait l'impression de flotter, d'être entourée d'un épais brouillard. Elle s'assit sur une chaise, le regard vide et les bras ballants, tandis que Penny s'activait. Après quelques instants, une grande tasse de chocolat chaud apparut devant elle, accompagnée d'une assiette remplie de biscuits au chocolat.

Elle tendit la main, en prit un. Si seulement elle pouvait faire un bond en arrière, redevenir la petite fille qu'un simple gâteau pouvait consoler de ses chagrins ! Hélas, ce temps était révolu.

— Tu veux en parler ?

— Pas vraiment.

— Bon, je vais reformuler…

Penny s'assit sur la chaise qui lui faisait face et la regarda droit dans les yeux.

— Raconte-moi tout.

— Il n'y a pas grand-chose à dire, tu sais. Surtout si tu as déjà tout entendu.

— Je n'ai pas tout entendu, juste les dix dernières minutes environ.

Elle prit un biscuit dans l'assiette.

— Alors, si je comprends bien, tu vas mettre vos avocats sur le coup, c'est ça ?

Paige s'effondra presque sur la table, avec une envie quasi irrésistible de se cogner la tête contre le bois massif.

— Qu'est-ce que tu voulais que je lui dise ? Il m'a menacée de me traîner au tribunal.

— Il t'a aussi insultée ! Il a de la chance que je me sois retenue, crois-moi… Quand j'ai entendu ce qu'il a eu le culot de te dire, j'ai eu envie de sortir lui mettre mon poing dans la figure !

— Je sais… Je ne comprends vraiment pas ce qu'il espérait gagner en me disant ça.

— Dis plutôt ce qu'il espérait gagner en *pensant* ça ! Franchement, Paige, j'avais beau avoir des œillères, durant ma première année de lycée, tant les études comptaient pour moi, je voyais quand même bien à quel point tu étais amoureuse de lui. Ça crevait les yeux ! Jamais tu ne l'aurais trompé.

Paige la contempla par-dessus sa tasse de chocolat.

— C'est ce que tu trouves choquant ? Pas tant le fait qu'il soit persuadé que je couchais avec tous ses copains, mais qu'il *pense* juste que je le trompais ?

— C'est justement ça qui est choquant… Du moment que tu n'es avec personne, tu peux faire ce que tu veux, avec qui tu veux. On n'est plus à l'époque où les hommes avaient tous les droits et les femmes n'avaient qu'à bien se tenir. Le temps des deux poids deux mesures, c'est fini. En tout cas, ça devrait l'être. Non mais pour qui est-ce qu'il se prend ? Comment M. Shérif Gueule d'Amour ose-t-il se permettre de te reprocher ton passé ?

Paige faillit s'étrangler avec son chocolat chaud.

— *Shérif Gueule d'Amour ?*

— Oui… Ce n'est pas comme s'il t'avait attendue sagement… On ne peut pas vraiment dire qu'il ait eu une conduite irréprochable, lui non plus. Sans vouloir t'offenser.

— Pas de problème, fit Paige en pouffant de rire.

Cela lui faisait du bien de se détendre un peu.

Puis elle reprit, plus sérieuse :

— Quelque part, je me demande si je ne le méritais pas un peu.

— Absolument pas ! Tu ne méritais pas plus ce qu'il t'a dit ce soir que ce qu'il t'a dit il y a neuf ans. Qu'est-ce que ça pouvait bien lui faire que tu aies connu d'autres garçons avant lui ? De quel droit se permet-il de porter un jugement ? Est-ce qu'il sait seulement ce que tu as eu à traverser quand tu étais petite, quelle épreuve ça a été pour toi de grandir dans cette ville, où tout le monde savait que maman s'était retrouvée enceinte alors que papa était posté à mille lieues d'ici ? Qu'y avait-il d'étonnant, alors, à ce que tu cherches un peu d'amour là où tu pouvais le trouver ?

— Ce n'était peut-être pas aussi simple que ça, Penny. J'en ai parlé avec ma psy. Selon elle, en agissant ainsi, je cherchais surtout à attirer l'attention de papa et maman, je voulais être considérée autrement que comme un bouc émissaire tout juste bon à prendre des coups… Pour tout t'avouer, je n'en suis pas vraiment convaincue. Je me suis souvent posé la question. Quand je me retrouvais au lit avec un type que je connaissais à peine, c'était comme si je me trouvais en face de papa et que je lui criais en pleine figure : « Je t'emmerde ! »

— Si quelqu'un était à blâmer, c'était bien lui…

— Je ne peux pas dire que je lui en veuille vraiment. Regarde, il est quand même resté avec maman, il m'a donné un toit, m'a nourrie…

— Mais il s'est assuré que tu n'oublies jamais, ni personne d'autre d'ailleurs, que tu n'étais pas de lui.

— C'est vrai.

Elle pencha la tête, perdue dans ses pensées, puis reprit :

— Au fond, ce n'est pas étonnant que Logan ait eu des doutes. Telle mère, telle fille…

Penny lui tendit un biscuit, sans succès.

— Tiens, prends. Ça te fera du bien. Sinon, tu vas te mettre à pleurnicher.

— C'est peut-être de pleurnicher qui me ferait du bien… En tout cas, je n'ai jamais regardé un autre garçon, encore moins couché avec un autre, tout le temps où j'étais avec Logan. Je l'aimais tant !

Elle haussa les épaules.

— Parfois, j'avais le sentiment que je ne le méritais pas. Il était tellement intelligent, tellement beau, tellement drôle. Tellement tout. Même quand il était distant avec moi, je l'aimais. Je l'aimais comme une folle.

— Au bout du compte, c'est lui qui ne te méritait pas. Tu as dû tomber de haut…

Paige laissa fuser un petit rire sans joie.

— Qu'est-ce que je vais faire, Penny ?

— Demande-toi plutôt ce que tu *veux* faire.

— Enfermer Luke jusqu'à ce qu'il ait cinquante ans ! Je ne supporterais pas qu'il souffre à cause des erreurs que j'ai pu ou que je pourrais faire.

— Je te dis et te répète que tu n'as fait aucune erreur. Si quelqu'un en a fait, c'est Logan.

— Peu importe qui de nous deux est responsable, à ce stade. Ce qui compte, à présent, c'est que si je fais le mauvais choix, Luke va en souffrir.

— Tu veux que je te dise le fond de ma pensée ? fit Penny en avançant la main sur la table et en saisissant celle de sa sœur. Du moment que tu aimes Luke, du moment que tu fais tout pour le protéger et que tu n'as que son intérêt à cœur, je suis certaine que rien de mauvais ne peut lui arriver. Même Logan ne pourra pas lui faire de mal. Il sait très bien que tu l'aimes trop pour laisser quiconque s'en prendre à lui.

— Oui, mais si je ne peux pas…

— Il n'y a pas de *mais* !

Penny recula sa chaise et se leva.

— Tu as besoin d'une bonne nuit de sommeil, Paige, et aussi de quelques jours de réflexion. Après, tu y verras plus clair et tu arrêteras d'en faire une obsession.

— Ça, je crois que c'est impossible.

— Essaye, qu'est-ce que tu risques ? Accorde-toi le

temps de respirer un peu. Tu viens juste d'arriver, tu n'as même pas eu la possibilité de souffler et tu te retrouves en plein milieu d'une véritable tornade. Laisse le temps au temps. Et le moment venu, tu sauras quoi faire.

— Tu me le garantis ?

— Absolument. Satisfaite ou remboursée. Qu'est-ce que tu veux de plus ?

— C'est facile à dire pour toi, ça ne te coûtera pas très cher !

— Tu as tout compris. Allez, viens. On va voir qui arrive en haut la première. Histoire de nous rappeler le bon vieux temps !

Penny se précipita vers l'escalier, suivie de peu par Paige. Elles firent la course, comme autrefois. Malgré tout, Paige avait l'estomac noué. Elle ne voyait pas d'issue. Quelle que soit sa décision, elle était sûre de perdre.

Logan était livide et tout tremblant de colère encore, lorsqu'il pénétra dans la petite maison qu'il avait achetée à quelques pas du centre-ville.

Il jeta ses clés sur le buffet, se dirigea sans hésitation vers le réfrigérateur, en sortit une bière qu'il décapsula d'un geste rageur puis qu'il but en quelques gorgées, avant d'en sortir une autre.

Que s'était-il imaginé ? Qu'en voyant Paige, ce soir, tout s'arrangerait, tout irait pour le mieux dans le meilleur des mondes ? Etait-il naïf à ce point ? Elle n'avait pas changé ; il aurait dû s'en apercevoir au café. Comment avait-il pu s'imaginer qu'ils arriveraient à s'entendre et à régler ce problème comme deux adultes responsables ? C'était impossible si l'un des deux adultes se comportait comme un enfant gâté... En l'occurrence elle !

Elle lui avait collé sur le dos une étiquette qui ne lui correspondait pas du tout, et ça, il n'arrivait pas à le digérer. Lui, le méchant dans l'affaire ? Lui, qui en toutes circonstances, tenait invariablement le rôle du sauveur ? C'était la meilleure !

Mais il avait beau se conforter dans ce personnage outré, blessé dans sa dignité, il ne pouvait chasser de son esprit un vague malaise. Quelque part, sa conscience lui chuchotait une question qu'il aurait bien aimé ne pas entendre. Etait-il si sûr que Paige était la seule à s'être mal comportée, ce soir ?

Il avait des excuses, bien sûr. Le stress de la situation, pour commencer... Auquel il fallait ajouter le fait qu'il se sentait toujours attiré par la jeune femme... Ça, c'était l'autre surprise de la journée. Une mauvaise surprise... Pas étonnant que la situation ait été pour le moins explosive ! Vu les circonstances, il devait s'estimer heureux de ne pas s'en être plus mal sorti.

Si toutefois une menace de procès et de duel entre avocats pouvait être considérée comme un résultat satisfaisant...

Il secoua la tête, but une longue gorgée de bière. Comment en étaient-ils arrivés là ? Et comment allait-il faire pour se sortir de cette impasse ?

Il se laissa choir sur le divan, et il s'empara de la télécommande. Il devait bien y avoir une ineptie quelconque à regarder, qui l'aiderait à se détendre ?

Mais il n'alla pas jusqu'à allumer la télé. Incapable du moindre mouvement, y compris celui d'appuyer sur le bouton, il se repassa en boucle le moment où il avait compris que le petit garçon assis à côté de Paige était son fils.

C'était incroyable à quel point le gamin lui ressemblait ! Il n'en revenait pas.

Essayant sans grand succès d'ignorer le ressentiment qui lui tordait les entrailles, il se demanda comment était Luke, bébé. Dire qu'il avait raté sa naissance, ses premiers pas, ses premiers mots ! Bon sang ! Il avait tout raté, tout !

Il repensa à son frère et à sa belle-sœur qui avaient passé un temps fou à documenter chaque étape du développement de leurs trois enfants. Photos, vidéos de Jason, Courtney et Stacy, dont ils avaient abreuvé leurs proches jusqu'à l'écœurement. A l'époque, ils les avaient trouvés aussi ridicules que lassants.

Maintenant, il comprenait mieux. Maintenant qu'il avait un fils, il avait une tout autre vision de ces manies. Il aurait tant voulu pouvoir partager chaque minute de la vie de Luke… Mais cela lui avait été interdit. Lui était encore interdit d'ailleurs…

Comment avait-il pu refuser d'envisager une seule seconde que l'enfant de Paige pût être le sien ? Quel imbécile il avait été !

Aveuglé par la colère et la honte, il n'avait pas été fichu de regarder plus loin que le bout de son nez. Quel idiot !

Idiot, oui… Ce qualificatif lui allait tellement bien, qu'on aurait pu dire sans exagération qu'il était son deuxième prénom. La preuve ? Il était tombé amoureux de Paige malgré la réputation qui lui collait à la peau ; il l'avait aimée tout en sachant parfaitement qu'elle avait couché avec d'autres garçons. Il s'en moquait à l'époque. Ce qui avait compté pour lui, c'était elle, elle qu'il avait appris à connaître, ou du moins qu'il croyait avoir appris à connaître. Tout ce qui avait compté, c'était d'être avec Paige, d'aimer Paige.

Au début, quand les rumeurs qui couraient sur son compte lui étaient parvenues, il les avait ignorées. On la traitait de Marie-couche-toi-là, mais lui, il lui faisait confiance. Elle lui disait qu'elle l'aimait et pour lui, c'était amplement suffisant.

En tout état de cause, il avait assez vécu à Prospect pour savoir ce que valait ce genre de racontars. S'il fallait croire tout ce que les gens disaient ! Les commérages étaient un sport national dans cette ville.

Ce qu'il avait momentanément oublié, c'était qu'il n'y avait jamais de fumée sans feu. Toute rumeur, aussi extravagante fût-elle, avait une base de vérité.

Si bien que pendant qu'il défendait Paige contre vents et marées, contre sa famille et ses amis, elle se moquait de lui derrière son dos, couchant avec une demi-douzaine des membres de l'équipe de football au moins…

Heureusement qu'il n'avait pas fait la bêtise de sa vie en abandonnant l'idée d'aller à l'université pour rester près d'elle ! Dieu merci, ses yeux s'étaient ouverts avant qu'il ne soit trop tard. S'il n'avait pas appris la vérité en ce qui la concernait, il aurait refusé de rejoindre l'équipe de football de l'université de Washington. Il serait passé à côté de la chance de sa vie.

En cet instant, il se demanda cependant si le prix à payer n'avait pas été un peu trop élevé. Son fils avait grandi sans lui.

S'il n'avait pas eu connaissance des infidélités de Paige, il se serait trouvé auprès de Luke depuis le début. Il avait aimé Paige, cela il ne pouvait pas le nier, et au nom de cet amour, il l'aurait aidée de son mieux. Bien sûr, leur relation n'aurait probablement pas duré – ils étaient si jeunes alors, ils avaient tant de choses à apprendre, tant de chemin à parcourir avant de devenir adultes… Mais il aurait été là pour son fils.

Ce qui comptait désormais, c'était de trouver le moyen de se rapprocher de Luke pour lequel il n'était qu'un concept sans réalité palpable.

Il repensa à Paige telle qu'il l'avait vue ce soir, assise sur la balancelle. Elle était si belle ! Autour de son visage, ses cheveux illuminés par la lampe formaient comme une auréole. On aurait dit un ange.

Comment pouvait-elle tant ressembler à un ange et être aussi sournoise ?

Comment se faisait-il que même en sachant tout ce qu'il savait sur elle, même en ressentant à son égard une colère comme il n'en avait jamais ressenti, il la désire encore ?

Peu importait la raison… Il devait à tout prix trouver le moyen de sortir de cette ornière. Sans qu'il soit question de relation, cela allait sans dire. Si son corps réagissait en sa présence, s'il ne pouvait s'empêcher de la trouver attirante, il avait aussi un cerveau pour rétablir l'équilibre. Il avait déjà donné et n'était pas près de retomber sous son charme au risque d'avoir le cœur brisé une deuxième fois !

Il pouvait néanmoins se montrer poli avec elle. Raisonnable. Garder la tête froide. Se conduire en adulte. Mettre de côté tout le mal qu'elle lui avait fait dans le passé, et celui qu'elle lui faisait de nouveau, en lui ayant caché l'existence de son enfant pendant presque neuf ans. Mettre de côté, oui, mais pas oublier.

Dans un sens, cependant, elle avait raison. C'était elle qui avait la main. Il n'allait pas pour autant se dégonfler et lui laisser emporter la mise.

Il allait faire monter les enchères. Il se sentait capable de tout, si au bout du compte, cela lui donnait la chance d'être le père que Luke méritait.

Il avait toujours voulu des enfants, ce qui avait été une source supplémentaire de conflit avec Melissa, qui n'en voulait pas. Alors, d'apprendre qu'il avait un fils, une fois le premier choc passé, le rendait plus heureux qu'il ne s'était senti depuis bien longtemps.

Et il n'allait pas tourner le dos à un tel bonheur !

S'il faisait le bilan de sa vie, peu de choses avaient vraiment compté pour lui. Parfois même, lorsque certaines situations étaient devenues trop compliquées ou ennuyeuses, il avait choisi de prendre la porte de sortie. Mais cette fois, il ne tournerait pas le dos à Luke, il ne renoncerait pas à la chance de jouer son rôle de père. Cette chance, il l'avait trop longtemps attendue.

Sa décision était prise. Il allait commencer par s'accorder quelques jours pour réfléchir, et pour permettre à Paige, de son côté, de se calmer après leur empoignade et peut-être même de repenser sa position.

Ensuite, plus rien ne pourrait l'arrêter. Il trouverait le moyen de se rapprocher de son fils, d'apprendre à le connaître et de faire partie de sa vie. C'était sa volonté et c'était son droit, quoi qu'en prétende Paige.

Il n'y avait pas d'autre issue possible et il n'en démordrait pas…

Chapitre 6

— Hé ! Maman ! Attrape !

Paige leva la tête juste à temps pour apercevoir le ballon foncer sur elle. Elle lâcha sa bêche et tendit les bras pour l'attraper. *Attraper* était d'ailleurs un bien grand mot, car le ballon la frappa en pleine poitrine avant qu'elle ne le retienne de ses bras.

Elle le renvoya à son fils de toutes ses forces, sans trop s'attarder sur le fait qu'elle n'était franchement pas douée à cet exercice. A quoi bon culpabiliser ? Après tout, c'était le sport où elle donnait les meilleurs résultats.

Le pire, c'était au printemps, quand Luke faisait du base-ball et qu'elle devait l'aider à s'exercer. Qu'y avait-il de plus exécrable que d'essayer d'attraper cette petite balle blanche et dure comme du bois, à part peut-être essayer de la frapper avec une batte ?

Quant à l'hiver, avec ses pratiques du basket, il ne valait guère mieux, songea-t-elle en stoppant de nouveau le ballon avec son torse. Si ça continuait comme ça, elle allait se retrouver avec un bleu gigantesque !

Stoïque, elle relança cependant le ballon et ne put s'empêcher de ressentir un élan de fierté en le voyant décrire une magnifique spirale dans l'air. Pur hasard bien sûr, elle aurait été bien incapable de reproduire cet exploit, malgré les efforts répétés déployés par Luke pour lui enseigner la technique, après l'avoir apprise lui-même d'un voisin à Los Angeles.

Elle était nulle, complètement nulle et sans espoir d'amélioration, contrairement à son fils qui, paraît-il, était une vraie graine de champion. Il aurait déjà, selon son entraîneur, les bras d'un quart-arrière de première classe.

Comment avait-elle fait pour enfanter un tel athlète, quand la plupart du temps c'était tout juste si elle arrivait à se tenir debout sans tomber ? Cela ne pouvait venir que des gènes de Logan, qui avait été un sportif de haut niveau, au temps du lycée.

— Bien lancé ! la félicita le petit garçon.

Visiblement impressionné par ses progrès, il lui renvoya le ballon en lui faisant faire lui aussi une très belle spirale de sa composition. Paige mit les bras en avant, pour l'attraper ou pour parer un nouveau coup, elle n'aurait su le dire. Il la frappa avec une telle force que l'index de sa main droite se retourna sous l'impact.

Grommelant un juron, elle se frotta le doigt, le plia dans un sens puis dans l'autre, se demandant si son fils de huit ans avait réussi à le lui casser. Il ne manquerait plus que ça !

Luke accourut vers elle, ne sachant s'il devait rire ou s'excuser. Avec sa logique enfantine, il trouva la solution et s'excusa donc en riant.

— Pardon, maman ! Je t'ai fait mal ? Ça va aller ?

Elle le fusilla d'un regard faussement courroucé.

— Hum ! Ça irait beaucoup mieux si mon fils n'essayait pas de me tuer avec un ballon !

— Si tu acceptais de jouer pour de bon, on ne pourrait

pas qualifier ça de tentative de meurtre ! répondit-il avec un petit sourire narquois.

Elle le fixa, estomaquée. Comme il ressemblait à son père, en cet instant précis !

— C'est toi qui le dis !

— Non, c'est un fait.

Il lança le ballon en l'air, le fit tournoyer, le rattrapa, le relança encore sans même regarder. Puis il recommença ce petit manège sans se lasser.

— J'ai fait tout ce que tante Penny m'avait demandé.

— Tout ? Je demande à voir… Je sais combien tu as horreur d'arracher les mauvaises herbes.

— Non, je te promets.

Il lui décocha un sourire qui avait le don de la faire fondre de tendresse, et cela depuis qu'il était tout bébé.

— J'ai même fait attention de ne retirer que les mauvaises herbes qui étaient exactement comme celle qu'elle m'avait montrée.

— Je suis sûre que ses tomates et ses poivrons t'en seront éternellement reconnaissants.

Elle attendit de voir ce qui allait suivre, ce préambule annonçant forcément une demande. Elle le connaissait si bien ! Elle n'eut pas à attendre longtemps.

— Alors… Je me disais…

— Tu te disais ?

— Est-ce qu'on pourrait aller acheter une glace ? Ça fait quatre jours que je n'en ai pas mangé avec du sucre dessus et puis, entre nous, les crêpes de tante Penny à la farine complète pleine de germes, ça va bien un moment, mais…

Paige se mit à rire.

— Avec des germes *de blé* ! Les germes tout court,

ce sont des microbes. Les germes de blé au contraire, c'est plein de vitamines.

— Comme tu veux… Moi je trouve qu'elles ont plutôt le goût de microbes, ses crêpes. Allez, maman. S'il te plaît ?

Il la supplia du regard avec tant d'insistance qu'elle se sentit faiblir. Pourtant, elle n'était pas dupe et savait exactement ce qu'il faisait.

Mais il avait l'air si angélique, que c'en était vraiment trop drôle. Comment avait-elle fait pour avoir un enfant aussi merveilleux, aussi étonnant ? se demanda-t-elle pour la énième fois. Bien sûr, ses cheveux, ses yeux et ses talents sportifs, il les tenait de son père. Mais le reste ? D'où venait ce talent inné qu'il avait de charmer tout le monde, à commencer par elle, et d'obtenir ce qu'il voulait de n'importe qui ? Qu'est-ce que cela donnerait une fois qu'il serait grand ? Elle en frissonnait, rien que d'y penser. Toutes les filles allaient lui tourner autour comme des mouches autour d'un pot de miel !

— Ecoute, voilà ce que je te propose… Tu m'aides à finir de planter cet arbre, puis nous irons prendre une douche histoire d'être un peu plus présentables. Je suis sûre que tante Penny sera d'accord pour aller dîner en ville et, si tu manges tous tes légumes, nous irons ensuite acheter une glace. Ça te va comme programme ?

— Ça me va !

Elle plissa les yeux, emplie soudain de doute. Il avait accepté le marché un peu trop vite.

— Une petite précision, jeune homme : les frites ne comptent pas comme légumes.

— Oh ! Maman !

— Inutile de recommencer ton numéro de charme.

C'est comme ça et pas autrement. Des légumes, verts de préférence, contre la glace. C'est à prendre ou à laisser.

Luke marqua une pause, réfléchissant à la proposition.

— Une double portion ?

— De légumes ? Bien entendu.

— Mamaaan ! Je voulais dire de glace !

— Ah bon ! J'avais mal compris. Je croyais que tu avais très envie d'une assiette d'asperges.

— Beurk ! Non, du brocoli en échange d'une double portion de glace, fraises et biscuits à la crème. C'est mon dernier mot.

— C'est ton dernier mot ?

— Oui. C'est à prendre ou à laisser !

Elle lui pinça le nez en riant.

— Alors, je prends.

— Youpi !

Il se mit sur la pointe des pieds pour lui déposer un baiser sur les deux joues.

— Merci, maman ! C'est toi la meilleure !

Paige fit mine de se frotter modestement les ongles sur sa chemise.

— J'essaye.

— Et tu réussis ! Allez viens !

Il la tira par la manche.

— Allons chercher l'arbre.

— Attends, il faut finir de creuser le trou avant. Il doit être beaucoup plus grand pour recevoir la motte de terre et les racines.

— Pourquoi ?

— Pourquoi ? Parce que ça ne servirait à rien de planter cet arbre sans s'assurer qu'il aura les meilleures conditions pour survivre.

Trépignant d'impatience, Luke leva les yeux au ciel.

— Bon, d'accord, d'accord !

Sans plus attendre, il saisit la bêche et se mit à creuser avec un enthousiasme redoublé, le visage illuminé d'un immense sourire.

Quand ils eurent fini, Paige l'entraîna vers la maison pour qu'il prenne une douche. Il protesta tout le long du chemin avec la véhémence d'un garçon de presque neuf ans qui déteste toute eau dans laquelle il ne peut pas nager. Mais une fois à l'intérieur, il se jeta en criant de joie dans la seule salle d'eau en état de fonctionnement.

— Qu'est-ce qui se passe ? Pourquoi tout ce raffut ? demanda Penny en sortant d'une autre salle de bains, son manuel de bricolage à la main.

Paige secoua la tête à la vue de sa sœur, si belle, affublée d'une salopette de peintre couverte d'une substance qu'elle préféra ne pas chercher à identifier. Penny était si têtue qu'elle tenait à faire pratiquement tout le travail de rénovation elle-même, ce qui expliquait entre autres pourquoi il n'y avait encore qu'une seule salle de bains en état de marche.

— Je lui ai promis que nous irions dîner en ville avec glace à la clé, si tu es d'accord bien entendu.

— Tu plaisantes ? La glace, c'est tout à fait ma tasse de thé !

— Tout comme les crêpes pleines de germes.

— Absolument. Hein ? Quoi ? Les crêpes comment ?

Paige lui expliqua la version de Luke concernant les germes de blé, ce qui déclencha leur hilarité.

— Je vais peut-être devoir améliorer ma recette avant de la proposer à mes hôtes, alors, en conclut Penny en traversant la cuisine pour aller se laver les mains.

— Moi, je les aime bien.

— Oui mais tu n'es pas une référence, tu aimes tout. Et puis tu as un estomac d'autruche, tu peux avaler n'importe quoi !

— Hé ! Je t'interdis de critiquer mon estomac, il m'a très bien servi pendant toutes ces années.

— Je m'en doute. Tu te rappelles quand on a fait une razzia dans le verger du père Witherspoon ? On s'était gavés de cerises et tu as été la seule à ne pas être malade.

— Oui, je me souviens. Heureusement d'ailleurs, il fallait bien que quelqu'un vous ramène tous à la maison.

— J'ai cru que maman allait te tuer, elle était si furieuse… Elle a dit que c'était ta faute si j'étais malade à ce point-là.

— Ce n'était pas la première fois que maman voulait me tuer.

Un long silence gêné s'installa. Paige attendit que Penny lui sorte les banalités dont elle était coutumière. Elle attendit qu'elle prenne la défense de leur mère, comme elle l'avait toujours fait. Elle attendit qu'elle lui demande quand elle avait l'intention de passer voir leurs parents, car cela faisait presque une semaine qu'elle était arrivée et elle n'avait pas encore exprimé le désir d'aller revoir la maison dans laquelle elles avaient grandi.

Elle attendit en vain. Si longtemps, qu'elle décida de monter à l'étage. Luke avait sûrement fini de prendre sa douche.

Elle était à mi-chemin en haut de l'escalier lorsque Penny parla enfin :

— Ils ont eu tort.

Elle se figea. Elle avait dû mal entendre.

— Quoi ?

— Ils ont eu tort de te traiter comme ils l'ont fait. Ils n'auraient pas dû. Surtout maman. Je n'ai jamais compris pourquoi elle ressentait le besoin de te faire payer pour ses erreurs.

Une douleur aiguë traversa Paige comme une volée de fléchettes acérées pénétrant ses veines. Elle déglutit.

— Ce qui est fait est fait, cela n'a plus d'importance désormais.

— Si, ça a de l'importance. Beaucoup d'importance même. C'était horrible la façon dont ils te traitaient. Je suis tellement désolée de ne pas t'avoir soutenue. J'avais tellement peur d'envenimer la situation.

— Ce n'était pas à toi de me défendre. Je pouvais très bien me débrouiller toute seule.

En vérité, elle aurait voulu avoir une alliée, et ne pas se sentir si seule tout le temps. Peut-être, si elle n'avait pas eu l'impression que le monde entier s'était ligué contre elle, n'aurait-elle pas…

Mais on ne pouvait pas réécrire l'histoire. A quoi bon remuer le passé ? A quoi bon pleurnicher sur ce que l'on ne pouvait pas changer ? Elle n'avait pas parlé à sa mère, ni à l'homme qui l'avait élevée, depuis son départ neuf ans plus tôt, seule et enceinte.

— Si, j'aurais dû intervenir, Paige, c'était la moindre des choses !

La douleur s'accentua. Penny ne pouvait pas comprendre ce qu'elle avait souffert, car elle aimait leurs parents. Si elle ne sortait pas très vite de la pièce, elle savait qu'elle allait prononcer des paroles qu'elle regretterait. Lui avouer ce qu'elle pensait réellement d'eux ne ferait que lui retourner le fer dans la plaie.

— Ecoute, Luke va sortir de la salle de bains d'une minute à l'autre, et il va falloir nous préparer pour sortir.

Elle aurait aussi bien pu ne rien dire. Penny semblait fermement décidée à continuer sur sa lancée.

— Je n'ai rien dit à l'époque, mais il n'est jamais trop tard. J'ai beaucoup réfléchi, tu sais… J'ai eu tort et je tiens à réparer mes erreurs. Il n'est plus question que je me taise ; je sais qu'en parlant, je peux les aider à ouvrir les yeux.

Il y avait dans la voix de sa sœur une telle détermination que Paige l'examina, perplexe.

— Où veux-tu en venir ?

— Je ne retire pas ce que j'ai dit l'autre soir à propos de Logan. En ce qui me concerne c'est une ordure, point final. Ceci dit, je ne sais pas si tu as remarqué que Luke cherche une excuse presque tous les jours pour aller en ville. Aujourd'hui, c'est une glace. Hier, c'était la roue de son skate-board. Avant-hier, il fallait absolument qu'il aille à la bibliothèque chercher des livres.

— Il s'ennuie… Il faut encore qu'il trouve ses marques, c'est si différent ici de Los Angeles…

— Non, il ne s'ennuie pas. Il fait tout ce qu'il peut pour provoquer une rencontre avec Logan.

Le sang de Paige se glaça.

— Quoi ?

— Il sait que son père est en ville, qu'il y travaille et il veut y aller pour le voir. Il veut rencontrer son père, Paige…

Non ! Ce n'était pas vrai. Luke n'avait aperçu Logan qu'un court moment… Pas assez pour qu'il s'intéresse à lui.

Elle était sur le point d'ouvrir la bouche pour contredire sa sœur, lorsqu'elle se ravisa. Se pourrait-il que Penny ait vu juste ? Le skate-board, une fois réparé, était resté bien sagement dans le sac posé par terre dans un coin de leur chambre, sans que Luke lui accorde ne serait-ce qu'un regard. Et pourquoi n'avait-il pas réclamé de glace, alors qu'ils s'étaient trouvés tous les deux en ville à plusieurs reprises ? Cela ne lui ressemblait pas, il adorait bien trop les glaces pour ne pas sauter sur la première occasion venue… A moins que… ?

A moins qu'il n'ait réellement inventé toutes ces excuses pour aller en ville dans le seul but de croiser par hasard le chemin de Logan.

Qu'allait-il inventer pour le lendemain ? se demanda-t-elle, vaguement curieuse.

Il n'avait plus mentionné son père, après leur rencontre au café, et elle avait sauté un peu trop vite à la conclusion qui lui convenait et la rassurait. Il ne l'avait plus mentionné parce que en fin de compte, cette rencontre ne l'avait pas marqué tant que ça.

Mais à présent qu'elle y réfléchissait…

Décidément, elle qui se prenait pour une mère modèle, c'était réussi ! Alors que son fils traversait une crise grave, elle n'avait rien remarqué !

Cela faisait bien longtemps qu'elle n'avait pas ressenti un tel sentiment d'échec ! Et maintenant, elle se trouvait face à une question cruciale : que faire ?

Logan l'avait menacée de procès si elle refusait de lui laisser prendre part à la vie de Luke. Il avait même sous-entendu qu'elle était une mauvaise mère, et qu'il pourrait bien faire valoir cet argument.

Non, il ne pourrait pas. Elle ne le laisserait pas faire.

Si le tribunal s'en mêlait, elle pouvait prouver qu'elle avait un travail stable à Los Angeles et qu'elle gagnait probablement mieux sa vie que lui.

Elle n'était pas une mauvaise mère, elle le savait, même s'il lui arrivait de faire des erreurs. Quel parent pouvait se vanter de ne jamais en faire ? Elle s'efforçait depuis sa naissance de lui apporter ce qu'elle n'avait jamais connu : la certitude qu'il était un véritable don du ciel, le plus beau cadeau qu'elle ait jamais reçu de la vie. Elle n'avait peut-être que dix-sept ans, quand elle s'était retrouvée enceinte de lui, pourtant, loin de gâcher sa vie, il lui avait au contraire *donné* une vie.

Sans lui, aurait-elle trouvé le courage, la force de quitter ses parents, de fuir leurs mauvais traitements ? Sûrement pas. L'élément déclencheur de son départ avait été la certitude qu'elle ne pourrait pas élever un bébé dans l'atmosphère toxique dans laquelle elle-même avait été élevée.

Se retrouver enceinte lui avait aussi ouvert les yeux bien vite sur ce que Logan pensait véritablement d'elle. Il ne valait pas mieux que les autres, contrairement à ce qu'elle avait cru. Pendant qu'elle se faisait tout un cinéma, s'imaginait toutes sortes de scénarios romantiques autour de leur histoire, il s'était servi d'elle pour soulager un simple besoin physique. Elle avait cru qu'il l'aimait, lui aussi, pour découvrir en fait qu'il n'en était rien. La preuve : il avait été prêt à croire tout ce que l'on racontait sur elle.

Venant de ses parents, cela n'avait rien eu d'étonnant. Elle y était habituée, mais de la part de Logan… Il l'avait tenue dans ses bras, lui avait murmuré ses rêves, lui avait promis qu'ils ne se quitteraient jamais. Quand elle avait découvert que toutes ces belles paroles n'étaient que des mensonges, sa vie avait volé en éclats.

Bien sûr, elle s'en était remise. Il avait bien fallu. Pendant les neufs années qui avaient suivi, elle avait pansé ses blessures, réparé tant bien que mal son cœur meurtri et surtout, elle avait construit un mur bien solide autour, pour le protéger. Un mur infranchissable.

Mais si Luke voulait vraiment rencontrer son père, s'il voulait construire une relation avec lui, elle ne ferait rien pour l'en empêcher, même si cette perspective lui fendait le cœur. C'est pourquoi elle allait appeler Logan et lui proposer de les rejoindre autour d'une glace.

Elle aimait son fils plus que tout au monde. Elle s'était toujours dit qu'elle serait prête à aller au bout de l'enfer pour lui, s'il le fallait. Alors, elle serait bien capable de se montrer polie pendant une heure ou deux avec l'homme qui l'avait conçu.

Oui, elle en serait capable… Elle ne cessa de se le répéter, tandis qu'elle sortait du petit meuble sur lequel était posé le téléphone le carnet d'adresses de Penny.

Luke le méritait. Et pour lui, elle ferait n'importe quoi.

Chapitre 7

Lorsqu'elle lui avait proposé de les retrouver à 20 heures chez le glacier, Logan avait eu l'air si heureux à l'idée de pouvoir enfin passer un vrai moment avec son fils et faire sa connaissance, que Paige n'avait pas hésité à l'annoncer à Luke au cours de leur dîner en ville.

En apprenant la nouvelle, le petit garçon avait failli en tomber de sa chaise, tant il s'était montré excité. Pendant toute la fin du repas, il avait parlé sans arrêt, expliquant à sa mère et sa tante, en long, en large et en travers, ce que cela représentait pour lui de rencontrer son père. Il les avait bombardées de questions à son sujet, des questions qu'il n'avait jamais posées auparavant mais qui, de toute évidence, le taraudaient depuis longtemps. Un peu comme si l'on venait d'ouvrir la soupape de sécurité d'une cocotte-minute et que toute la vapeur s'en échappât d'un seul coup…

Paige répondit de son mieux, ce qui laissa bon nombre de questions sans réponses, puisqu'elle avait totalement coupé les ponts avec Logan pendant toutes ces années. Qu'avait-il fait après le départ de Paige ? Est-ce qu'il était resté tout le temps à Prospect ? Est-ce qu'il avait d'autres enfants ? Elle n'en savait strictement rien et pour cause.

Penny intervint à plusieurs reprises, expliquant à Luke que son père avait travaillé à Seattle comme enquêteur criminel, qu'il avait été marié pendant quelque temps, mais n'avait pas eu d'autres enfants.

Tout en écoutant sa sœur résumer de façon plus ou moins succincte ce qu'elle savait de la vie de Logan, Paige se sentit envahie de tristesse.

Dire que cet homme qui avait tant compté pour elle à une certaine époque, cet homme avec qui elle avait eu un bébé, était devenu un étranger pour elle, quelqu'un dont elle ignorait tout de la vie.

Il lui avait donné un enfant, peut-on imaginer rien de plus intime ? Et maintenant, ils n'avaient plus rien à voir l'un avec l'autre, plus rien du tout.

Cependant, plus d'une heure plus tard, sa tristesse avait laissé place à une irritation qui ne faisait que croître.

Elle jeta un nouveau coup d'œil à sa montre. Sept minutes s'étaient écoulées depuis qu'elle l'avait consultée la dernière fois. Logan avait donc vingt-trois minutes de retard… Pour quelqu'un qui avait paru si pressé, si enthousiaste de rencontrer son fils…

Luke avait avalé son dîner en un rien de temps. Il les avait obligées à se presser, surtout vers la fin, tant il redoutait d'arriver en retard à leur rendez-vous, si bien qu'ils y étaient arrivés dix minutes en avance. Cela faisait donc plus de trente minutes qu'ils l'attendaient, trente minutes pendant lesquelles elle avait vu Luke sursauter chaque fois que la porte s'ouvrait.

C'était une véritable torture de voir son beau petit visage passer autant de fois de l'espoir à la déception, de le voir s'affaisser un peu plus quand la personne qui entrait s'avérait ne pas être son père.

Logan les avait appelés vers 20 heures pour leur dire qu'il ne pourrait pas être à l'heure, à son grand regret. Mais c'était la vie d'un officier de police, avait-il ajouté.

C'était déjà bien qu'il ait accepté de les retrouver comme cela, à la dernière minute, et elle ne pouvait pas dire qu'il ne les avait pas prévenus de son retard.

Son cœur se serrait cependant lorsqu'elle observait son fils, lorsqu'elle le voyait à la fois si plein d'espoir et si déçu. Elle en était malade.

Logan n'allait quand même pas leur poser un lapin ? Non, c'était inconcevable. Il les avait appelés pour les prévenir et leur demander de patienter. Pourtant, tout restait encore possible. Elle devait lui accorder le bénéfice du doute, se raisonnait-elle pour, un instant plus tard, douter de nouveau. De toute évidence, il n'avait pas tout laissé tomber pour venir rejoindre Luke. Elle savait par ailleurs d'expérience que l'on ne pouvait pas vraiment compter sur lui ni lui faire confiance.

Il venait encore de le prouver ce soir. Elle, dès qu'il s'agissait de son fils, revoyait toutes ses priorités. Il était *sa* priorité, passait avant tout le reste. Logan en revanche, même avec deux heures pour se préparer, trouvait encore le moyen de les faire poireauter.

Quelque part, cet incident aurait dû la rassurer. Il montrait bien que Logan ne pourrait jamais jouer un rôle important dans la vie de Luke. En tant que mère, elle n'aurait jamais dû accepter un plan de toute évidence voué à l'échec depuis le début. Elle savait bien qu'elle s'en mordrait les doigts. Le résultat était là…

Si Luke était malheureux à cause de lui, elle se ferait un plaisir de lui envoyer son poing dans la figure, tout shérif qu'il était ! Qu'il l'arrête ensuite pour agression sur la personne d'un officier de police, elle s'en fichait pas mal ! D'autant qu'elle en avait envie depuis neuf longues années.

— On lui accorde sept minutes et on s'en va, qu'est-ce que tu en penses ? murmura Penny. Si je vois Luke sauter en l'air encore une fois, je crois que je vais me mettre à pleurer.

Paige ne put qu'abonder en son sens. Si la situation devait se prolonger, elle allait devenir folle. Observer, impuissante, son fils essuyer ses mains moites sur son jean, sourire nerveusement pour essayer de les rassurer, devenait insupportable. Logan avait intérêt à montrer le bout de son nez, et vite ! Elle n'était pas près de revivre une telle expérience.

— Il va venir, maman. J'en suis sûr.

Luke avait parlé d'une petite voix, empreinte cependant de la détermination et du courage qu'il avait su montrer tout au long de sa jeune existence.

Comment pouvait-il l'affirmer avec autant de certitude ? Elle aurait bien voulu lui poser la question. Bien sûr, elle n'en fit rien, inutile d'ajouter à son anxiété. Mieux valait préparer un petit discours destiné à disculper son père, même si c'était bien la dernière chose qu'elle avait envie de faire. En tant qu'officier de police, il n'avait pas toujours le choix. Il jouait un rôle important dans la société et beaucoup de gens dépendaient de lui, etc.

Soudain, la clochette de la porte tinta de nouveau. Le corps de Paige tout entier se tendit comme un arc. Elle savait, sans avoir besoin de vérifier ni d'observer le visage de son fils, qu'il s'agissait bien de Logan cette fois. Rien n'avait changé, chaque fois qu'il pénétrait dans une pièce, c'était comme s'il emplissait tout l'espace.

— Maman ! C'est lui !

L'excitation de Luke était à son comble, il sauta littéralement en l'air.

— Qu'est-ce que je dois lui dire ? demanda-t-il, inquiet.

— Commence par lui dire bonjour, ça me paraît une bonne entrée en matière…

Il lui jeta un regard sombre qui en disait long. Quelle réponse idiote ! Mais elle n'en avait pas de meilleure, elle-même se trouvant face au même problème.

Elle regarda Logan s'approcher, consciente qu'elle n'allait pas pouvoir s'en sortir à si bon compte. De toute évidence, il ne partirait pas d'ici sans obtenir des réponses claires à toutes ses questions.

En grandissant dans cette ville hostile, elle avait appris à ses dépens toute la force du proverbe : « Une bonne action ne reste jamais impunie. »

Visiblement c'était toujours d'actualité et, une fois de plus, elle était sur le point de le vérifier.

Elle soupira intérieurement et se prépara à arborer son plus beau sourire. Quand la vie commencerait-elle à être un peu plus facile ? Elle était si fatiguée de passer son temps à se battre contre le monde entier !

Tout en traversant d'un pas incertain la petite salle, Logan tentait, sans grand succès, de contrôler les battements désordonnés de son cœur. Comment se faisait-il, alors qu'il était capable de faire face à n'importe quelle situation, aussi tendue soit-elle, sans perdre son sang-froid, que l'idée de passer un moment avec Luke et

Paige le mette dans un tel état ? C'était tout juste si son cerveau parvenait à formuler une pensée cohérente.

Il avait essayé d'être à l'heure. Mais à 19 h 15, un appel pour violence domestique était parvenu au poste et comme Riley, l'officier en charge, était retenu en ville pour une histoire de cambriolage, il avait bien été obligé de s'y coller.

Ça tombait mal, ce n'était vraiment pas de chance. En général, à cette période de l'année avant l'arrivée en masse des touristes, tout était plutôt calme ; il ne se passait pratiquement rien à Prospect. Pourtant, on aurait dit que la ville tout entière s'était liguée pour l'empêcher de voir son fils. La semaine précédente, il ne s'était pas passé un jour sans qu'un nombre incalculable de plaintes ou de situations nécessitant l'intervention de la police se succèdent à un rythme effréné.

Enfin, il était là, en retard mais là, et ce qui comptait désormais, c'était de faire bonne impression à Luke. Il n'avait cependant pas la moindre idée de comment il devait s'y prendre.

Ce fut Paige qui, heureusement pour lui, se décida à briser la glace.

— Bonjour Logan ! Comment vas-tu ?

Il concentra sur elle toute son attention, s'accrochant à elle comme à une bouée de sauvetage.

— Ça va, merci. Je suis vraiment désolé d'être en retard. J'ai pourtant fait tout ce qui était en mon pouvoir pour arriver à l'heure…

Comme beaucoup d'hommes, il ne savait pas faire plusieurs choses à la fois. Le spectacle de Paige dans son jean moulant à souhait et son petit haut en tricot rose vif, qui mettait en valeur sa peau resplendissante tout en épousant la forme de ses seins, suffit à l'occuper au point de lui couper toute envie de parler. Il était abasourdi. Et dire que cette femme si belle, si désirable, était la mère d'un garçon de huit ans. De *son* fils !

Pendant un bref instant, il se revit au lycée, lorsqu'ils discutaient ensemble des moyens qu'ils emploieraient pour partir loin de Prospect. Pour lui, Prospect n'avait jamais posé de problèmes mais Paige, elle, avait développé une aversion pour cette ville qui touchait carrément à l'obsession.

S'il avait choisi d'adhérer à son point de vue, c'était parce qu'il ne pouvait pas supporter l'idée de la perdre.

Au bout du compte, tout était parti à vau-l'eau et, même après toutes ces années, il avait du mal à se réconcilier avec le fait qu'ils avaient finalement réussi à prendre le large, mais chacun de son côté.

— Ne t'inquiète pas, papa… Maman m'a expliqué que ton travail était très important, et que c'est pour ça que tu ne peux pas toujours faire ce que tu veux, ni partir à l'heure que tu as décidée…

Logan se figea, bouleversé. Luke était aussi nerveux que lui, cela s'entendait à sa petite voix timide. Et il l'avait appelé « papa » ! Une semaine auparavant, cela lui aurait paru inconcevable. Et Paige lui avait trouvé des excuses ! Etant donné la façon pour le moins agressive avec laquelle elle s'était comportée à son égard, il ne se serait jamais attendu à cela de sa part.

Tous les clients avaient les yeux tournés vers eux, n'essayant même pas de cacher leur curiosité. Il aurait dû en avoir l'habitude depuis le temps. Pourtant, cette fois-ci, l'occasion était bien trop spéciale, bien trop intime pour ne pas leur en vouloir. Bon sang ! C'était sa première rencontre avec son fils ! Ne pouvaient-ils pas faire preuve d'un peu plus de discrétion ?

Il secoua la tête, soudain conscient des secondes qui s'égrenaient, peuplées d'un silence pesant, chacun semblant attendre de l'autre qu'il le brise. Il ne pouvait pas repousser cet instant plus longtemps. Il avait beau trembler comme une feuille, être aussi nerveux qu'une adolescente avant son premier rendez-vous amoureux, il prit son courage à deux mains et se prépara à faire face à son fils.

La beauté de l'enfant était incroyable. Ses yeux gris argenté pétillaient d'intelligence, d'espièglerie, de vie, et son petit visage resplendissait, à l'image de celui de sa mère, comme s'il était éclairé de l'intérieur par une lumière surnaturelle.

— Merci…

Sa voix se brisa. Il s'éclaircit la gorge pour essayer de juguler son émotion, puis il reprit :

— Merci beaucoup, Luke. Ça me fait plaisir que tu dises ça. J'avais tellement hâte de te rencontrer.

— Moi aussi, j'avais hâte de te rencontrer.

Un nouveau silence suivit ce premier échange. Pris de court, Logan ne trouvait plus ses mots. Il glissa vers Paige un regard désespéré, sans trop compter sur son aide cependant. Elle avait déjà fait un grand pas en l'autorisant à voir Luke, il aurait été présomptueux d'en espérer davantage.

— Luke t'a attendu pour décider ce qu'il allait prendre. Pourquoi ne l'emmènes-tu pas au comptoir pour voir ce qu'ils proposent ?

Elle venait de lui jeter une bouée de sauvetage dont il s'empara sans hésitation.

— Excellente idée ! Quel est ton parfum préféré, Luke ?

— J'adooooore la glace à la fraise !

Mû par une réaction instinctive - en tout état de cause, son cerveau avait depuis longtemps cessé de fonctionner —, il tendit sa main, paume ouverte et son cœur chavira lorsque Luke y glissa la sienne, si menue par comparaison.

— C'est aussi celle que je préfère, balbutia-t-il.

— C'est super ! J'aime bien aussi celle au chocolat avec des morceaux dedans.

Luke lui jeta un regard méfiant.

— Tu crois que je pourrai avoir une boule de chaque ? J'ai mangé tous mes légumes au déjeuner.

Il ouvrait la bouche pour acquiescer, prêt à lui offrir trois boules s'il le désirait, avec un milk-shake par-dessus le marché, lorsqu'il se souvint juste à temps que Paige avait son mot à dire. Il voulut la questionner du regard, mais elle contemplait Luke et lui souriait. L'expression de son visage était un mélange d'amour et d'admiration. Elle en était métamorphosée : de ravissante elle était devenue resplendissante, divine, comme illuminée d'un feu intérieur. Il en resta estomaqué.

Il y avait eu une époque où c'était lui qu'elle dévisageait ainsi, avec cette même dévotion… La plus belle période de sa vie, à présent qu'il y réfléchissait, celle où il avait été le plus heureux, jusqu'au jour où il avait appris qu'il n'était pas le seul à qui Paige réservait ce regard et ses baisers. Il avait cru en mourir, comme on croit mourir d'amour ou de désespoir, lorsque l'on est un adolescent, d'autant que depuis tout jeune, il avait été témoin de la manière abjecte dont son père avait trompé sa mère. Comment ne pas s'être senti doublement trahi, après avoir vu sa propre mère ainsi humiliée ?

— Ecoute, Luke, tu as respecté ta part du marché, alors tu auras deux boules, mais pas une de plus. C'est ce qui a été convenu. Et ne va pas t'imaginer que ça va devenir une habitude, mon bonhomme !

— Super ! Merci maman !

L'enfant examina ensuite son père.

— C'est d'accord, papa ? Je peux avoir deux boules, comme maman a dit ?

— Puisqu'elle l'a dit…

Il jeta un coup d'œil à Paige. Elle agissait sur lui comme un aimant sur un morceau de fer et il avait toutes les peines du monde à ne pas la dévorer des yeux.

— Qu'est-ce que vous prendrez ? demanda-t-il aux deux femmes.

— Rien pour moi, merci…, fit Penny d'une voix traînante.

Elle se leva.

— En fait, je crois que je vais rentrer. Je suis debout depuis 5 heures ce matin, et je n'en peux plus. Tu voudras bien raccompagner Paige et Luke tout à l'heure, Logan ?

— Bien sûr.

— Mais…

Paige la retint en lui agrippant la main.

— Je croyais que nous devions…

— Je sais, mais je suis vraiment crevée… Tu ne m'en veux pas, hein ?

Paige ne répondit pas. Logan assistait sans un mot à

la bataille qui se livrait silencieusement entre les deux sœurs.

— Entendu comme ça, finit par déclarer Paige. A tout à l'heure…

Sa sœur la mettait de toute évidence dans une situation qu'elle voulait éviter à tout prix : se retrouver seule avec lui. Le ton qu'elle avait employé reflétait un tel dégoût, une telle indignation, qu'il en aurait eu de la peine pour Penny s'il ne s'était pas lui-même senti profondément blessé par sa réaction.

Pourtant, il n'avait aucune illusion en ce qui les concernait. S'ils étaient en présence l'un de l'autre ce soir, c'était pour Luke et uniquement pour lui…

— Alors, qu'est-ce que tu voudras ? lui demanda-t-il une nouvelle fois.

— Allez, maman ! Décide-toi !

Luke trépignait d'impatience à côté de lui.

— Ça vient, Luke, ça vient ! Laisse-moi réfléchir une seconde.

Elle gratifia son fils d'un grand sourire, puis fit de même avec Logan.

— Je prendrai une boule aux noix de pécan.

Son sourire l'ébranla. Il y était toujours aussi sensible, plus que sensible, même, ne pouvant ignorer la tension soudaine dans son bas-ventre.

— Entendu. Allez, viens Luke… Plus vite nous aurons cette glace, plus vite nous pourrons nous régaler.

— C'est ce que j'essaye de t'expliquer depuis tout à l'heure !

Paige éclata de rire et Logan fit de même. Luke était tout à fait irrésistible.

Quelques instants plus tard, ils étaient de nouveau assis

tous les trois en face de leurs glaces respectives. Luke se jeta sur la sienne comme s'il n'avait rien mangé depuis huit jours. Logan le contempla, le sourire aux lèvres.

— Il a une sacrée descente ! commenta-t-il.

— Tu ne crois pas si bien dire. Tu imagines, quand il sera au lycée ? Rien que d'y penser, j'en ai des frissons.

Elle étendit la main sur la table et tapota le bras du petit garçon.

— Et si on montrait à ton père que tu n'as pas été élevé dans une porcherie ? Hum ?

Luke esquissa un grand sourire.

— Mais, m'man ! C'est la meilleure glace que j'aie jamais mangée !

— C'est vrai, acquiesça Logan. Il m'arrivait d'en rêver quand j'habitais à Seattle.

— Ils n'ont pas de glaces à Seattle ? s'indigna Luke, absolument horrifié.

— Bien sûr que si, mais elles sont loin d'être aussi bonnes que celles-ci.

— Oh !

Il enfourna une autre bouchée, aussi énorme que les précédentes.

— Remarque, je veux bien te croire. C'est tellement bon !

Pendant quelques instants, plus personne ne parla. Logan se creusait les méninges, cherchant désespérément un nouveau sujet de conversation.

— Dis-moi, tu vas entrer en quelle classe à la rentrée ?

— En CE2. C'est super, parce qu'à partir de maintenant je ne serai plus du côté des petits. Les CE2, CM1 et CM2 sont séparés. Ils ont toute une aile du bâtiment qui leur est réservée.

— Formidable, dis-moi ! Et tu vas où, à l'école ?

— Je vais à Seattle Prep. Je l'aime bien cette école, sauf qu'on est obligé de porter des uniformes stupides. Je suis le seul dans le quartier, et aucun de mes copains n'en porte ! C'est pas juste… Surtout que même les jours où on peut s'habiller comme on veut, on n'a pas le droit de mettre de jean.

— Tu exagères, Luke… Rose porte un uniforme, elle aussi, et elle habite à côté de chez nous.

— Evidemment, puisqu'elle va à la même école que moi ! Alors ça ne compte pas. Et puis, de toute façon, c'est une fille.

Il accompagna cette dernière remarque d'une moue qui signifiait que, dans son esprit, une fille se situait entre une sorte d'insecte particulièrement répugnant et un tueur en série.

— Eh dis donc ! Moi aussi je suis une fille ! s'écria Paige d'un air faussement indigné.

— Toi, ce n'est pas pareil. Tu es une maman.

— Ah bon ! Si je comprends bien, les mamans sont des filles mais elles sont un peu plus cool. C'est ça ?

Luke lui décocha un sourire rayonnant et pour la première fois, Logan remarqua qu'il avait hérité de la fossette de Paige, au coin gauche de la bouche.

— Pas toutes les mamans. Toi, oui.

— J'en ai de la chance.

— Oui…

Les rapports entre Paige et son fils semblaient si aisés, si naturels… Logan en fut frappé. Paige était une mère attentive et douce, ce qui ne collait pas du tout avec l'image qu'il s'était faite d'elle. Au fond, se reprocha-t-il, il s'était montré bourré d'idées préconçues à son égard. Quand on lui avait rapporté ce qui s'était passé à l'épicerie, à savoir qu'elle avait trouvé le moyen de perdre son enfant dans les rayons, cela ne l'avait pas surpris outre mesure. Comme si une telle chose était normale, compte tenu de ses antécédents, comme si l'on ne pouvait guère s'attendre à autre chose de la part d'une femme issue d'un tel milieu et qui avait passé une bonne partie de sa vie à jouer les Marie-couche-toi-là.

Cependant, à la voir se comporter avec Luke, il lui aurait fallu faire preuve d'une excessive mauvaise foi pour ne pas remettre en question l'opinion qu'il s'était forgée d'elle. Sans compter qu'elle avait fait le choix d'envoyer leur enfant dans une école privée et qu'elle en avait de toute évidence les moyens. Ce qui en disait long sur elle.

Serait-il en train de découvrir une nouvelle Paige Matthews ? Quelqu'un de très différent de la jeune fille qui avait fui Prospect, la honte au front ? Malgré ce qui s'était passé entre eux, il ne pouvait s'empêcher d'éprouver une certaine admiration ou tout au moins un certain respect pour la manière dont elle semblait gérer l'éducation de Luke.

Les minutes s'écoulaient sans qu'il s'en aperçoive. Plus il en apprenait sur leur vie durant les huit dernières années, plus il était impressionné, aussi bien par l'un que par l'autre. Et plus son ressentiment envers Paige croissait proportionnellement à son admiration.

Car de ces huit années, elle l'avait privé. Il n'avait pas connu son fils bébé, il ne l'avait pas vu faire ses premiers pas, ne l'avait pas entendu dire ses premiers mots. Toutes ces étapes, tous ces moments-clés de son développement, toutes ces expériences qui l'avaient façonné, qui avaient fait de lui ce merveilleux petit garçon assis en face de lui, n'étaient en ce qui le concernait qu'une feuille blanche. Et c'était insupportable, car rien ni personne ne pourrait jamais combler ce vide. Il aurait voulu crier sa douleur, hurler qu'on lui rende ces années volées et sa souffrance en était presque physique.

Lorsqu'il gara son véhicule de service devant chez Penny, il lui semblait qu'un raz-de-marée était sur le point de l'emporter. Il ne savait plus où il en était. Une certitude, cependant, émergeait de son chaos interne : il voulait revoir Luke. Et vite.

— Il va y avoir une fête foraine la semaine prochaine. Est-ce que tu aimerais y aller avec moi ? proposa-t-il, alors que Luke descendait de voiture.

Le visage du petit garçon s'illumina aussitôt.

— Une vraie fête foraine ? Avec des nacelles qui font des loopings ?

— Bien sûr.

— Et des stands de tir ? Des jeux ? J'adore celui où il faut envoyer de l'eau dans la bouche du clown pour gagner un lot !

— Je ne peux pas te promettre qu'il y aura ce jeu précisément mais je sais qu'il y aura toutes sortes de jeux. Je m'y connais…

— Génial ! J'espère qu'il y aura aussi un bassin où on peut attraper des poissons rouges. Maman en a gagné un l'année dernière, mais il est mort il y a quelques mois. J'ai gardé l'aquarium et tout ce qui va avec, ce serait bien que j'en aie un autre.

Logan rit. Comment ne pas rire de bonheur devant tant d'énergie joyeuse ? Ce bonheur de vivre était tellement contagieux qu'il le pénétrait à son tour, chassant toute sa morosité comme par magie.

— Je ferai tout ce que je pourrai pour que tu gagnes un poisson, lui promit-il.

Dans le cas contraire, songea-t-il, il irait à la boutique d'animaux. Frank lui organiserait un aquarium aux petits oignons, plein de poissons, si c'était ce que voulait Luke.

— Génial ! A bientôt, papa !

Paige s'éclaircit la gorge.

— Tu n'oublies rien, Luke ?

— Ah si, merci pour la glace. C'était super !

Sur ces mots, il fit une chose extraordinaire, la chose la plus extraordinaire qui soit. Il se pencha à travers la fenêtre ouverte de la voiture et serra Logan dans ses bras, avant de tourner les talons, puis de partir en courant vers les marches du porche, qu'il gravit quatre à quatre pour s'engouffrer dans la maison.

Si le cœur de Logan n'avait pas déjà été sur le point d'exploser, ce geste aurait eu raison de lui.

Cependant, lorsqu'il se tourna vers Paige, il constata qu'elle était en train de le fixer d'un regard qui le glaça.

Chapitre 8

— La moindre des choses aurait été de me demander mon avis avant d'inviter Luke quelque part ! lui dit-elle d'un ton sec, une fois qu'ils furent tous deux descendus du véhicule.

L'étreinte si spontanée de l'enfant avait transporté Logan sur un petit nuage. Il lui fallut quelques instants pour en redescendre et comprendre que Paige était en colère contre lui. Une fois de plus. Ils en revenaient toujours au même point… Il fut tenté de réagir sur le même ton qu'elle, mais s'en garda finalement. A quoi bon répondre à la colère par la colère ? A quoi bon rejouer la scène de l'autre soir, qui s'était soldée par un échange de menaces à coups de mots comme *tribunal* et *avocats* ? Cela ne les avancerait à rien, sinon à envenimer une situation déjà bien assez délicate.

— Tu as raison, Paige. J'aurais d'abord dû te demander ton approbation. J'ai passé une soirée si merveilleuse que j'ai parlé sans réfléchir. Je te demande pardon…

Paige se figea. De toute évidence, elle ne s'attendait pas à des excuses de sa part. L'effet en fut instantané : elle se détendit.

— Luke aussi a passé une soirée formidable.

— Tu le penses vraiment ?

Il avait tant besoin d'être rassuré qu'il n'avait fait aucun effort pour cacher son anxiété, même s'il s'en voulait d'être aussi transparent.

— Mais oui. Ça saute aux yeux. Certes, Luke n'est pas du genre timide et renfermé, on peut même dire qu'il est plutôt bavard, mais ce soir il s'est carrément surpassé. Je n'en reviens pas moi-même qu'il t'ait laissé placer un mot !

— J'ai adoré l'écouter. C'est un gamin vraiment étonnant.

Il marqua une pause, puis se décida à lui avouer ce qu'il avait eu l'intention de lui dire dès son arrivée chez le glacier.

— Tu as fait du bon boulot avec lui.

— Même si je l'ai égaré dans un magasin ?

Elle avait dit cela sans aucune animosité, juste avec une pointe d'ironie qui lui tira un sourire.

— Oui, malgré cela. Maintenant que je l'ai rencontré, je comprends mieux l'ampleur de la tâche. Il a une telle énergie, ça ne doit pas être évident tous les jours !

Elle se mit à rire.

— C'est peu de le dire !

Il y eut un silence, puis Logan s'éclaircit la gorge.

— Bon… Je ferais mieux d'y aller…

— Oui.

Mais aucun des deux ne bougea. Le silence s'installa. Logan savait qu'il n'avait qu'une option, sauter dans sa voiture et s'éloigner. Mais il y avait quelque chose de magique dans cet instant : la lune qui éclairait la scène de sa clarté diaphane, le visage de Paige à moitié dissimulé dans l'ombre, l'air du soir empli d'un parfum de lilas, *son* parfum… Il se trouva transporté des années en arrière, lorsqu'ils se rejoignaient dans l'allée menant chez les parents de Paige. Pendant un bref instant, il ferma les yeux, brûlant de l'attirer dans ses bras et de l'embrasser comme il l'aurait fait alors, brûlant de retourner à l'époque où ils étaient tous deux trop jeunes et trop naïfs pour avoir compris que l'avenir ne leur appartenait pas.

S'il avait pu lui être accordé de repartir en arrière, il aurait tout fait pour empêcher ce gamin de dix-huit ans de commettre les mêmes erreurs. Il lui aurait expliqué que rien ni personne n'est vraiment comme on l'imagine, que tout est illusion, même la jeune fille qu'il aimait. Mais ce garçon ne l'aurait pas écouté, bien sûr, à cet âge on ne souhaite rien de moins qu'être aveuglé de passion…

Combien de fois, en effet, avait-il refusé d'entendre les mises en garde de ses parents, de ses amis, jusqu'à celles du propre père de Paige ?

Combien de fois avait-il cherché à se persuader que ce qu'ils partageaient était différent ?

Bien trop souvent.

Et elle, elle s'était moquée de lui, l'avait humilié devant ses amis, les membres de son équipe, pendant qu'il ne voyait rien, ne se doutait de rien.

Peut-être que les choses s'étaient déroulées ainsi parce qu'il ne voulait rien voir, après tout… Il avait beau lui avoir assuré qu'il se moquait de son passé, il savait au fond de lui que ce n'était pas tout à fait vrai. Qu'elle ait eu des amants avant lui et beaucoup plus d'expérience ne l'avait pas laissé aussi indifférent qu'il le prétendait.

La plupart du temps il n'y pensait pas, mais à des

moments parfois tout à fait improbables, il ne pouvait s'empêcher de penser que parmi tant d'amoureux, il y en avait forcément un dans le lot qui le surpassait. Un qui savait mieux écouter que lui, un plus attentionné, un meilleur amant.

C'est pourquoi, quand ses amis lui avaient raconté ses infidélités, il avait été presque soulagé, comme si la décision de la quitter ne lui appartenait plus. Lui qui cherchait toujours à être partout le meilleur, le premier, que ce soit au sein de l'équipe de football, en cours ou parmi leur groupe de copains, il avait eu l'impression, fort désagréable, de jouer le second rôle dans son cœur et avait eu beaucoup de mal à l'accepter.

Contrarié que ces souvenirs lui empoisonnent encore la vie, incapable de parler posément, en adulte, d'anticiper avec calme et pondération la suite éventuelle des événements, il lâcha d'un ton sans réplique :

— Je veux revoir Luke !

— J'ai bien compris. C'est d'ailleurs pour ça que tu l'as invité à aller à la fête foraine avec toi.

— Elle ne sera à Prospect que la semaine prochaine, et je veux le revoir avant.

Le visage de Paige se rembrunit, son sourire laissant place à une expression de méfiance et de lassitude.

— Très bien. Quand veux-tu le voir ?

— Tous les jours. J'ai beaucoup de temps à rattraper. Je ne tiens pas à attendre encore.

— Tu ne tiens pas à attendre ? Je croyais pourtant t'avoir dit l'autre soir que tout ne peut pas tourner uniquement autour de ce que tu veux, Logan…

— Ne commence pas, Paige, s'il te plaît. Nous

nous sommes mis d'accord tous les deux pour que tu m'accordes la chance d'apprendre à connaître Luke.

— Apprendre à le connaître, c'est une chose, passer chaque minute de ton temps libre avec lui, c'en est une autre et je n'ai pas signé pour ça. C'est si génial d'être à ta place ! Tu arrives la bouche en cœur après huit ans d'absence et tu l'emmènes manger des glaces, se balader à la fête foraine et je suis sûre que tu dois avoir encore plein d'idées de ce genre pour les semaines à venir. Je me trompe ?

— Et alors ? Je ne vois pas où est le problème ? J'ai envie qu'il s'amuse, qu'il passe du bon temps, qu'il soit heureux. En quoi est-ce que ça te gêne ?

— C'est tout à ton honneur de vouloir son bonheur, vraiment ! Seulement, permets-moi de te rappeler que le bonheur d'un enfant ne dépend pas uniquement de la quantité de sucre qu'il ingurgite, ni du temps qu'il passe sur les manèges ! Ça, c'est juste la cerise sur le gâteau. Mais il y a encore tout le gâteau ! Et pour le faire, ce gâteau, c'est beaucoup plus compliqué, figure-toi. Il faut la sécurité d'un cadre familial stable, un rythme de vie régulier, la certitude qu'il peut compter sur toi pour tous ses besoins matériels, affectifs, émotionnels et j'en passe.

— Je veux être là pour tout ça aussi, Paige.

— Tu en es bien sûr ? Parce que ce n'est pas rose tous les jours, je t'assure. Etre parent, ce n'est pas de la rigolade. Et je trouve que tu ne manques pas d'air de lui offrir tout ce bon temps sans même me consulter, sans me demander ce que *moi* je veux pour lui !

Logan plissa les yeux, stupéfait de cette sortie à

laquelle il ne s'attendait pas, après la trêve de la soirée. Mais Paige, partie sur sa lancée, n'en avait pas fini.

— Tu es son père biologique, la belle affaire ! En attendant, c'est moi qui l'ai élevé depuis huit ans, moi qui ai passé des nuits entières à le porter dans mes bras quand il perçait ses dents, moi qui suis restée près de lui quand il était malade. C'est moi qui ai passé des heures à l'aider dans ses devoirs, ses projets, à assister à ses récitals de piano. Et c'est encore moi qui serai là pour ramasser les morceaux dans deux mois, quand nous quitterons Prospect et que Luke se rendra compte que son père est tout juste bon à lui donner un cadeau pour son anniversaire et Noël, tandis que pour tout le reste, il n'y aura plus personne !

Paige savait qu'elle était allée trop loin ; il lui suffisait pour cela de constater combien Logan s'était tendu. Il avait du mal à accuser le coup. Cette dernière accusation, injustifiée puisque rien ne lui permettait d'affirmer que les choses se passeraient ainsi, resta suspendue un long moment dans le silence pesant qui avait fait suite à son envolée enflammée. Mais elle n'en avait cure. Tout le ressentiment à son égard, accumulé pendant des années entières, bouillonnait en elle et ne demandait qu'à sortir. Trop longtemps elle avait dû faire face, seule, au doute qui l'assaillait chaque fois qu'elle devait prendre une décision concernant son fils. Au doute, mais aussi à l'angoisse, à l'inquiétude, qui bien souvent suivaient. Avait-elle fait le bon choix ? Avait-elle su gérer le problème correctement ? Luke allait-il souffrir de sa décision ? L'inquiétude était son lot quotidien, une entité à part entière, qui s'asseyait à sa table, l'accompagnait jusque dans son sommeil, ne la laissait jamais en paix.

— Je ne sais pas d'où tu tiens cette certitude que je ne serai pas capable de jouer mon rôle de père sur le long terme, mais j'imagine que tu vas me le dire ? lâcha Logan d'une voix sourde. Je te le répète, Paige, je veux faire partie de la vie de Luke. Est-ce que je me fais bien comprendre ?

— Oui, c'est très clair. Néanmoins, je pense qu'il vaut mieux procéder par étapes, ne rien précipiter.

— Je ne veux pas y aller doucement ! J'ai perdu assez de temps comme ça ! Je veux jouer mon rôle de père !

— Je comprends. Seulement, être un père ne consiste pas seulement à emmener un enfant manger des glaces ou faire un tour à la fête foraine.

— C'est justement pour cette raison que je veux le voir tous les jours. Pour apprendre à le connaître, pour découvrir tout ce qui touche à lui.

— Et pour lui briser le cœur quand il aura appris à dépendre de toi ?

Elle fut aussi stupéfaite que Logan en entendant ses propres paroles. Loin de dépasser sa pensée néanmoins, elles résumaient avec une précision sans faille ce qu'elle ressentait. Pour rien au monde, elle ne les aurait retirées.

Neuf ans plus tôt, Logan l'avait trahie, et de la plus cruelle manière. Il avait choisi de croire ses amis plutôt qu'elle. Comment ne pas penser qu'il serait tenté d'agir de la même manière avec leur fils ?

Au début aussi, tout s'était passé comme dans un enchantement, pour eux. Elle avait eu l'impression d'être au centre de son univers. Et puis, du jour au lendemain, il l'avait chassée de sa vie. De façon radicale. Comme si elle n'avait jamais existé, comme s'il ne s'était jamais rien passé entre eux, comme s'il avait été frappé d'amnésie et l'avait totalement oubliée. Elle avait eu beau plaider, il avait fait la sourde oreille. Au bout de quelques semaines, elle avait dû accepter le fait qu'il l'avait tout simplement rayée de sa vie.

Le choc avait été violent, la douleur insoutenable. Pourtant, lorsqu'elle s'en était relevée, elle avait appris une leçon, et non des moindres. Si elle voulait survivre, si elle voulait trouver le bonheur, elle ne devait compter que sur elle, surtout ne jamais se reposer sur quiconque, n'attendre rien de personne. La leçon, compte tenu des circonstances, s'était aussi étendue à son fils : elle seule pouvait s'occuper de lui, elle seule pouvait lui apporter le bonheur. Luke était sa responsabilité, elle seule était habilitée à décider ce qui était bon pour lui.

— Pourquoi es-tu si persuadée que je ne serai pas à la hauteur en ce qui concerne Luke ?

— Donne-moi une raison, une seule, pour me convaincre du contraire. Tu as trouvé le moyen d'arriver en retard pour votre première rencontre ! N'est-ce pas la preuve que ton travail passe avant tout, y compris Luke ?

— Je suis shérif d'une petite ville de province, Paige. Il y a parfois des urgences. Je ne peux rien y faire et je pensais que tu pourrais le comprendre…

— Personne ne te demande d'y faire quoi que ce soit. Mais Luke n'est qu'un gamin. Comment veux-tu que lui comprenne ? Il n'est qu'un petit garçon qui veut un papa.

— Je le sais bien. Et c'est ce que j'ai l'intention d'être, un papa pour lui…

— Pour combien de temps ? Que va-t-il se passer quand cela commencera à t'ennuyer ou que tu seras trop pris par ton boulot ? Ou encore quand il dira ou fera quelque chose qui n'entre pas dans ta conception de l'univers ? Comment réagiras-tu ? Tu te détourneras ?

— Ça n'arrivera pas.

— Comment veux-tu que je te croie ? Tout ce qui comptait pour toi à un moment de ta vie, tu t'en es désintéressé ! A commencer par moi. Ensuite tu as laissé tomber le football malgré ta bourse, puis tu as abandonné ta carrière d'inspecteur criminel à Seattle, puis ton mariage... Dès que les choses se compliquent ou ne sont plus exactement comme tu le voudrais, tu prends tes jambes à ton cou. Dis-moi si je me trompe. Cite-moi une seule occasion où tu n'es pas parti dès que les choses ont commencé à se compliquer et je serai prête à réévaluer l'opinion que j'ai de toi.

— Tu déformes tout. Rien de tout cela ne s'est passé comme tu le dis.

— Vraiment ? Tu ne m'as pas laissée tomber enceinte ? Tu n'as pas abandonné l'équipe des Huskies dès que tu as été blessé alors que tout le monde s'accordait à dire que tu pourrais rejouer ?

— Luke est mon fils. Je ne vais pas l'abandonner.

— Trop tard, Logan ! Tu l'as déjà fait, avant même qu'il soit né.

— Tu imagines des problèmes alors qu'il n'y en a pas l'ombre du plus petit. Mais quoi de plus normal venant d'une femme qui a une façon bien à elle de réécrire l'histoire pour qu'elle lui convienne ?

— Je ne réécris pas l'histoire, Logan. C'est toi au contraire qui déformes tout.

— Comment se fait-il que tout retombe sur moi, à ton avis ? Je ne suis pas le seul dans l'affaire à avoir fait des erreurs ! Nous étions tous les deux trop jeunes, nous manquions d'expérience. Si tu ne m'avais pas menti, nous n'en serions pas là aujourd'hui !

— Je ne t'ai jamais menti !

— Ah oui ? Tu as la mémoire bien sélective ! Tu mentais à tout le monde, tout le temps et à tout propos ! Sur l'endroit où tu étais, avec qui tu étais, sur ce que tu faisais…

— A toi je n'ai jamais menti.

— Pourquoi ? Parce que j'étais si spécial ? Arrête, je t'en prie ! J'ai voulu croire à ta décharge que c'était une façon pour toi de te protéger, de ne pas montrer aux autres à quel point tu étais vulnérable. Seulement tu peux comprendre qu'à force de t'entendre mentir à tout propos, j'ai pu avoir du mal à te croire au moment crucial. Après tout, c'est toi qui me trompais ! Comment voulais-tu que je te croie quand tu m'as dit que tu étais enceinte de moi ?

— Mais parce que je ne te trompais pas, Logan… Parce que je t'aimais, que tu disais m'aimer et que je croyais que cela comptait pour toi. Parce que, avant de nous rayer de ta vie, notre enfant et moi, tu me devais au moins le bénéfice du doute. Tu aurais dû m'accorder une chance de te prouver que tu avais tort… T'ai-je menti ? Luke n'est-il pas réellement ton fils ?

Paige n'en pouvait plus de cette discussion stérile et douloureuse. A Los Angeles, elle s'était construit avec Luke une bonne petite vie. Une vie confortable, agréable, pour laquelle elle avait dû se battre. Là-bas, elle avait fini par ne plus ressasser le passé, par ne plus passer son temps à imaginer comment les choses auraient pu se dérouler si… Pourquoi était-elle revenue à Prospect ?

Ici, tout redevenait compliqué. Tout redevenait douloureux. Pas seulement parce que Logan exigeait de faire partie de la vie de Luke, surtout parce qu'il faisait resurgir en elle des sentiments qu'elle croyait morts à jamais. Et, pourquoi le nier, le désir…

Prise de court par la violence de ses émotions, épuisée, elle se tut. La situation lui échappait et c'était insupportable, surtout avec un enfant à protéger.

Le temps semblait s'être arrêté ; le silence s'éternisait. Paige observait Logan qui faisait les cent pas le long de la petite allée. A cause de l'obscurité, elle ne pouvait voir son visage mais c'était inutile, son corps parlait pour lui. Il paraissait aussi tendu, aussi contrarié qu'elle. Elle s'en voulait presque d'être la cause de sa détresse, d'avoir chassé par ses paroles la bonne humeur et la joie qu'il avait montrées tout le temps qu'il avait passé en compagnie de Luke. Elle ne pouvait cependant que se réjouir d'avoir mis les cartes sur table, d'avoir posé les bonnes questions.

Au bout d'un long moment de silence, ponctué par le crissement de ses pas sur le gravier et le claquement des vagues sur la grève, Logan vint se poster devant elle.

— Ecoute, Paige… De toute évidence, nous ne voyons pas le passé du même œil. Tu m'accuses de vous avoir abandonnés, Luke et toi. Et moi, je t'en veux à mort de m'avoir privé de mon fils.

— Je ne t'ai pas…

— Si ! Tu aurais pu me contacter après sa naissance… Demander un test de paternité pour prouver qu'il était bien de moi.

— Pourquoi aurais-je fait cela ? Je t'ai dit que c'était ton fils. Rien dans ma vie d'alors ne permettait d'en douter. Je t'ai supplié de me croire. Quant à te contacter après sa naissance… Tu as déjà oublié que Penny t'a téléphoné quand j'étais encore à la maternité, qu'elle t'a annoncé que Luke était né et toi, qu'est-ce que tu as fait ? Tu lui as raccroché au nez !

— Je ne pensais pas…

— Qu'est-ce que tu veux que ça me fasse, ce que tu pensais ou ne pensais pas ? Tu crois vraiment que ça m'intéresse ? J'ai fait tout ce que j'ai pu pour t'informer, je n'ai rien à me reprocher là-dessus, absolument rien ! Tu t'es mal comporté, Logan, un point c'est tout. Et si aujourd'hui tu n'es pas capable de te remettre en question et d'accepter ce fait, je pense que tu n'as rien à faire dans la vie de Luke.

Il s'approcha d'elle au point de la toucher.

— N'essaye pas de m'empêcher de voir mon fils !

— Tu aurais tort de me menacer, ça risque de se retourner contre toi.

— Je peux en dire autant. Toi non plus, ne l'oublie pas.

Elle s'efforça de ne pas reculer, malgré une proximité qui n'avait rien d'agréable. Il en aurait été bien trop content et elle n'allait surtout pas lui donner ce plaisir. Leurs respirations se mêlaient presque et les yeux de Logan ressemblaient tant à ceux de Luke en cet instant, que son cœur fit un bond dans sa poitrine.

Elle eut envie de pleurer.

Puis elle lut dans ce regard une telle douleur, une telle confusion qu'elle se mit à douter. Avait-elle raison de se comporter ainsi ? Son désir, violent et instinctif, de protéger son fils, déformait-il sa vision de la réalité ?

Combien de temps est-ce qu'ils restèrent ainsi, l'un en face de l'autre, sans parler, elle n'aurait su le dire... Le passé emplissait l'espace qui les séparait comme un être à part entière, palpable.

Puis, sans qu'elle sache comment la transformation s'était opérée, l'atmosphère changea subitement de couleur, de tonalité. La colère, le chagrin, firent place peu à peu à une sorte de fluide qui se mit à circuler de l'un à l'autre, une sorte de langage muet.

Logan se rapprochait d'elle de manière imperceptible, et elle entendait sa respiration qui s'accélérait. Elle sut alors qu'elle n'était pas la seule à être troublée par la proximité de leurs deux corps. Une incroyable chaleur émanait de lui, une chaleur telle que malgré la brise fraîche provenant de l'océan, elle se sentit réchauffée.

Il pencha la tête vers elle, se rapprochant encore et pendant un instant incroyablement dense, elle crut qu'il allait l'embrasser.

Son cœur se mit à faire des bonds affolés dans sa poitrine, le martèlement du sang dans ses veines s'amplifia jusqu'à devenir presque audible. Elle ferma les yeux et attendit.

Elle attendit de percevoir la douceur de ses lèvres effleurant les siennes, la chaleur de son corps se pressant contre le sien. Elle arqua le dos, s'avançant vers lui, retenant sa respiration tandis qu'une vague de désir se répandait au plus profond de son intimité.

Et cette réaction, ce désir aussi soudain qu'impérieux de sentir ses mains se poser sur elle, la rappela à la réalité aussi brusquement que le claquement des doigts de l'hypnotiseur réveille son sujet. Haletante, elle recula en titubant jusqu'à sentir dans son dos le métal froid de la portière de la voiture de Logan.

Est-ce qu'elle perdait la tête ? Elle ne voulait pas de ça, ne le voudrait jamais ! Pas après tout ce qui s'était passé entre eux. Le passé était bel et bien mort, la page bel et bien tournée.

— Tu as raison, Logan…

Si les mots, en sortant de sa bouche, lui parurent désincarnés, comme prononcés par un automate, elle ne put cependant s'empêcher de ressentir une certaine fierté d'avoir pu, au moins, les prononcer, tant sa gorge était serrée par l'émotion.

— Tu as raison. Nous ne parviendrons jamais à nous mettre d'accord sur le passé, nos versions sont aux antipodes l'une de l'autre. Mais au fond cela ne fait rien. Tâchons d'agir en adultes que nous sommes devenus et non plus en adolescents immatures, et accordons nos violons… L'important maintenant, la seule chose qui compte même, c'est de faire en sorte que Luke soit heureux et équilibré.

Logan ne répondit pas tout de suite. Il contemplait la masse sombre de l'océan, écoutait les vagues s'écraser sur les rochers, pas encore prêt à baisser sa garde.

Etaient-ils donc destinés à se battre ainsi, à se pousser et se repousser jusqu'à ce que l'un d'eux tombe vaincu ? se demanda Paige.

— D'accord, fit-il enfin d'une voix sourde. Qu'est-ce que tu proposes ?

— Je propose d'y aller doucement.

Il ouvrit la bouche pour l'interrompre, mais elle l'arrêta d'un geste.

— Attends… Je n'ai pas dit que je voulais que tu attendes la semaine prochaine pour voir Luke, simplement prenons chaque journée comme elle se présente et voyons comment ça se passe.

— Je n'ai pas l'intention de changer d'avis, Paige.

— J'ai bien compris. Mais ce n'est pas une raison pour passer d'un extrême à l'autre. Tu as été absent jusqu'à maintenant, alors laisse-lui le temps de s'habituer à cette nouvelle situation. Si tu débarques dans sa vie comme ça, sans lui donner le temps de reprendre son souffle, tu risques surtout de le perturber.

— Loin de moi l'idée d'être trop insistant et tu le connais mieux que moi, c'est évident, concéda-t-il. Je veux bien que ce soit toi qui décides des limites, pour le moment.

Si *pour le moment* était de trop, Paige ne put cependant que se féliciter de constater qu'ils faisaient au moins quelques progrès. Si Logan était effectivement prêt à l'écouter, prêt à accepter que son point de vue ne soit pas nécessairement le seul valable, cela lui suffisait. *Pour le moment.*

— Coupons la poire en deux, si tu le veux bien : commençons par nous retrouver chez Prospector demain pour le déjeuner… Est-ce que ça te convient ? Si les choses se passent bien, tu pourras l'emmener au cinéma ce week-end. Il y a deux ou trois films qu'il aimerait voir.

— Ça me paraît une excellente idée !

Il avait l'air très agréablement surpris. Est-ce qu'elle n'avait pas lâché trop de lest d'un coup ? s'inquiéta-t-elle une fois de plus. Est-ce qu'elle ne faisait pas prendre beaucoup de risques affectifs à son petit garçon ? C'était si difficile pour elle de ne pas voir le moindre changement dans leur rythme de vie comme une menace.

Elle hocha la tête.

— Alors on fait comme ça, murmura-t-elle dans un souffle. A demain. Midi et demi, ça te va ?

— C'est parfait, répondit-il.

Tandis qu'elle regardait la voiture de Logan s'éloigner quelques instants plus tard, Paige fut soudain consciente qu'elle venait de s'engager sur une voie à sens unique. Elle ne pourrait plus faire demi-tour. Luke non plus.

Elle fut prise d'une sorte de vertige, eut l'impression, un bref instant, de s'être fourrée elle-même dans un piège. Puis elle se ressaisit. Il s'agissait de Logan, du père de Luke. Et elle ne pouvait pas refuser à son fils le droit d'avoir un père.

Pourvu que Logan soit à la hauteur, cette fois ! Elle ne lui pardonnerait pas de décevoir son enfant.

Chapitre 9

— Arrête de t'inquiéter comme ça ! s'écria Penny tout en trempant son rouleau dans le bac de peinture jaune.

L'électricien et le plâtrier avaient terminé dans la pièce le matin même et les deux sœurs s'étaient aussitôt attaquées à la décoration avec enthousiasme.

— Je suis sûre que tout se passe bien.

— Je sais… Je sais…, répondit Paige, tout en allant jeter un coup d'œil à l'allée par la fenêtre pour la dixième fois au moins.

Toujours aucun véhicule, toujours aucun signe de son fils ni de Logan. Elle n'était pas vraiment inquiète. C'était juste que…

— Ils devaient être revenus du cinéma à 6 heures.

— Il n'est même pas 6 h 30 ! Ils se sont peut-être arrêtés pour manger un hamburger ou boire un verre, je ne sais pas.

Paige hocha la tête. Cette idée l'avait effleurée, elle aussi. Depuis le jour où Luke et Logan s'étaient officiellement rencontrés, ils s'étaient entendus comme larrons en foire et Luke essayait depuis par tous les moyens de passer le plus de temps possible avec son père. Il ne manquait pas d'imagination pour trouver de bonnes raisons !

Après leur fameux déjeuner chez Prospector, ils étaient allés tous les trois au parc et, pendant qu'elle était assise sur l'herbe, les deux garçons avaient joué au football tout l'après-midi. Le temps avait passé agréablement, très agréablement même. Et elle devait reconnaître que ce n'était pas juste parce qu'elle n'avait pas eu à rattraper le ballon.

Depuis ce jour, ils s'étaient retrouvés une fois à la plage où Luke et Logan s'étaient amusés comme des fous à construire des châteaux et à fouiller le sable pour y dénicher des coquillages, des bernard-l'ermite et autre faune aquatique.

Logan s'était montré au cours de ces deux rencontres si patient avec son fils, il avait paru si à l'aise en sa compagnie, qu'elle n'avait pas vu d'inconvénient à ce qu'ils aillent au cinéma seuls.

Cela leur ferait probablement du bien de passer un peu de temps ensemble, sans qu'elle soit dans leurs pattes, avait-elle pensé.

A force de voir Logan, à force d'observer son interaction avec Luke, elle ne pouvait s'empêcher de repenser à tout ce qu'elle avait aimé en lui autrefois. Sa patience, son intelligence, sa spontanéité et sa gentillesse. Il était capable de lâcher ce qu'il était en train de faire, même si c'était important, pour parler avec une vieille dame en mal de solitude ou pour aider quelqu'un à retrouver un chiot égaré.

Elle avait bien conscience en même temps que s'appesantir là-dessus n'était pas bon pour elle… C'est pourquoi l'idée du cinéma lui avait paru une bonne option. Au moins, ils ne passeraient pas trop de temps à discuter sans elle, pendant que le super-héros s'occuperait des vilains.

Cependant le film se terminait à 5 h 30, et ils n'étaient toujours pas rentrés. Il était parfaitement ridicule de s'inquiéter et ce n'était certainement pas cela qui allait les faire revenir plus vite, mais c'était plus fort qu'elle. Les scénarios les plus farfelus, les plus extrêmes, fleurissaient dans son imagination.

Et s'il leur était arrivé un accident ? Ou bien si, pour une raison ou une autre, Logan avait contrarié Luke et que celui-ci se soit enfui ? Il y avait aussi la possibilité que Logan ait enlevé leur fils… Il ne fallait écarter aucune hypothèse, même si elle paraissait improbable, car des choses encore plus improbables se produisaient tous les jours.

— J'aurais dû y aller avec eux, dit-elle tout en se remettant à peindre son mur.

— Sois raisonnable, tu ne peux pas leur coller aux basques sans arrêt ! Et puis, qu'est-ce que je serais devenue, moi, si tu ne m'avais pas aidée à finir cette pièce ? Tu y as pensé ? Les meubles que tu as commandés arrivent mercredi…

Paige accepta la perche que lui tendait Penny, sans être dupe de ses intentions. Elle savait bien que sa sœur essayait de lui changer les idées, et ma foi, ce n'était pas plus mal.

— Je sais… J'ai tellement hâte de voir le lit en place. Ce sera magnifique sur ce plancher de bois, et avec le tapis que j'ai déniché l'autre jour, je ne te dis pas !

— Tu es vraiment douée, Paige… Tu as un sens incroyable pour combiner les styles et les couleurs.

Moi, je pourrais passer des jours entiers à étudier un catalogue, je n'arriverais jamais à un tel résultat. Une fois finies, ces pièces seront superbes !

— C'est une question de pratique, rien de plus.

— *Rien de plus !* Il vaut mieux entendre ça que d'être sourd ! Regarde ce que tu es arrivée à faire ! Tu es partie d'ici sans rien en poche, tu as repris tes études tout en travaillant et en élevant ton bébé toute seule. Il y en a beaucoup qui auraient abandonné à ta place.

— Pour un peu, tu me ferais passer pour une héroïne de roman.

— Non. Je te fais passer pour ce que tu es, une véritable inspiration. D'ailleurs, c'est pour ça que tu es mal à l'aise, tu n'as jamais supporté qu'on te fasse des compliments, encore moins qu'on reconnaisse à quel point tu es géniale.

Paige rit. Elle se frotta les ongles sur sa chemise avec un faux air d'autosatisfaction.

— Qu'est-ce que tu veux que je te dise ? Il y a des gens qui ont du talent, voilà tout…

— Et d'autres qui en sont dépourvus ! Je sais. Je ne peux même pas t'accuser de te vanter, puisque c'est la vérité.

— Oh si, c'est de la vantardise ! Mais puisque seule ma petite sœur m'entend…

— Seule ta petite sœur ! Je compte si peu à tes yeux ? Là, tu me vexes.

Penny accompagna sa remarque d'une moue boudeuse.

Paige rechargea tranquillement son rouleau de peinture.

— Mais non, tu n'es pas vexée. Tu dis ça juste pour m'embêter.

— Peut-être un peu…

— Ou plutôt parce que tu ne veux pas que je réalise que Luke a maintenant plus d'une demi-heure de retard.

— Il y a de ça aussi.

Penny marqua une pause, comme si elle cherchait à rassembler son courage.

— Tu sais, Paige… Je ne suis pas particulièrement fan de Logan… Il ne faudrait pas qu'il s'imagine qu'il va pouvoir effacer le mal qu'il t'a fait toutes ces années d'un coup de baguette magique…

— Je me fiche pas mal de ce qu'il m'a fait. Il y a bien longtemps de ça, j'ai tiré un trait dessus. Ce que je n'ai pas encore digéré et je crois bien que je n'y arriverai jamais, c'est qu'il ait tourné le dos à Luke, sans se poser la moindre question. Ça, je ne peux pas l'oublier.

— Je suis tout à fait d'accord avec toi. En même temps, regarde comme Luke est heureux depuis qu'il l'a retrouvé. C'est important, non ?

— Bien sûr que c'est important. Pourquoi crois-tu que je n'aie pas essayé de m'y opposer ? Ce qui m'inquiète, vois-tu, c'est ce qui va se passer quand l'attrait de la nouveauté se sera effrité et que Logan commencera à se lasser d'avoir un enfant dans les pattes.

— Qui te dit qu'il va se lasser ? Tu ne peux pas comparer Luke avec une position dans une équipe de football. Toi, tu vis avec lui depuis huit ans, et je n'ai pas franchement l'impression que tu sois lassée !

— Oui, mais…

Paige réfléchit à ce que sa sœur cherchait à lui dire entre les lignes.

— Tu penses que je ferais bien de me préparer, que

Logan va vouloir faire partie de la vie de Luke sur le long terme ?

Penny haussa les épaules.

— Je ne suis pas une experte en la matière, c'est le moins qu'on puisse dire. Si je m'y connaissais un tant soit peu, question hommes, je me serais méfiée et je ne me serais pas lancée dans cette aventure tête la première avec un type qui se fichait pas mal de cette vieille bicoque, au bout du compte, et encore plus de moi…

Il y avait tant d'amertume dans la voix de sa sœur que Paige s'inquiéta de plus belle. Cette perspective d'avoir à partager Luke sur le long terme, peut-être jusqu'à la fin de sa vie avec l'homme à qui elle n'était pas près de pardonner pour l'avoir abandonné avant même qu'il ne soit né, l'emplissait d'angoisse.

— Tu regrettes vraiment d'avoir investi toutes tes économies dans cette maison, Penny ?

L'intéressée répondit tout d'abord par un grognement éloquent.

— Je sais bien que ça ne sert à rien de regretter mais je t'avouerai que j'ai du mal à voir le côté positif de la chose. Enfin regarde ! Il y a tout à refaire, l'électricité, la plomberie, la décoration et puis, avoue-le, c'est un monstre, non ? Tellement laid en plus !

— Rien ne t'oblige à rester.

Paige s'arrêta de peindre un instant, en profita pour surveiller l'allée, puis examina sa sœur attentivement.

— Tu n'es pas obligée de rester, ni dans cette maison, ni dans cette ville. On peut très bien faire le minimum pour la rafraîchir et la remettre sur le marché. Elle se vendra en un rien de temps et avec l'argent, tu pourras aller n'importe où. Le monde t'appartient.

— Mmm, c'est alléchant. Il paraît que le climat est très agréable en Grèce à cette période de l'année.

— Tu veux aller en Grèce ?

— Bien sûr que non, bécasse ! Enfin, si, j'aimerais bien y aller, mais pas si je devais vendre cette maison.

Elle embrassa l'espace du regard.

— Tu sais, je râle, je râle… Mais pour tout t'avouer, je commence à m'y faire. Plus j'y suis, plus j'apprécie cet endroit. Et puis, je ne suis pas comme toi. Je ne pourrais pas prendre mes cliques et mes claques et partir à l'autre bout du monde, jusqu'à ce que je trouve un endroit qui me plaise.

— Il ne s'agit pas de partir à l'autre bout du monde. Tu pourrais venir à Los Angeles. Luke et moi, on adorerait que tu viennes t'installer chez nous.

— Qu'est-ce que j'irais faire là-bas ?

— Tu pourrais être comptable. Tu es diplômée et tu sais quoi ? Tu me rendrais un fier service, Dieu sait que j'ai besoin d'un bon expert-comptable !

— Voilà ce que je te propose : je veux bien être ton expert-comptable personnel, mais tu m'envoies tous tes papiers ici.

— Qu'est-ce qui te retient, Penny ? Qu'est-ce que tu trouves de si extraordinaire à cette ville ?

Penny se mordilla la lèvre. A son tour, elle alla regarder à travers la fenêtre.

— Maman et papa sont là. Je sais que tu ne peux pas les voir et tu as d'excellentes raisons pour ça… La façon dont ils t'ont traitée quand tu étais petite, c'était…

Elle secoua la tête, visiblement écœurée.

— C'était mal. Moi en revanche, je n'ai rien à leur reprocher. Ils ont toujours été gentils avec moi. Et maintenant, avec papa qui commence à vieillir et qui se déplace de plus en plus mal, cela m'ennuierait de partir.

Une bouffée de ressentiment s'empara de Paige. Comme elle détestait ce sentiment négatif, cette douleur déclenchée par les mots de sa sœur ! C'était bien la preuve qu'il lui restait encore pas mal de problèmes à régler, que la relation avec ses parents n'était pas un sujet qu'elle pourrait continuer éternellement à balayer sous le tapis. Elle aurait dû se réjouir que Penny s'entende si bien avec eux, cela l'exonérait de ses devoirs éventuels à leur égard.

Seulement la réalité était que son père avait dépassé les soixante-dix ans et, même si sa mère était un peu plus jeune, le temps passait et les occasions de se réconcilier se réduisaient comme une peau de chagrin. Son séjour à Prospect était peut-être l'occasion de remettre enfin les pendules à l'heure ?

La balle était dans son camp, mais elle ignorait ce qu'elle voulait vraiment. Se rapprocher de ses parents, alors qu'ils l'avaient toujours repoussée, lui paraissait si absurde, à première vue ! Pourtant, c'était précisément ce qu'elle était en train de faire avec Logan…

Oui mais avec Logan, elle n'essayait pas de réécrire l'histoire. Avec lui, elle se concentrait sur le présent, uniquement le présent, à cause de Luke. Réécrire le passé était inutile et tous deux semblaient enfin l'avoir compris.

Sauf qu'elle avait beau vieillir, elle avait beau devoir faire face à de plus en plus de responsabilités, elle n'en restait pas moins la plus grande idiote de tous les temps !

Fatiguée de ressasser sans cesse les mêmes pensées sans jamais trouver aucune porte de sortie, elle se concentra sur la tâche en cours, en l'occurrence étaler cette émulsion jaune sur les murs, et s'y attela de nouveau, comme si sa vie en dépendait.

Mais elle n'avait pas répondu à Penny, qui attendait avec anxiété une réponse de sa part.

Que pouvait-elle lui dire ? Tout ce qui lui venait à l'esprit n'était pas ce que cette dernière voulait entendre, loin de là. Or elle savait qu'en se montrant sincère, en lui disant tout ce qu'elle avait sur le cœur, elle ne pourrait que la mettre mal à l'aise. Pire, la mettre dans une situation intenable.

Soudain une idée terrifiante lui traversa l'esprit. Et si Penny décidait de la mettre à la porte ? Si elle choisissait de prendre le parti de ses parents, comme tout le monde l'avait toujours fait, et coupait les ponts avec elle, une bonne fois pour toutes, malgré les jours chaleureux qu'elles venaient de passer ensemble ?

Son sang se glaça à cette perspective. C'était inconcevable. Elle ne le supporterait pas. Pour la première fois depuis bien longtemps, elle ressentait le besoin de se trouver au sein d'une cellule familiale, chaude et rassurante. Elle se débrouillait toute seule depuis tant d'années ! Peut-être était-ce de se retrouver face à Logan, dans cette ville, avec tous les changements que cela allait amener dans sa vie, qui générait en elle ce besoin ?

Quelle importance, après tout, de comprendre ou non la raison d'être des choses ? Ce qui comptait, c'était de reconnaître son réel besoin de se rapprocher de sa sœur et d'œuvrer pour que ce rapprochement soit effectif et réussi.

Il n'y avait donc pas trente-six solutions mais une

seule, toujours la même. Elle devait tenir le coup, ne rien dire qui puisse créer des vagues. Surtout ne pas demander, comme elle brûlait pourtant de le faire, pourquoi elle était toujours le vilain petit canard dont personne ne voulait, avec qui personne ne voulait rester. Jusqu'à Luke, qui commençait, lui aussi, à s'éloigner d'elle et à lui préférer la compagnie de son père, tellement plus séduisant.

Cette dernière pensée lui lacéra le cœur. Sa respiration se fit plus haletante, plus rauque, si bien que Penny s'inquiéta.

— Paige ? Tout va bien ?

Non, tout n'allait pas bien. Une énorme boule s'était formée dans sa gorge. Elle voulait parler mais les mots ne passaient pas. Elle s'éclaircit la voix et réussit enfin à répondre :

— Tout va bien. Je suis juste inquiète pour Luke…

— Paige… Je ne voulais pas te contrarier…

— Tu ne m'as pas contrariée. Pas du tout. Mais si Logan ne ramène pas mon fils dans les plus brefs délais, je crois que je vais devenir folle.

Un long silence s'installa. Paige n'était pas dupe, Penny était sûrement en train de se demander si elle devait la croire ou non.

— Pourquoi ne l'appelles-tu pas ?

— Je devrais. J'essayais seulement d'être patiente, de lui prouver que je lui faisais confiance.

— Ce qui n'est pas vraiment le cas.

— Non, mais ça ne regarde que moi. Il est difficile sinon impossible de bâtir une bonne relation sur le doute et la suspicion, alors je fais de mon mieux. De toute évidence, cela ne suffit pas…

Penny secoua la tête.

— Tu sais que tu as vraiment l'esprit tordu, toi ?

Elle avait dit cela sur le ton de la plaisanterie, pourtant, la vérité n'était pas loin. Ici, à Prospect, Paige avait l'impression d'être un phénomène de foire. Ce qui n'avait rien de nouveau.

Du jour où, enfant, elle avait compris que ses parents ne la traitaient pas du tout de la même façon que Penny, elle avait su qu'elle était différente, qu'elle n'était pas *normale,* en quelque sorte. Elle avait remarqué, lorsque sa mère sortait avec elle en ville, que les gens chuchotaient sur leur passage, en leur jetant des regards en coin. Elle avait aussi surpris sa mère, parfois, posant sur elle des yeux embués de larmes, comme si elle lui reprochait le fait même d'exister.

Comment une enfant pouvait-elle grandir de manière équilibrée dans une telle ambiance ? Si elle avait du mal, même après tout ce temps, à accorder sa confiance, elle avait de bonnes excuses.

Ce ne fut que bien des années plus tard, un jour où Penny, poussée par la curiosité, avait jeté un coup d'œil dans le journal intime de leur mère, qu'elles découvrirent la clé du mystère, la raison qui faisait que Paige était si différente.

Elle était née suite à une aventure que leur mère avait eue, alors que leur père servait son pays au-delà des mers. Ses parents la détestaient, car elle était la preuve vivante de cette infidélité. Sa présence leur rappelait, jour après jour, cette relation, aussi brève fût-elle, avec un autre homme, d'autant plus honteuse que le mari risquait alors sa vie en tant que soldat.

Paige avait compris ce jour-là que sa faute était irréparable. Elle avait beau n'y être pour rien, elle portait les stigmates du péché de sa mère. Quoi qu'elle fasse, même si elle ramenait les meilleures notes de l'école, même si elle était première dans tout ce qu'elle entreprenait, ses parents ne seraient jamais satisfaits, jamais fiers d'elle.

A quoi bon dans ce cas se donner tout ce mal ? A partir de ce moment-là, sa vie avait pris un virage à cent quatre-vingts degrés. Cette spirale descendante n'avait cessé sa course folle que lorsqu'elle s'était retrouvée à Los Angeles à travailler comme serveuse en suivant les cours du soir, tout en attendant la naissance de Luke.

Elle avait réussi à remonter la pente et s'en était très bien sortie, en partie grâce à ce fameux voisin, Lucas, qui lui avait fait profiter de ses contacts dans l'industrie du cinéma. Désormais, elle était tirée d'affaire et ne voulait plus revenir sur ce qui lui avait tant fait de mal.

Est-ce qu'elle en voulait à Penny, au fond, de s'entendre si bien avec leurs parents ? C'était tout à fait possible…

Elle ne lui en voulait pas cependant au point de souhaiter qu'elle ait eu la même enfance qu'elle ; elle ne souhaiterait à personne, même à son pire ennemi, d'avoir à supporter ce qu'elle avait vécu, les cris, les menaces, le chantage émotionnel et même parfois les coups. Mais Penny avait été le témoin de ces abus sans rien dire, sans rien faire. Et en maintenant avec leurs parents une relation affectueuse, comme si de rien n'était, elle semblait nier cette maltraitance, du moins la minimiser, comme s'il n'y avait rien eu d'anormal dans le fait qu'ils fassent souffrir Paige, du moment qu'elle, elle était épargnée.

En même temps, entretenir de telles pensées lui faisait du mal et ne menait à rien. Mieux valait tirer un trait sur le passé puisqu'elle ne pouvait pas le changer… Mieux valait balayer ces émotions et les cacher, bien enfouies au fond d'elle-même, de façon à finir un jour par les oublier tout à fait.

Elle se moquait à présent que ses parents l'acceptent ou non, ce n'était pas comme si son bonheur en dépendait.

Elle secoua la tête, bien déterminée à ne pas se complaire dans ce rôle de victime.

— Bon, alors, quelle chambre as-tu décidé de peindre après celle-ci ?

Soulagée de l'entendre sortir de son silence, Penny n'hésita pas une seconde à attraper la perche que sa sœur lui tendait.

— J'ai pensé que le mieux serait de nous attaquer à la chambre bleue. L'électricien a fini hier et j'aimerais bien commencer à retirer les carreaux de la salle de bains. Si on arrive à peindre la pièce, les ouvriers pourront s'occuper du plancher, ce qui nous donnera deux suites complètement terminées.

— A part les meubles.

— Oui, à part les meubles. J'ai l'intention de m'en occuper demain, quand je serai à Portland.

— Dis donc ! C'est formidable… On peut dire que ça commence à prendre tournure !

Paige se pencha pour recharger son rouleau dans le bac, tout en jetant un coup d'œil par la fenêtre. Cette fois-ci, elle aperçut enfin le véhicule de Logan remontant la longue allée sinueuse qui menait à la maison.

Elle reposa aussitôt le rouleau et se précipita vers la porte.

— Luke arrive !

Au prix d'un effort énorme, elle desserra les mâchoires et afficha un sourire pour le moins forcé. Il était inutile que Luke s'aperçoive dans quel état elle s'était mise, ni qu'elle lui gâche sa joie parce qu'elle était contrariée. Elle avait déjà constaté à plusieurs reprises que les enfants possédaient le don de ne pas regarder plus loin que le bout de leur nez la plupart du temps. Il y avait donc peu de chances qu'il s'aperçoive qu'elle n'était pas entièrement dans son assiette, tant il aurait hâte de lui raconter en détail les péripéties du film qu'ils venaient de voir.

Le temps qu'elle se lave les mains et descende, Luke et Logan étaient arrivés sous le porche. La porte était ouverte. De toute évidence, Luke avait invité son père à entrer, offre que Logan avait déclinée. Ce qui expliquait qu'ils soient restés tous deux à l'extérieur.

Logan était-il pressé de s'en aller ou bien attendait-il qu'elle l'autorise à pénétrer dans la maison de sa sœur ? Elle le trouva en train de faire aller et venir nonchalamment la balancelle, ce qui la fit pencher pour la deuxième solution. Sa retenue était louable.

Elle les rejoignit, refermant la porte derrière elle. Au cas où…

— Alors, c'était bien, ce film ?

— C'était super, maman ! Gé-ni-al ! Tu aurais vu le héros ! Il avait des pouvoirs incroyables, genre il pouvait entrer dans l'esprit du méchant et lui faire…

Luke se lança alors dans un récit circonstancié, sans omettre aucun détail ni oublier la fin, qui n'apportait aucune surprise.

Quand le flot de paroles se tarit enfin, Logan demanda :

— J'espère que tu n'avais pas l'intention d'aller le voir ces prochains jours ?

— Même si c'était le cas, ce n'est plus la peine ! C'est comme si je l'avais déjà vu après ce résumé époustouflant !

Elle se pencha pour déposer un baiser sur les douces boucles noires de son fils.

— Merci, mon chéri. J'ai eu l'impression d'être avec toi dans le cinéma.

— J'aurais bien aimé. Papa m'a acheté du pop-corn, des bonbons et un esquimau. C'est chouette, non ? Ensuite, on est allés manger un hamburger. Toutes ces cascades, ça creuse l'appétit !

Paige arqua un sourcil légèrement contrarié à l'énoncé de tout ce que son fils avait avalé.

— Vraiment ? Tu avais encore faim après du pop-corn, des bonbons et un esquimau ? Ça devait être de sacrées cascades, dis donc !

Conscient qu'il venait de pénétrer sur un terrain plein d'embûches et qu'au mieux, un cours de nutrition n'allait sans doute pas tarder à suivre, cours qu'il avait déjà eu l'occasion d'entendre, Luke se creusa les méninges pour trouver une porte de sortie avant qu'il ne soit trop tard.

C'est tout juste si Paige ne vit pas les engrenages de son cerveau se mettre en mouvement. Elle eut envie de rire, mais se retint.

— Tu peux le dire ! C'était incroyable. En fait, je suis assez fatigué, je crois que je vais aller me reposer un peu dans ma chambre.

Il se tourna vers Logan.

— Merci, papa. Je me suis bien amusé.

Il lui entoura la taille de ses bras et le serra le plus fort possible, avant de s'engouffrer dans la maison et de disparaître.

Paige le regarda s'éloigner. Il y avait tant d'émotion dans cette étreinte qu'elle en resta perplexe. Visiblement, son fils était aussi sensible au charme de Logan qu'elle l'avait été. Son cœur se serra à cette pensée et, plutôt que de lui reprocher de lui avoir causé de l'inquiétude, elle lui sourit pour le remercier d'avoir apporté tant de joie à son enfant.

— Eh bien, on peut dire que tu as la cote aujourd'hui, fit-elle d'un ton léger.

— Oui, en effet.

Il se passa une main dans les cheveux d'un air gêné.

— Je suis vraiment désolé d'être en retard. Je pensais au départ que ça ne prendrait qu'un quart d'heure à tout casser de commander un hamburger et puis…

— Et puis Luke a fait tout un cirque…

— On peut dire ça, oui… Il a mis au moins dix minutes pour choisir ce qu'il voulait manger, ensuite, il était beaucoup plus captivé par le jouet qui venait avec son repas que par ce qu'il y avait dans son assiette.

— Et pour finir, au moment où tu étais prêt à partir, il a décidé tout à coup qu'il était intéressé par son dîner, c'est bien ça ?

— Oui !

— Je connais la chanson. Ça se passe souvent comme ça à la maison.

— J'imagine. Mais j'aurais dû t'appeler… Cela ne se reproduira plus.

Elle hocha la tête.

— Merci. J'apprécie.

— C'est un enfant formidable, Paige. Je sais que je me répète mais c'est vrai. Je suis vraiment impressionné par ce que tu as fait de lui, sans l'aide de personne.

Elle se sentit rougir de plaisir.

— Il est chouette, hein ?

— Plus que chouette ! Et il n'arrête pas de parler de toi. C'est sans arrêt : « Maman adorerait ça, je me demande si maman sait, maman m'a dit… »

Il haussa les épaules, l'air penaud.

— De toute évidence, il te trouve absolument géniale.

Elle sourit.

— C'est réciproque.

Elle marqua une pause, ne sachant vers quel côté pencher. Une part d'elle n'avait qu'une envie, voir Logan s'en aller. Néanmoins, elle était assez intelligente pour comprendre que ce désir était dicté par la peur. Une autre part d'elle, dominant et de loin, voulait surtout qu'il reste encore un peu.

— Tu n'es pas trop pressé de partir ? Je peux t'offrir un verre de limonade ? En ce qui me concerne, je crois que j'ai assez bossé pour aujourd'hui.

Il jeta un coup d'œil à sa montre.

— En temps normal, je n'hésiterais pas une seconde, mais là, je dois retourner au poste. Je suis de surveillance ce soir, j'ai changé avec un collègue pour être libre demain. C'est la fête foraine.

Il n'avait donc pas oublié sa promesse ! Luke attendait cette journée avec tant d'impatience qu'un oubli aurait été catastrophique. Il aurait aussi été étonnant. Lorsque, adolescents, ils étaient sortis ensemble, Logan se rappelait toujours les tout petits détails qui comptaient pour elle, des détails infimes auxquels n'importe qui d'autre n'aurait prêté aucune attention.

Peu d'hommes auraient accepté de s'investir comme il le faisait dans la vie de leur fils, à ce stade, dut-elle reconnaître, sans toutefois le lui dire. Il aurait été plus simple pour lui de faire comme si Luke n'existait pas. Pourquoi s'embarrasser d'un gamin de huit ans, fils de la « Manouche » du coin de surcroît ? D'autant qu'il avait probablement envie de fonder sa propre famille un jour ou l'autre. Cela ne pouvait guère jouer en sa faveur, surtout dans une ville comme Prospect.

Mais peut-être Logan avait-il changé, après tout ? Cette considération la laissa perplexe. Quelles conséquences pour l'avenir de Luke ? Et pour le sien, si Logan était prêt à s'engager sur le long terme ?

Bizarrement, cette pensée fit renaître au fond de son cœur une émotion étrange, un espoir qu'elle avait cru mort et enterré depuis longtemps. Elle ne savait pas qu'en faire. Néanmoins, elle était prête à tout supporter, si c'était le prix à payer pour que Luke ait enfin le père qu'il voulait tant et qu'il méritait largement.

— Alors, qu'est-ce que tu en penses, Paige ? Tu veux nous accompagner, Luke et moi, à la fête foraine ? Ce serait sympa d'y aller tous ensemble, non ?

— Si et c'était bien mon intention. Ce n'est pas facile de surveiller tout seul un gamin dans ce genre de contexte, ça demande pas mal d'expérience.

— J'imagine…

Il sourit.

— C'est parfait. J'espérais vraiment que tu viendrais. Pas nécessairement pour que tu t'occupes de Luke, mais c'est une raison aussi valable qu'une autre, du moment que tu acceptes de venir avec nous.

Elle ne sut pas comment elle devait prendre cette remarque, compte tenu de la façon qu'il avait en même temps de la regarder… Comme s'il avait pu lire dans ses pensées un peu plus tôt et qu'il fût d'accord avec elle. Son pouls s'accéléra, les mots se bousculèrent dans sa bouche et elle parla sans réfléchir.

— J'ai hâte d'y aller ! Ça fait si longtemps que je ne suis pas allée à la fête foraine à Prospect !

A peine avait-elle lâché ces paroles qu'elle voulut les reprendre. Qu'est-ce qui lui avait pris de dire cela ? Le regard de Logan s'assombrit jusqu'à devenir gris acier. Elle sut aussitôt que le souvenir d'une autre fête foraine à Prospect lui était revenu, aussi vibrant que dans sa propre mémoire.

C'était tout au début de leur idylle. La fête battait son plein et Logan avait décidé de l'y emmener. Leur passion mutuelle n'avait d'égale que leur impatience. C'est tout juste si Logan parvint à payer les tickets d'entrée, tant il brûlait de se retrouver dans un endroit couvert pour poser les mains sur son corps.

Une fois à l'intérieur du parc, il l'avait entraînée à toute vitesse à travers la foire jusqu'au train fantôme, sans même prendre le temps de saluer ses amis qui les appelaient pourtant et leur faisaient signe de les rejoindre.

La tension entre eux devint palpable, l'air comme chargé d'électricité. Avec chaque inspiration, Paige avait l'impression de recevoir une décharge d'étincelles qui se répandaient dans son corps, jusqu'au bout de ses seins, jusqu'au plus profond de son intimité.

Elle éprouvait un désir fou pour cet homme. Etait-ce

à cause du souvenir sulfureux des heures qu'ils avaient passées à s'étreindre et se caresser dans le train fantôme, ou parce qu'elle avait en face d'elle un homme incroyablement sexy ?

Pendant un bref instant, ils se retrouvèrent par la pensée au lycée, quand tout allait bien entre eux, quand rien n'était venu encore ternir leur passion.

Ils s'étaient aimés comme des fous. Elle avait beau savoir que le passé ne serait plus jamais, l'espace d'un instant, elle n'en voulut rien savoir. Elle voulait profiter de cette parenthèse de la mémoire, parenthèse pendant laquelle tout ce qu'elle désira le plus au monde fut de redécouvrir l'extase d'être serrée dans les bras de Logan, d'être embrassée par Logan, aimée par Logan. Aucun des hommes qu'elle avait connus n'avait su jouer de son corps avec autant de virtuosité que lui, n'avait su écouter chacun de ses soupirs, chacun de ses gémissements, ni la satisfaire aussi bien que lui.

Elle aurait voulu se jeter dans ses bras, le supplier qu'il l'embrasse. Le supplier qu'il l'emmène au septième ciel.

Cela faisait si longtemps qu'un homme ne l'avait pas touchée, si longtemps qu'elle n'avait laissé quelqu'un s'approcher d'elle, que la tentation de retrouver ces sensations, avec lui, devenait presque insoutenable.

Il lui suffit de croiser le regard de Logan, d'y percevoir le feu qui y brûlait, pour savoir qu'elle n'était pas seule à perdre la raison.

Mais il lui fallait revenir sur terre, reprendre ses esprits. Il lui fallait lui dire au revoir et prendre ses jambes à son cou. Elle était en train d'osciller au bord d'un précipice.

Pourtant, elle resta sur place, prise dans les filets de son regard couleur d'acier en fusion.

— Paige…

Il avait parlé d'une voix si basse, si éraillée qu'elle dut tendre l'oreille pour l'entendre.

— Dis-moi de partir…

Elle déglutit, voulut répondre, mais sa bouche était sèche, sa langue collée à son palais, et aucun son ne passa la barrière de ses lèvres. Elle s'éclaircit la gorge, fit une nouvelle tentative. En vain. Alors elle se passa la langue sur les lèvres puis s'arrêta, pétrifiée. Logan la dévorait des yeux avec l'intensité d'un oiseau de proie.

Son cœur s'emballa, tambourina dans sa poitrine comme un jazzman effréné, perdu dans sa musique.

Sa respiration s'accéléra, devint de plus en plus haletante, de plus en plus saccadée. C'est tout juste si l'air parvenait à atteindre ses poumons. Sa tête se mit à tourner et son corps à trembler, comme celui d'un junkie en manque de drogue.

Que lui arrivait-il ? Après tout ce temps, après toutes ces tempêtes, ces eaux troublées, elle avait perdu ses repères et ne savait plus quoi faire.

Ne savait plus comment réagir.

Ne savait plus si elle devait rester là ou se précipiter à l'intérieur, claquer la porte derrière elle et s'assurer surtout de bien la verrouiller à double tour.

Au bout du compte, elle n'eut à prendre aucune décision. Logan s'avança vers elle lentement, jusqu'à n'être qu'à quelques centimètres d'elle. Si près, qu'elle percevait sa chaleur et le parfum délicieux, légèrement citronné, de son haleine.

Une petite voix, bien faible, parvint encore à se

frayer un chemin jusqu'à son cerveau embrumé. Cette petite voix la mettait en garde, lui chuchotait d'ouvrir les yeux, lui intimait de bouger, de lui tourner le dos. Avait-elle donc oublié tout le mal que cet homme lui avait fait ?

Elle refusa de l'écouter.

Elle était comme un papillon de nuit incapable de résister à l'attraction fatale de la flamme. Elle avait beau savoir qu'elle se brûlerait les ailes une fois encore et qu'elle ne s'en remettrait sans doute pas, rien ni personne ne pouvait plus l'empêcher de succomber.

— Logan…

Elle avait prononcé son nom dans un murmure, comme une supplication. Qu'attendait-elle de lui ? Elle n'en savait rien elle-même.

— Paige…

— J'ai besoin…

— Je sais, chérie…

— Comment ? Que sais-tu ?

— Moi aussi, j'en ai besoin.

Il prit son visage entre ses mains en coupe, caressa du pouce ses lèvres, avant de glisser sa main derrière sa nuque. Ses doigts s'entremêlèrent dans l'épaisseur de sa chevelure. Elle tressaillit ; une onde de chaleur se répandit dans tout son corps. Logan pencha la tête, s'approcha plus encore, jusqu'à ce que leurs bouches enfin se frôlent.

Paige haleta en sentant le velours de ses lèvres sur les siennes.

Qu'attendait-elle de lui ? se répéta-t-elle. Qu'il la prenne avec la fougue de leur jeunesse ? Ils en étaient loin. Sa retenue en revanche la toucha, attisant son désir. Elle voulut le goûter jusqu'à ce que plus rien d'autre ne compte, plus rien ni personne, à part lui.

Sa main remonta le long de son torse, appréciant au passage la dureté de ses muscles, puis glissa sur sa nuque, fouilla les cheveux ébouriffés qui lui descendaient dans le cou, l'attira vers elle.

Elle voulait un vrai baiser.

Si ce devait être le seul moment intime qu'elle partagerait avec lui, alors elle le prendrait avec toute la fougue, toute la passion qui la dévorait, sans se préoccuper des conséquences. Au moins pour ce bref instant. Au moins tant que durerait ce baiser unique, ce baiser parfait.

Chapitre 10

Alors qu'il attirait Paige tout contre lui, Logan fut saisi de panique.

Qu'étaient-ils en train de faire, tous les deux ?

C'était de la folie ! Il ferait mieux, beaucoup mieux, de s'arrêter avant qu'il ne soit trop tard, et de retourner à son véhicule avant d'avoir commis l'irréparable.

Mais il savait, en même temps qu'il se formulait ces prudents conseils, qu'il ne les suivrait pas, que la voix de la raison n'avait aucune chance de gagner cette bataille, aucune chance d'apaiser son corps enflammé de désir. L'idée de se détacher de Paige avant d'avoir goûté pleinement à sa bouche n'était même plus concevable…

Il était le premier surpris de ce qui était en train de se passer. Il n'avait pas imaginé une seule seconde que le simple fait d'inviter Paige à se joindre à eux pour aller à la fête foraine allait causer une telle chaîne de réactions.

Enfin si, il y avait pensé… Pourquoi ne pas reconnaître que la seule présence de Paige cette dernière semaine avait suffi à le rendre fou ? La voir sourire, l'entendre taquiner Luke, être à ses côtés, partager des moments avec elle, sentir son parfum enivrant… Bien sûr, l'élément déclencheur avait joué tout son rôle lorsqu'il avait compris que ce souvenir torride de leur première visite ensemble à la fête foraine de Prospect était aussi vif dans la mémoire de Paige que dans la sienne, mais ce souvenir, en vérité, n'était que la partie visible de l'iceberg.

Il avait oublié à quel point elle était entière et passionnée, et combien cela se reflétait dans tout ce qu'elle entreprenait, que ce soit jouer au football avec Luke ou bien au chat et à la souris avec les vagues sur la plage, et redécouvrir cette facette de sa personnalité l'avait fasciné de nouveau.

Autrefois, il avait appris à apprécier le trésor qui se dissimulait derrière la façade froide et distante qu'elle avait tendance à offrir au reste du monde. Elle avait un tel amour de la vie, elle était si pleine d'énergie, de joie, de capacité d'émerveillement qu'elle avait su le réveiller, lui apprendre à vivre pleinement.

Son rire à lui tout seul suffisait alors à attiser son désir. Un pouvoir, il avait pu le constater durant les derniers jours, qui n'avait pas changé…

Tout entier dans l'instant présent, il refusait de laisser leur passé douloureux se dresser entre eux. Rien ne l'empêcherait de l'embrasser.

Effleurant ses lèvres avec douceur, il chercha à obtenir l'accès à sa bouche, lentement d'abord, puis avec plus d'insistance, jusqu'à ce qu'elle entrouvre ses lèvres en laissant échapper un petit gémissement étouffé.

Ce son presque imperceptible, qui semblait émerger du plus profond de son intimité, accrut son désir au point qu'il eut peur de ne plus pouvoir se contrôler. De timide, il devint exigeant.

Son sexe se dressa, palpitant. Allait-il pouvoir tenir

sans la posséder ? Ah ! Se rapprocher d'elle, la pénétrer… Il ne pouvait plus attendre et pourtant il savait bien que c'était impossible. Ce soir, il lui faudrait se contenter d'un baiser.

Pressant sa bouche contre la sienne, il glissa sa langue entre ses lèvres gonflées. Elle se mit à gémir de nouveau, agrippant ses cheveux et se pressant étroitement contre lui. Malgré la présence de Penny et de leur fils à quelques pas, malgré le risque que l'un d'eux ne les surprenne en sortant sans prévenir, il n'avait qu'une idée, la posséder, là, debout, le dos appuyé contre le mur, et cela sans perdre une seconde.

Le bon sens ne l'ayant pas toutefois totalement déserté, il savait qu'il ne pourrait assouvir ce désir. Qu'à cela ne tienne ! Il lui ferait l'amour avec sa bouche, avec ses lèvres. Il l'embrasserait comme jamais aucune femme n'avait été embrassée, il la goûterait, la savourerait, la dévorerait.

Elle était délicieuse, tout comme dans le souvenir qu'il avait conservé d'elle. Elle avait le goût du miel liquide, des abricots mûrs et juteux, elle était à elle seule toute une explosion de saveurs aussi merveilleuses qu'indescriptibles qui l'emplissait tout entier. Douce et sauvage à la fois comme l'océan qui s'étendait à l'infini, exquise comme les fruits rouges de l'été dont il ne pourrait jamais se rassasier.

Plus il la goûtait, plus il la dévorait, plus il devenait ivre. Elle domina bientôt tout son être, s'insinua comme une drogue dans chaque recoin de son corps. Il crut devenir fou. Plus rien d'autre n'existait qu'elle, son odeur, la douceur de sa peau, l'ardeur de sa passion.

Comme si cela ne suffisait pas, il l'embrassa plus

profondément encore, fit courir sa langue sur la paroi sensible de son palais, de ses gencives. Puis il se détacha lentement et lui mordilla les lèvres.

Haletante, elle lui agrippa la nuque, se fondit en lui, son corps soumis comme une offrande attisant son désir au-delà du supportable.

Lorsqu'il était jeune, il n'avait pas connu de plaisir plus intense que de posséder Paige. Plus tard, il s'était dit qu'il avait dû embellir son souvenir, se laisser emporter par ses fantasmes. Que s'il s'était réveillé toutes ces nuits pendant des années après le départ de Paige palpitant de désir, tremblant comme un toxicomane en manque, c'était sûrement la faute de son imagination. Car rien de tel, en matière de sensations, ne pouvait être du domaine de la réalité.

Il s'était trompé. Non seulement il n'avait pas embelli ses souvenirs, non seulement il ne les avait pas amplifiés, mais il en avait même perdu la moitié en route ! Ces rêves érotiques n'étaient que de pâles reflets comparés aux sensations que lui procuraient le corps palpitant de Paige, la perception de son désir tandis qu'elle s'ouvrait à lui, tremblante et docile. Tandis qu'elle s'offrait telle une victime expiatrice à son appétit dévorant, dans l'espoir, sans doute vain, d'apporter un peu d'apaisement à l'intensité des émotions qui le déchiraient.

Aucun apaisement n'était à l'ordre du jour. Rien ne pourrait calmer la fureur de la tempête qui faisait rage au fond de lui, alors il pressa sa bouche contre la sienne avec une intensité décuplée, suça avec force sa lèvre inférieure, la mordit, comme s'il espérait ainsi l'absorber tout entière, ne faire qu'une bouchée d'elle, extraire toute son essence.

Il voulut s'arrêter en l'entendant gémir, craignant de lui avoir fait mal dans la frénésie de l'instant, mais elle ne voulut pas le laisser partir, lui agrippant les épaules, entortillant ses doigts dans le tissu de sa chemise, dans un effort désespéré pour le retenir contre elle.

Il n'eut pas besoin d'autre encouragement pour se laisser emporter jusqu'à se noyer dans l'océan de son désir. Il l'embrassa, l'embrassa encore, jusqu'à ce que ses lèvres gonflent et fourmillent contre celles de Paige et que son corps soit sur le point d'exploser.

Elle le tenait serré contre elle, comme si toutes les années de douleur, de trahison, d'incompréhension entre eux n'avaient plus aucune importance.

Mais c'était un leurre. Tout cela comptait encore. Cela comptait peut-être plus encore aujourd'hui car il avait un fils – *ils* avaient un fils –, et leur relation était si fragile, si précaire qu'il suffisait d'un rien pour la détruire. Il n'allait pas la mettre en danger en se conduisant comme un jeune adolescent écervelé pour qui le sexe passait avant tout, l'instant présent primant sur les conséquences futures, même si tenir Paige dans ses bras était l'expérience la plus exquise qui soit.

Se concentrant de toutes ses forces sur cette certitude, il se détacha lentement d'elle, parsemant de tout petits baisers les coins de sa bouche, son menton, la petite fossette qui l'avait toujours rendu fou depuis qu'il la connaissait.

Puis, les mains toujours posées sur elle, il parvint tant bien que mal à mettre un peu de distance entre eux, malgré la tentation de faire exactement le contraire. Après tout, ils n'étaient plus des enfants, ils étaient capables de ne plus se laisser guider uniquement par leurs désirs, leurs envies, leurs plaisirs.

Repoussant une mèche de cheveux de son visage, il lui déposa un baiser sur la joue, l'étudiant attentivement tandis qu'elle reprenait peu à peu conscience de la réalité.

Pendant de longues secondes, ses beaux yeux verts scintillèrent comme deux émeraudes, puis le feu qui semblait la consumer de l'intérieur s'apaisa petit à petit.

Elle recula d'un pas, enfonça les mains dans les poches de son jean.

— Ouah !

— C'est exactement ce que je pensais.

— Qu'est-ce qui s'est passé ?

Il ne put retenir un sourire.

— Il s'est passé ce qui devait se passer, ma chérie. Difficile d'imaginer qu'il puisse en être autrement entre nous deux, non ?

Les joues de Paige prirent une délicate teinte abricot, lui rappelant combien elle était exquise. Ses mains le démangeaient, il brûlait de la toucher, de la caresser, mais il résista. Serrant les poings, il choisit d'ignorer la douleur qui le submergeait à s'éloigner d'elle.

Elle désigna la porte derrière elle d'un geste vague.

— Je ferais mieux de…

— Absolument. D'ailleurs, il faut moi aussi que je m'en aille. Je dois être au poste dans…

Il jeta un coup d'œil à sa montre.

— Dans dix minutes…

— Tu vas être en retard.

— Je le suis déjà.

Aucun d'eux ne fit cependant mine de bouger.

— Encore merci d'avoir emmené Luke au cinéma.

Il secoua la tête.

— Je te l'ai déjà dit. J'y ai pris grand plaisir.

Un silence s'installa, sans que ni l'un ni l'autre ne fasse un mouvement.

— Ça va, si je passe vous chercher tous les deux demain vers 17 heures pour aller à la fête ?

— Oui, ça me paraît bien.

Elle lui sourit et Logan faillit relâcher sa garde. Il l'aurait prise dans ses bras si son téléphone portable n'avait choisi cet instant précis pour se mettre à sonner avec la sonorité particulière qui annonçait un appel en provenance du poste de police.

Il plongea la main dans sa poche tout en reculant d'un pas.

— Il faut vraiment que j'y aille cette fois…

— D'accord. Bonne nuit, Logan.

— Bonne nuit, Paige.

Sans plus attendre, il accepta l'appel et descendit les marches à toute vitesse. C'était sa collègue Lisa et les nouvelles n'étaient pas bonnes. Une fois de plus, on leur avait signalé des signes de bagarre du côté de chez les Finley.

Il n'avait pas été nécessaire à Lisa de lui communiquer l'adresse. C'était la troisième fois en deux mois qu'il intervenait chez ces gens pour violence conjugale, et ce coup-ci, Finley n'allait pas s'en tirer à si bon compte ! Que sa femme décide ou non d'engager des poursuites contre lui, il trouverait bien le moyen de l'envoyer à l'ombre pour un bout de temps.

Ce type avait besoin d'un bon avertissement. Logan n'était pas homme à tolérer ce genre de comportement, et puisque c'était son tour de garde et qu'il était responsable de ce secteur, il ferait le nécessaire. D'une manière ou d'une autre, il fallait que Finley se calme, avant qu'il ne soit trop tard.

Ses craintes se confirmèrent malheureusement, dès qu'il se gara devant la maison. Toutes les lampes étaient allumées, à l'intérieur comme à l'extérieur, et l'ambulance appelée par Lisa était arrivée depuis quelques minutes à peine ; le moteur tournait encore et le gyrophare illuminait les alentours d'éclats bleutés. Les ambulanciers étaient devant la porte avec Barbara Finley. La pauvre femme était couverte d'ecchymoses et paraissait bouleversée.

Logan observa la scène à distance avant d'intervenir. Tout dans son attitude montrait que Barbara ne semblait pas vouloir coopérer, ce qui n'avait rien de nouveau. Depuis le début, elle refusait de porter plainte contre son mari. Logan avait beau l'assurer que tout serait mis en œuvre pour la protéger de représailles éventuelles, elle ne voulait rien entendre. La peur sans doute.

Or, même si la loi était de son côté, même s'il pouvait arrêter ce salaud et le traîner en justice du moment qu'il avait l'accord du procureur, tant que Barbara continuerait de refuser de porter plainte, il ne disposerait d'aucune preuve tangible pour le faire condamner. Surtout si, en plus, elle affirmait s'être cognée dans une porte ou être tombée dans l'escalier en trébuchant seule.

Quoi qu'il en soit, ce soir toutes les conditions étaient réunies pour emmener Finley croupir en cellule de garde à vue, et même s'il y avait peu de chances pour que l'affaire se solde au final par un procès devant un tribunal, il n'allait pas s'en priver ! Le juge était en vacances et ne rentrerait pas avant quatre jours. Sans juge, pas de lecture de l'acte d'accusation ni de possibilité de mise en liberté sous caution.

Pendant quelque temps au moins Finley ne taperait plus sur sa femme. C'était toujours ce répit de gagné.

Ce n'était qu'un pis-aller mais qui valait mieux que laisser cet homme chez lui. Et puis, en l'éloignant, il parviendrait peut-être à convaincre Barbara qu'elle avait d'autres choix que d'attendre passivement d'être tuée sous ses coups répétés.

Il s'avança vers la porte devant laquelle Barbara parlait avec les deux ambulanciers et l'un de ses officiers de police.

Par la fenêtre qui donnait sur la rue, il aperçut Graham Finley assis à la table de la salle à manger, en train de dîner. Il n'en crut pas ses yeux. Ce salaud devait être bien sûr de lui et de l'ascendant qu'il avait sur sa femme pour continuer à manger tranquillement, pendant qu'elle parlait à la police sur le pas de leur porte !

Une onde de colère le secoua. Heureusement, il avait l'habitude de compartimenter ses émotions. Ce n'était pas la première fois qu'il avait à gérer des situations où sa première réaction, épidermique, était de prendre le type par le revers de sa chemise et de lui envoyer son poing dans la figure. C'était tout ce que Finley méritait et sans doute le seul langage qu'il comprenait. Mais Logan savait bien que cela n'arrangerait en rien la situation et qu'il se trouvait ici en tant que représentant de la loi et devait se comporter comme tel. Il s'agissait donc pour l'instant de mettre son ressenti de côté et de se montrer professionnel, c'est-à-dire froid et efficace. Il aurait tout le temps, plus tard, de donner libre cours à sa colère.

Barbara et lui se connaissaient depuis le jour où elle l'avait invité à danser, lors de la Sadie Hawkins Dance où traditionnellement, les filles choisissent leur cavalier. Il avait douze ans.

— Salut, Barbara.

— Oh ! Salut, Logan. Je suis contente que tu sois là. Est-ce que tu pourrais, s'il te plaît, expliquer à ces messieurs que je n'ai pas besoin de leur aide ?

Elle se gardait bien de croiser son regard.

— Je vais parfaitement bien…

Logan l'examina des pieds à la tête avec son œil d'expert. Elle avait un œil au beurre noir, la mâchoire de travers, sans doute cassée, les bras noirs d'ecchymoses, y compris celui qu'elle tenait pressé contre elle comme s'il lui faisait très mal. Le poignet en était tout gonflé.

Cal, l'ambulancier en chef, lui confirma d'un regard qu'il devait être cassé, comme il le craignait.

— Barbara, je vais être franc avec toi… Vu l'état dans lequel tu te trouves, je pense que tu ne peux pas te dispenser, cette fois, d'aller aux urgences. Tu es drôlement amochée.

— Ne sois pas ridicule ! J'ai trébuché et je me suis cognée contre le rebord du plan de travail. C'est tout.

Sa voix se brisa.

— On ne va pas en faire toute une histoire, continua-t-elle cependant, déterminée à minimiser les dégâts.

Logan regretta de ne pas avoir dans son équipe un officier de sexe féminin. Ce n'était pas la première fois qu'il se trouvait confronté à ce genre de situation et, même s'il avait suivi à Seattle la formation de base pour savoir comment gérer la violence domestique, même s'il avait insisté pour que toute son équipe en profite également, il ne se sentait pas moins impuissant face à une femme battue.

— J'aimerais entrer un moment et discuter avec toi des circonstances de ta chute. Les voisins qui ont appelé police secours ont dit qu'ils ont entendu des cris.

— Graham et moi, nous nous sommes disputés, c'est vrai, concéda-t-elle. C'est comme ça que je suis tombée. Je ne faisais pas attention et j'ai trébuché…

Logan bouillait intérieurement. Comment ne pas s'insurger face à un tel déni ? Il continua cependant à questionner Barbara, revenant sans cesse sur sa déposition en espérant qu'elle finirait par lui donner une version des faits plus proche de la réalité. En vain. Mais à force de patience, il finit par entrer dans la maison. Graham avait sur les bras du sang qui de toute évidence n'était pas le sien, ainsi que les jointures des doigts éraflées.

Il n'en fallait pas plus à Logan pour l'arrêter et l'emmener au poste, d'autant qu'il disposait de la déposition de plusieurs voisins qui avaient entendu et vu la scène en grande partie. Barbara se mit dans tous ses états, le suppliant de ne pas emmener son mari, lui affirmant qu'il faisait une grave erreur.

Implacable, Logan fit lecture à Finley de ses droits fondamentaux. Peut-être qu'une fois qu'il serait menotté et en route pour passer la nuit au poste, Barbara finirait par se laisser convaincre d'aller se faire soigner à l'hôpital ? Il n'y croyait pas trop, d'autant plus qu'elle ne le lâchait pas d'une semelle et le suivit jusqu'à la voiture en le suppliant de ne pas arrêter son mari.

Il plongea la main dans la boîte à gants, et en sortit une carte de visite qu'il lui tendit. C'était celle d'une psychologue qui s'occupait tout particulièrement des femmes battues, Sarah Jerome. Elle avait même créé un foyer attenant à sa clinique où les femmes qui le désiraient pouvaient trouver refuge.

— Tu n'es pas obligée de rester ici, Barbara. Nous en avons déjà pas mal discuté… Je suis là pour t'aider, ne l'oublie pas, seulement il faut que tu le veuilles, toi aussi. Je peux t'emmener à l'hôpital, où on te soignera, ensuite nous pourrions passer voir Sarah. Elle pourrait s'occuper de toi, t'aider à reprendre ta vie en main…

Il jeta un coup d'œil vers la maison.

— Il ne faut pas que tu restes ici. C'est pire chaque fois et ça ne va pas aller en s'arrangeant.

— C'est mon mari.

Le visage tuméfié, le menton tremblant, elle avait parlé d'une voix faible, comme si chaque mot lui causait une intense souffrance.

— Il va finir par te tuer un jour, et tu le sais très bien ! Alors, pourquoi rester ?

— Si je pars, il me tuera aussi…

— Je ne le laisserai pas faire, Barbara, je te le promets. Je te mettrai sous protection renforcée.

— Pour combien de temps ?

Elle secoua la tête.

— Je préfère tenter ma chance ici, avec Graham. Merci quand même Logan. J'apprécie ton offre.

— Laisse-moi au moins t'emmener à l'hôpital.

— Logan…

— Allons-y, Barbara… Je resterai un peu avec toi, si tu veux. Fais-le pour moi, au nom du bon vieux temps.

Elle parut hésiter un instant, et il crut avoir gagné cette bataille, mais elle secoua la tête d'un air empreint de regret puis retourna lentement vers la maison. Elle marchait avec difficulté, penchée en avant, chaque pas visiblement douloureux. Mais elle ne se retourna pas une seule fois.

Logan avait envie de hurler. Il dut se retenir pour ne pas frapper de toutes ses forces le mur derrière lui ou, mieux encore, Graham lui-même.

La procédure de mise en garde à vue dura un certain temps. Il y avait beaucoup de paperasse à remplir et pour ne rien arranger, Logan fut l'objet de menaces assez particulières proférées à son égard par le prévenu, si bien qu'il n'était pas loin de minuit quand tout fut bouclé, et il était d'humeur massacrante.

En temps normal, il ne se passait pas grand-chose entre minuit et 6 heures du matin à Prospect, contrairement à Seattle où c'était la période de la nuit la plus active pour les voyous. Les touristes cependant avaient commencé à affluer le week-end précédent, ce qui voulait dire qu'il allait sans doute passer le reste de la nuit à s'occuper de problèmes liés à la consommation excessive d'alcool par des mineurs, ou de cas d'ivresse sur la voie publique.

Il ne s'était pas trompé. Quand il fut enfin prêt à aller se coucher, il n'en pouvait plus de fatigue et de tension nerveuse. Sans compter une frustration sexuelle telle qu'il n'en avait pas connu depuis longtemps. Il n'avait plus qu'une envie, se coucher et dormir d'un sommeil épais et sans rêves. Mais une fois déshabillé, il n'eut pas d'autre option que de prendre une longue douche bien froide.

***

Peine perdue… Tout en laissant l'eau glaciale ruisseler sur son corps, il ne pouvait s'empêcher de repenser à la bouche de Paige, si douce, si accueillante, à la sensation de son corps pressé contre le sien. Il aurait voulu lui faire passer son petit haut par-dessus la tête, prendre les pointes de ses seins entre ses lèvres, les lécher avec sa langue, les mordiller. Il aurait voulu lui arracher son jean, passer sa langue partout, même dans ses recoins les plus secrets, dévorer chaque centimètre de son corps superbe.

Il aurait voulu savoir si la sensation serait la même, à presque dix ans de distance. L'embrasser s'était avéré assez différent. Toujours aussi excitant, bien sûr, mais Paige lui avait paru plus sûre d'elle, comme si le temps qu'elle avait passé à Los Angeles l'avait transformée.

Il dut reconnaître, bien contre son gré, que Los Angeles lui avait réussi, à Luke aussi.

Il n'oublierait jamais le jour où, assis dans un cinéma de Seattle, il avait vu le nom de Paige apparaître sur le générique du film. Son ex-femme insistait toujours pour ne quitter la salle que lorsque tous les noms des gens qui avaient participé au film avaient fini de dérouler sur l'écran. Ce jour-là, celui de Paige était apparu pour les décors. Au début, il s'était dit qu'il devait s'agir d'un homonyme. Cette Paige Matthews-là ne pouvait pas être la fille avec qui il avait grandi à Prospect, mais une fois rentré chez lui, il avait fait des recherches sur internet et avait bien dû se rendre à l'évidence. Contre toute attente, Paige s'en était bien sortie. Et c'était peu de le dire ! Deux ans plus tôt, elle avait reçu un oscar pour sa participation à un film à gros budget.

Cela lui avait fait un choc. Pas un choc aussi violent que lorsqu'il avait appris l'existence de son fils, mais un choc tout de même. Ces informations coïncidaient si mal avec l'image qu'il s'était forgée d'elle !

Et maintenant, non seulement cette femme nouvelle, forte, étonnante, avait fait sa réapparition dans sa vie, mais il se sentait terriblement attiré par elle ! Les choses auraient été tellement plus simples si leur relation avait pu se résumer à Luke et ce qui le concernait. Mais non…

Il s'était incontestablement passé quelque chose entre eux, sous le porche. Quelque chose qui n'avait rien de nouveau. Une attraction sexuelle épicée, qu'il aurait peut-être, autrefois, qualifiée d'amour. Il savait désormais que ce n'était rien d'autre qu'un cas de sensualité exacerbée.

Parce qu'il ne pouvait être encore amoureux d'elle après tout ce temps… Ce n'était pas possible… Beaucoup d'eau avait coulé sous les ponts, il avait mûri. D'ailleurs, il avait à peine pensé à elle ces dernières années. Il avait été marié, heureux de l'être. Les choses ne se seraient pas passées ainsi s'il avait gardé une place dans son cœur pour son amour de jeunesse.

De son côté, Paige n'avait pas non plus cherché à le contacter pendant toutes ces années.

Rien que d'y penser, la fureur renaissait en lui. Passe encore qu'elle l'ait trompé, alors qu'il l'aimait à la folie et serait allé au bout du monde pour elle. Il pouvait à la rigueur comprendre qu'avec ce qu'elle avait vécu, elle avait eu peur de s'engager, peur du bonheur. Mais qu'elle ne se soit même pas donné la peine de prendre le téléphone pour lui parler de Luke ? Décidément, non, ça ne passait pas !

A sa décharge, il avait raccroché au nez de Penny quand cette dernière l'avait appelé pour lui dire que Paige avait eu son bébé. Il avait eu tort et maintenant qu'il était certain de la filiation, il s'en voudrait jusqu'à sa mort. Mais était-ce une raison pour ne pas faire une deuxième tentative ? Quand Luke avait eu un an, par exemple ?

Elle aurait pu lui envoyer au moins une photo, pour lui prouver qu'il avait un fils, et que ce fils avait besoin de lui.

Ce temps qu'il n'avait pas connu avec son fils, il aurait voulu qu'elle le lui rende. Il aurait voulu revenir en arrière et tout reprendre à zéro.

Mais personne ne pouvait remonter la pendule du temps, recréer le passé ou le changer, pas plus qu'il ne pourrait convaincre Barbara Finley de quitter Graham.

Il arrêta le jet d'eau d'une geste rageur et s'empara d'une serviette avant de retourner dans sa chambre.

Cette douche froide n'avait rien fait pour améliorer son état, aussi bien mental que physique. Pire, il se sentait encore plus frustré qu'avant !

Il se coucha, éteignit la lumière et poussa un long soupir. Il n'était pas près de dormir.

— Tu veux lécher le bol ? Il en reste encore un peu… C'est une préparation instantanée pour gâteau au chocolat, sauf que j'en suis restée au stade de la préparation. Pourquoi se donner du mal, le mettre au four et tout ce tintouin, alors que c'est si bon comme ça ! Je n'ai pas pu résister…

Penny tendit le saladier à Paige.

— Tu es folle de manger ça, il faut le faire cuire ! Il y a déjà eu des cas de salmonelle…

— J'aime vivre dangereusement. Tu as oublié que mon deuxième prénom, c'est Danger ?

Paige contempla sa sœur d'un œil amusé. Elle était vêtue d'un pyjama rose vif décoré de caniches nains blancs, perchés sur des bouteilles de parfum.

— En effet. J'avais oublié… Et je dois dire que les chaussons lapin ajoutent une note particulièrement terrifiante à l'ensemble ! Pour tout t'avouer, Penny, il me faudrait beaucoup plus qu'un saladier entier de chocolat pour me remonter le moral, ce soir.

— Qui donc t'a fait des misères, mon petit rayon de soleil ?

Paige renifla.

— Je te le donne en mille.

— Allez, viens t'asseoir à côté de moi et raconte-moi tout. Il paraît que j'ai une épaule très confortable pour pleurer, on me l'a souvent dit.

— J'imagine. Mais à toi l'honneur…

— Moi ? Pourquoi ? Qu'est-ce qui te fait croire que j'ai des problèmes ?

— Le fait que tu aies avalé un paquet entier de mélange cru pour gâteau au chocolat, par exemple…

— Pas un paquet *entier.* Il en reste sur les bords. Regarde… Tu peux lécher.

— Non, merci bien !

Paige attrapa un sachet de chips avant de sauter sur le plan de travail à côté de sa sœur.

— Allez, Penny, vide ton sac.

— C'est toujours la même histoire. J'étais en train de faire mes comptes, de calculer combien il me faudrait pour ma virée à Portland demain, et il n'y a jamais assez d'argent. Ce que je veux dire, c'est qu'il y en aurait assez si Mike ne m'avait pas lâchée. On avait tout calculé jusqu'au dernier dollar.

Elle secoua la tête.

— Sans son apport financier, je ne sais pas comment je vais faire pour m'en sortir.

— Je t'ai déjà proposé de t'aider, Penny. Tu es vraiment têtue, tu sais ! Enfin quoi… c'est idiot de t'obstiner à tout vouloir gérer toute seule !

— Tu m'aides déjà beaucoup, Paige. Tu as fait du carrelage, traité le bois, tu as peint les murs et planté des arbres. Et surtout, j'ai retrouvé ma sœur. Ça compte plus que tout le reste. Alors tu ne vas pas me donner, en plus, de l'argent.

— Arrête, Penny ! De l'argent, j'en ai plus qu'il n'en faut ! Quand on réussit à Hollywood, je te signale qu'on est plutôt bien payé, même derrière la scène, au cas où tu l'aurais oublié.

— Ce n'est pas une raison.

— C'est à moi de décider si c'est une raison ou pas. De combien as-tu besoin ?

— Paige, je suis sérieuse ! Je ne peux pas accepter ton argent !

— Mais pourquoi ?

— Parce que ! Tu t'es battue toute seule, à jongler avec deux boulots, tout en élevant ton gamin.

— Et alors ? Je ne vois pas le rapport…

— Moi, j'avais tout. J'avais des parents prêts à payer

pour m'envoyer à l'université, un bon travail et j'ai tout fichu en l'air à cause d'un homme. Toi, en revanche, tu as fait ton chemin toute seule et regarde où tu en es ? Tu mérites ce que tu as, tu mérites chaque centime que tu gagnes. Ce n'est pas moi qui vais t'en enlever la plus petite portion !

— Tu crois que je me suis débrouillée toute seule par plaisir ? J'aurais donné n'importe quoi pour t'avoir avec moi, même si c'était juste pour me serrer dans tes bras et me dire que tout irait bien.

— Justement. Je n'ai jamais rien fait pour toi durant toutes ces années et toi, tu as fait des pieds et des mains pour pouvoir venir passer l'été ici et m'aider.

— Si c'était à refaire, je n'hésiterais pas une seconde. Et ne dis pas n'importe quoi… Quand nous étions petites, tu as tout fait pour moi. Sans toi, je ne sais pas ce que je serais devenue. Tu m'as sauvée quand je ne voyais pas le bout du tunnel, tu t'es interposée entre papa et moi quand ça devenait un peu trop rude. Et puis qu'est-ce qui te dit que si je suis venue t'aider, ce n'est pas par pur égoïsme ?

— Qu'est-ce que tu veux dire ?

Quel argument ferait pencher la balance ? se demanda Paige, très vite. Comment convaincre Penny d'accepter le soutien financier qu'elle lui proposait ? Elle gagnait sa vie très confortablement. Les cinq derniers films avaient été très lucratifs, surtout maintenant qu'elle avait été promue chef décoratrice.

Une idée lui traversa l'esprit.

— Et si je m'associais avec toi ?

— Quoi ?

— Tu allais bien t'associer avec Mike, non ? Alors

je te propose de prendre sa place. J'investis la même somme d'argent que toi, et nous sommes toutes les deux propriétaires des chambres d'hôtes à parts égales. Je serai un associé passif, juste un bailleur de fonds et, comme c'est toi qui feras tout le boulot pendant que je serai à Los Angeles, tu prendras la majorité des bénéfices...

— Tu ferais ça ? Tu deviendrais mon associée ?

— Pourquoi pas ? Tu n'as pas l'air de comprendre à quel point tu m'as manqué, Penny, à quel point je tiens désormais à ce que tu fasses partie intégrante de ma vie et de celle de Luke.

— Moi aussi, c'est ce que je veux !

Penny en avait presque hurlé tant elle était heureuse.

— Alors, on va vraiment faire ça ? Toi et moi, nous allons devenir associées ?

— Exactement. J'en connais un qui va être fou de joie... Luke.

Penny la prit dans ses bras et l'étreignit si fort que Paige eut peur de s'en sortir avec une côte fêlée. Elle lui rendit son étreinte, ne sachant si elle devait rire ou pleurer.

Etre associé passif dans une affaire n'avait rien d'extraordinaire, mais être l'associée de sa sœur, ça, c'était une autre histoire. Une histoire qui l'ancrait un peu plus à Prospect...

Elle s'était juré de ne plus jamais y remettre les pieds et voilà qu'elle avait l'impression de ne plus pouvoir en partir. Chaque jour, Penny et Logan tissaient autour d'elle une toile invisible de plus en plus serrée, dans laquelle elle se sentait prise au piège, incapable de s'échapper. De leur échapper ? Non, mais d'échapper à son propre passé.

Chapitre 11

Cela faisait longtemps que Logan ne s'était pas autant amusé. Il n'avait d'ailleurs pas souvenir que cela lui soit arrivé une seule fois dans sa vie d'adulte.

Il se trouvait avec Luke dans la centrifugeuse. Après s'être assuré que l'enfant était installé bien à plat contre la paroi, les pieds sur le plancher, il en avait fait de même pour lui. Rien de tel que de partager avec son fils les plaisirs d'une fête foraine pour revivre avec intensité les joies et l'excitation de l'enfance.

Il chercha Paige des yeux dans la foule, en contrebas, et ne la voyant pas, en ressentit tout à coup une immense déception.

Que lui arrivait-il ? Pourquoi une telle émotion ? Cela ne tenait pas debout. Fallait-il comprendre qu'il ressentait pour elle autre chose qu'une simple attirance sexuelle ?

Cette pensée le mit subitement mal à l'aise et il fit de son mieux pour la chasser de son esprit. Une petite main se glissa alors à travers les barreaux qui les séparaient, Luke et lui, et lui agrippa le poignet.

— Tout va bien, bonhomme ?

— Oui. Je voulais juste te tenir la main. Je fais

toujours comme ça avec maman avant que ça démarre. Ensuite, il n'y a pas de problème.

— Oh ! je vois…

Il jeta un coup d'œil sur les petits doigts accrochés à la manche de sa chemise et son cœur fondit de tendresse.

— Bien sûr. Allez, donne-moi ta main !

Il plia le bras de façon à pouvoir entrelacer ses doigts avec ceux de son fils. Au contact de cette petite main froide et un peu crasseuse, il comprit qu'il était en train de vivre un moment primordial dans la relation d'un père et de son fils. Qu'être père, c'était précisément cela, savoir savourer des instants à première vue anodins, mais qui tissaient la grande tapisserie de leur vie et resteraient à jamais imprimés au fond de sa mémoire.

Lorsque, quelques instants plus tard, les accords d'une musique joyeuse éclatèrent, puis allèrent crescendo en emplissant tout l'espace, accompagnant les lumières chatoyantes qui se mirent à jaillir des spots, il ne fut pas sûr d'être capable de lâcher la main de Luke. Ce contact était la preuve tangible, la matérialisation d'un désir profondément enfoui en lui : il était enfin le père qu'il avait toujours rêvé de devenir un jour.

Mais Luke ne l'entendait pas ainsi. Il se tortilla, obligeant Logan à desserrer son étreinte. Bientôt, ils tournèrent de plus en plus vite, la pression de la force centrifuge les plaquant contre la paroi, puis le plancher qui les soutenait se déroba sous leurs pieds. Ils étaient suspendus en l'air, collés le dos au mur, comme des mouches sur une vitre.

Luke cria son nom et, pendant un court instant, son cœur bondit dans sa poitrine. Avait-il un problème ?

Peur ? Lorsqu'il parvint à tourner sa tête sur le côté, il fut vite rassuré. Son fils riait aux éclats.

Alors il partit lui aussi d'un grand rire, heureux et détendu, impossible de faire autrement… Et quand le plancher se matérialisa de nouveau sous leurs pieds et que la vitesse commença à ralentir peu à peu, il riait encore.

Ils sortirent de l'appareil en titubant, se soutenant mutuellement, encore peu assurés sur leurs jambes.

— C'était trop génial, papa ! On y retourne ? Tu veux bien ? S'il te plaît !

— C'était super, oui… Mais si on allait voir les autres attractions avant, d'accord ? On reviendra après. Personnellement, je ferais bien un petit break.

— Les fusées, alors ?

— Pourquoi pas ? Ça me paraît un bon plan.

Le temps passa à la vitesse grand V tandis qu'ils couraient d'une attraction à l'autre.

Un groupe de personnes s'arrêta en les apercevant, intrigué sans doute par leur ressemblance et se mit à discuter avec eux de choses et d'autres, comme si de rien n'était. Logan ne les étonna guère en leur présentant Luke comme son fils. Il n'était pas nécessaire d'être Sherlock Holmes pour deviner, en les voyant l'un à côté de l'autre, la nature de leur relation.

D'autant plus que la population de Prospect avait bonne mémoire. Personne n'avait oublié qu'il était sorti avec Paige neuf ans plus tôt. La conclusion s'imposait d'elle-même, que Paige ait un fils de huit ans et qu'il en soit le père coulait tout simplement de source.

Logan venait de passer une semaine fabuleuse, la plus fabuleuse de toute sa vie d'adulte. La seule ombre au tableau était la colère qu'il continuait à ressentir envers Paige, et le baiser passionné qu'ils avaient échangé ne simplifiait pas la situation. Même s'il se sentait très attiré, il n'avait pas du tout l'intention de reprendre leur relation là où ils l'avaient laissée. Trop d'années s'étaient écoulées, trop d'eau avait coulé sous les ponts. Ce qu'il tenait à établir entre eux désormais, c'était une entente cordiale et intelligente, dans leur intérêt à tous les trois.

Pour ce faire, il essayait de son mieux de se mettre à la place de Paige, d'examiner les choses de son point de vue.

Et il devait bien admettre qu'il s'était montré très dur envers elle, lorsqu'elle lui avait annoncé sa grossesse. C'était vrai qu'il lui avait dit qu'il ne voulait plus jamais la revoir. Mais bon sang, il avait des excuses ! Son meilleur ami s'était vanté d'avoir couché avec elle alors qu'il s'était absenté, pour voir plusieurs universités et les cours qu'elles offraient. A son retour, il lui avait cassé la figure, ce qui lui avait valu d'être renvoyé du lycée. Mark prétendait que seule Paige était responsable, que lui avait simplement un peu trop bu à une soirée et qu'elle en avait profité, se jetant littéralement sur lui.

Au début, Logan ne l'avait pas cru, défendant Paige bec et ongles. Paige l'aimait et ne lui ferait jamais un coup pareil ! Mark avait rétorqué qu'il n'était qu'un imbécile. Tous ses amis comprenaient qu'il ait voulu chercher un peu de plaisir en s'encanaillant, mais que ça commençait à bien faire. Qu'il était temps que ça s'arrête, surtout que le premier garçon venu pouvait obtenir ce qu'il voulait d'elle derrière son dos. C'était de notoriété publique…

Sa colère avait alors fusé et son poing avec. Ils s'étaient battus comme des chiens, jusqu'à ce que plusieurs surveillants ne viennent les séparer, mais pas avant que Mark n'ait hélas déversé un flot d'horreurs sur Paige.

Pendant quelques jours, il avait continué à refuser d'y croire. Il ne voulait rien savoir, se bouchant les oreilles à tout ce que Mark et les autres racontaient sur son compte. Toutefois, quand la plupart de ses amis les plus proches avaient affirmé avoir profité eux-mêmes de ses faveurs, quand sa mère elle-même lui avait raconté qu'elle avait vu à plusieurs reprises Paige se pavaner en ville avec d'autres garçons, sa confiance avait fini par céder.

Il s'était retrouvé anéanti. Humilié. Le cœur brisé.

Lorsque Paige était venue le voir un peu plus tard ce jour-là, sa fureur et son dégoût étaient à leur comble. Il l'avait abreuvée d'injures, l'avait traitée de noms plus abominables les uns que les autres, avait déversé sur elle toute sa rage et son humiliation, et quand elle lui avait annoncé pour finir qu'elle attendait un bébé, il avait refusé d'écouter cette part de lui qui brûlait de la prendre dans ses bras et de la consoler. Pourtant, il n'oublierait jamais combien elle lui avait paru fragile et nerveuse. Il n'oublierait jamais son regard d'enfant perdu.

Fermant son cœur à ses supplications, il s'était persuadé qu'elle cherchait seulement à lui faire assumer une paternité qui n'était pas la sienne, que le père de son enfant pouvait être n'importe lequel des garçons du lycée, ou tout au moins une bonne moitié d'entre eux. Il l'avait chassée en déclarant qu'il ne voulait plus jamais la voir.

Elle l'avait pourtant supplié de la croire. En vain. Son cœur meurtri était devenu insensible.

En la regardant partir, la seule satisfaction qu'il avait récoltée de cet échange était qu'il avait réussi à la blesser autant qu'elle l'avait blessé.

Maintenant, il avait terriblement honte d'avoir réagi ainsi. Terriblement honte de ce qu'il avait fait. Non pas d'avoir mis alors un terme à leur relation, en cela ses convictions étaient toujours les mêmes, jamais il ne pourrait partager avec d'autres la femme qu'il aimait. Mais de ne pas avoir envisagé un seul instant que l'enfant ait vraiment pu être de lui. Même si elle avait couché avec d'autres et même s'ils utilisaient des préservatifs, il y avait quand même une chance pour qu'il soit le père.

Il l'avait chassée de sa vie et il en payait le prix. Il avait raté les huit premières années de la vie de son fils, raté tous ces petits moments précieux qui avaient fait de Luke l'enfant incroyable qu'il était devenu. Bien sûr, une part de lui en voulait encore terriblement à Paige de n'avoir pas insisté davantage, de ne lui avoir pas transmis directement, à la naissance de Luke, des documents susceptibles de prouver sa paternité. Mais rien de tout cela ne lui ôtait sa part de responsabilité et de culpabilité.

La nuit précédente, alors qu'au lieu de dormir il était resté les yeux rivés au plafond, cette vérité avait fini par s'imposer à lui comme irréfutable.

Il avait bel et bien chassé Paige de sa vie. Il était seul responsable de cette décision.

Il avait refusé d'envisager la possibilité, aussi minime

fût-elle, que le bébé puisse être le sien. Il était là encore seul responsable de cette décision.

Et au cours des neuf années qui avaient suivi, pas une seule fois il ne l'avait remise en question. Pas une seule fois, il n'avait douté.

Il avait pensé à Paige de temps en temps. En revanche, jamais il n'avait accordé une seule pensée à l'enfant. A son fils. A Luke.

A Luke qui marchait à ce moment précis à ses côtés, sa petite main dans la sienne.

Quel idiot il avait été ! Un idiot doublé d'un salaud ! Pourtant, ce dernier qualificatif ne collait pas avec l'image que les gens lui renvoyaient de lui, ni avec celle qu'il avait de lui-même.

Soudain, il aperçut Paige qui les attendait près de la grande roue, et son cœur fit un bond dans sa poitrine.

Elle était si belle, les cheveux au vent, dans son jean de marque délavé et son petit pull de soie. Il brûlait de glisser ses mains dans sa chevelure comme il le faisait autrefois, en appréciant la douceur tout en se penchant vers ses lèvres roses et pulpeuses pour lui voler un baiser.

Comme elle avait changé ! Où était la jeune fille sans un sou, qui avait quitté cette ville délaissée de tous ? Comment cette métamorphose avait-elle pu s'effectuer ? Comment avait-elle fait pour s'en sortir aussi bien, pour en arriver là, alors que beaucoup de jeunes filles dans son cas auraient sombré sans espoir de retour dans l'enfer de la drogue et de la prostitution ?

Même s'il n'avait pas encore accepté la façon dont les événements s'étaient déroulés, il n'avait aucun reproche à lui adresser en ce qui concernait Luke. Elle avait fait de lui un enfant remarquablement équilibré et plein de joie de vivre. En fin de compte, les doutes qu'il avait exprimés une semaine auparavant sur ses capacités à assumer son rôle de mère s'étaient entièrement dissipés.

En apercevant sa mère, Luke se précipita vers elle et se jeta dans ses bras. Elle le serra fort en riant de tout son cœur et le fit tournoyer. Le spectacle de sa joie, le son cristallin de son rire, sa bouche bien dessinée, si sensuelle, tout cela déclencha chez Logan une érection aussi soudaine qu'incontrôlable.

Tout en se tortillant pour ajuster son jean de façon à se mettre plus à l'aise, il avait conscience qu'il aurait beaucoup de mal à rester longtemps en colère contre elle.

Pas question de retomber amoureux, cependant, pas question de la considérer autrement que comme la mère de son fils. Ils s'étaient entredéchirés une première fois, il n'allait pas retomber dans le même piège…

Mais malgré ses bonnes résolutions, Logan ne pouvait détacher d'elle son regard.

Paige le troublait comme personne ne l'avait troublé au cours des neuf dernières années. Même Melissa, son ex-femme, n'avait jamais réussi à lui faire cet effet.

Elle reposa Luke, leva les yeux, l'aperçut et son sourire s'élargit encore davantage.

— Alors, ça va ? Tu as survécu ?

Il fallut à Logan quelques secondes pour revenir à la réalité, pour chasser de son esprit des pensées qui n'auraient même pas dû l'effleurer.

— Tout juste ! J'ai bien cru y laisser ma peau une fois ou deux, surtout sur la Roue de la Sorcière. Mais dans l'ensemble, je ne m'en suis pas trop mal tiré.

— Je suis heureuse de l'entendre.

Elle lui tendit un gobelet.

— Tiens, je me suis dit que tu aurais soif après toutes ces émotions, alors je t'ai acheté un soda.

Ce petit geste lui alla droit au cœur et ce fut d'une main tremblante qu'il prit la boisson tendue. Au moment où il la saisit, leurs doigts se frôlèrent. Un courant électrique le traversa de part en part, et il se trouva brusquement transporté des années en arrière, une fois de plus, au temps où elle l'attendait à la sortie des vestiaires après une séance d'entraînement de football, une bouteille d'eau fraîche à la main. A l'époque, il n'avait qu'une idée en tête, être seul avec elle dans un endroit retiré. Aujourd'hui, rien n'avait changé.

— Merci, dit-il d'une voix un peu rauque.

Elle le fixa d'un regard pénétrant. De toute évidence, son trouble n'était pas passé inaperçu. Sans répondre, elle recula d'un pas. Puis elle sourit.

— Alors ? demanda-t-elle d'une voix un peu trop enjouée. Qu'est-ce qu'on fait, maintenant ?

— J'aimerais faire d'autres jeux ! s'écria Luke. Papa m'a promis qu'il allait essayer de me gagner un poisson !

Elle interrogea Logan du regard, tandis qu'il luttait tant bien que mal contre des pensées de plus en plus lascives et précises, qui ne cessaient de l'assaillir.

Il s'éclaircit la gorge.

— Oui, c'est vrai, confirma-t-il. Tu sais où il faut aller ?

Ils gagnèrent rapidement le stand, mais malgré les efforts répétés de Logan, le poisson lui fila entre les doigts. Pourtant, avec l'argent qu'il dépensa en tickets pour tenter sa chance à plusieurs reprises, il aurait pu en acheter au moins une dizaine ! Qu'à cela ne tienne, il se fit pardonner en gagnant un énorme chien en peluche, que Luke s'empressa de baptiser Rosco. L'animal, qu'il serra dans ses petits bras bronzés, fier comme tout, était presque aussi grand que lui.

— Il est fan de *Shérif, fais-moi peur*, tu te souviens ? Rosco, c'est le nom du shérif. Pendant l'année scolaire, il enregistre les rediffusions et en regarde un épisode par jour quand il a fini ses devoirs, lui expliqua Paige en riant.

— Il a bon goût ! Quand j'avais son âge, je n'en ratais pas un seul.

Ils se tapèrent dans les mains.

— Vive Luke et Bo Duke !

— Je pensais que tu aurais penché pour Daisy !

— C'est vrai que j'ai toujours préféré les blondes, plaisanta-t-il.

La tension sexuelle entre eux monta d'un cran.

Qu'est-ce qui lui avait pris de dire cela ? se demanda-t-il soudain, gêné.

Un long silence s'installa. De toute évidence, Paige avait à son tour fait un bond en arrière, dans le labyrinthe de leur passé.

Au bout de quelques instants, elle leva les yeux au ciel, avec un petit mouvement insolent de la tête.

— Tous les hommes préfèrent les blondes, c'est bien connu.

Il aurait dû en rester là. Il aurait pu, tandis qu'ils se dirigeaient vers la sortie, s'il n'avait pas remarqué qu'elle paraissait blessée, malgré ses efforts pour prétendre le contraire. Ça se voyait dans son regard.

Quel idiot ! se tança-t-il. Il aurait mieux fait de tourner sa langue dans sa bouche avant de lâcher cette plaisanterie douteuse de collégien !

Comment pouvait-il se rattraper, maintenant, sans s'enferrer davantage ?

La situation entre eux était déjà bien assez délicate, bien assez tendue sans en rajouter. Il avait l'impression d'avancer au bord d'un gouffre dans lequel, au moindre faux pas, il serait précipité vers une mort certaine, entraînant Paige dans sa chute.

— Paige, excuse-moi… Ce n'est pas du tout ce que je voulais dire.

— Laisse tomber, ce n'est pas grave.

Le ton qu'elle venait d'employer lui était familier. Il signifiait que ses paroles étaient loin de refléter ses pensées et qu'il l'avait bel et bien vexée. Malgré les années de séparation, il n'avait rien oublié d'elle. A force de la côtoyer, tout lui revenait peu à peu.

Il ouvrit la portière de son véhicule.

— Ecoute, Paige, tu sais très bien que pour moi, tu n'as jamais été une simple blonde parmi d'autres. Je…

Il hésita. Que cherchait-il à lui dire ? Il n'en avait pas la moindre idée. Leur baiser de la veille le troublait encore, emplissait l'atmosphère, s'ajoutant au lourd bagage de leur passé.

Paige attendit que Luke soit installé sur le siège à l'arrière, sa ceinture de sécurité bien attachée. Puis elle monta à son tour.

— Ne t'inquiète pas, Logan. Ce n'est vraiment pas un problème, je t'assure… C'est simplement que je suis un peu trop sensible en ce moment, j'ai tendance à partir au quart de tour.

Elle secoua la tête, comme pour remettre un peu d'ordre dans ses idées.

— Nous avons passé une soirée formidable tous

ensemble. Alors, ne gâchons pas notre bonne humeur avec des chicanes sans importance.

Il hocha la tête lentement tout en se demandant si elle était sincère ou cherchait juste à faire diversion. Quoi qu'il en soit, il n'était pas mécontent de s'en tirer à si bon compte.

— C'est vrai, nous avons passé une soirée formidable…

— Malgré tout ce que tu as été obligé de subir ?

Il sourit, repensant à l'essoreuse et à bien d'autres engins diaboliques que Luke avait absolument tenu à essayer avec lui.

— Je considère que c'est une sorte d'initiation à la paternité. J'ai raté les nuits sans sommeil et je n'ai pas changé les couches sales, alors c'est la moindre des choses…

Elle ne répondit pas. Comme il ne savait plus quoi ajouter, il choisit de se taire et le retour se fit dans un silence total. Non pas qu'il n'ait rien eu à lui dire, c'était justement tout le contraire. Après avoir passé la première semaine à se tirer dessus à boulets rouges, ils se trouvaient maintenant au croisement de plusieurs chemins et pour sa part, il ne savait lequel prendre.

Quand il s'arrêta devant chez Penny, il s'attendait presque à ce que Paige quitte la voiture et rentre avec Luke sans lui adresser ne serait-ce qu'un regard. Aussi, quelle ne fut pas sa surprise lorsqu'elle s'attarda quelques minutes après que Luke, mort de fatigue, fut parti se coucher.

— Tu veux entrer un petit moment ? lui demanda-t-elle d'une voix hésitante.

Cela suffit pour que son excitation de la veille fasse

un retour en force. Pas question de laisser passer une telle chance ! Après avoir été cantonné toute la semaine à la voiture ou au porche, il tenait à voir de ses yeux comment Luke et Paige étaient installés.

Mais il eut beau essayer de se persuader que sa curiosité émanait d'un désir, fort justifié, de s'assurer que son fils vivait dans un environnement sain et agréable, il n'était pas dupe de ses propres constructions mentales.

Son érection, à elle seule, était assez éloquente. S'il tenait à entrer, c'était parce qu'il désirait Paige plus férocement encore que lorsqu'il avait dix-huit ans.

Chapitre 12

— Ne fais pas attention… C'est le foutoir, à cause des travaux… Tu veux boire quelque chose ? Il y a de la limonade, du soda… Et du vin blanc au frais, si tu préfères…

Il embrassa l'espace du regard.

— Penny n'est pas là ?

— Non. Elle est partie quelques jours à Portland pour acheter des meubles. Il y a déjà deux chambres d'hôtes qui sont prêtes et n'attendent plus qu'à être meublées !

— Deux chambres terminées ? Je n'en reviens pas ! Vous n'avez pas perdu de temps, dis-moi…

— Tu sais, dans mon métier, il faut être efficace. Je fabrique des décors de films depuis des années. Sur un plateau, on n'a pas une seconde à perdre et, si le metteur en scène décide de tout changer pour une raison ou pour une autre, il vaut mieux ne pas traîner. La décoration rapide, c'est devenu une seconde nature pour moi.

— J'imagine.

Elle avait le trac et se trouva subitement coite. Elle laissa un silence épais s'installer, faute de trouver les mots, même simples, même anodins, comme si son cerveau avait cessé de fonctionner.

Pourquoi l'avait-elle invité à entrer ? Qu'est-ce qui lui avait pris ? Et maintenant qu'il était là, elle faisait quoi ?

A son grand soulagement, Luke la tira d'embarras en apparaissant en haut de l'escalier.

— Maman ! Viens voir où j'ai mis mon chien, c'est super ! Je vais le laisser là tout l'é… Papa ! s'écria-t-il soudain en voyant son père debout dans l'entrée. Tu es là !

— Hé, oui.

Logan le gratifia d'un immense sourire qui ne fit rien pour apaiser Paige. Seigneur ! Que lui arrivait-il ? Que *leur* arrivait-il ? Elle n'avait eu pourtant aucun problème jusque-là pour le détester.

Depuis qu'il était venu les chercher, en début d'après-midi, elle avait bien remarqué qu'il posait sur elle un regard tout autre. Et voilà qu'elle prenait le même chemin… Au lieu de continuer à lui en vouloir, voilà qu'elle se mettait à admirer son allure dans son jean délavé et son T-shirt noir !

Cela ne pouvait pas durer. Elle devait mettre un terme à cet égarement. Enfin, elle n'était quand même plus une gamine écervelée ! Ces pensées ridicules qui lui tournaient dans la tête, ces émotions incompréhensibles, il fallait que ça s'arrête !

Logan était le père de son fils, rien de plus. Et il était hors de question qu'il devienne autre chose. Après ce qui s'était passé entre eux, il y avait des limites au-delà desquelles elle ne devait pas s'aventurer.

Il était séduisant. Terriblement séduisant, même.

Affirmer le contraire aurait été mentir. Et alors ! Il était beau, la belle affaire… Non seulement cela n'avait rien de nouveau, mais ça ne l'avait pas empêché non plus de se débarrasser d'elle sans autre forme de procès.

Ce n'est pas cela non plus qui l'avait aidée la première année après son départ de Prospect, quand elle s'était retrouvée toute seule et sans le sou, dans une ville où elle ne connaissait personne. Elle avait dû faire des pieds et des mains pour trouver un boulot qui lui permette de mettre un toit au-dessus de sa tête et surtout, de régler les notes du médecin pour les visites prénatales.

Un toit qui fuyait, soit dit en passant… Elle repensa à ces premiers mois de misère, ces longs mois où chaque centime comptait, où, lorsqu'elle allait au marché, elle regardait avec envie les paniers débordant de beaux légumes des autres clients, tandis que le sien reflétait l'état lamentable de ses finances. Elle s'y rendait de préférence en fin de matinée, parce que les marchands bradaient ou même donnaient ce qui leur restait plutôt que de jeter. Il fallait bien se débrouiller.

Elle n'oublierait jamais ce sentiment d'écrasement lorsqu'elle entrait à la banque, la chape de plomb sur ses épaules, la honte, cette envie de se trouver à cent pieds sous terre plutôt que d'affronter le regard de l'employé lorsqu'elle l'assurait, une fois de plus, que sa situation allait s'améliorer. Sans y croire elle-même.

Et soudain, ce fut comme si la nausée la prenait. Comme un afflux toxique. Elle n'eut alors plus qu'une idée, mettre le plus de distance possible entre Logan et elle.

Elle recula vers l'escalier, prête à s'y engouffrer. Il ne fallait surtout pas qu'elle le regarde, il ne fallait surtout pas qu'elle voie ses yeux brûlants, caressants, sinon elle risquait de se faire prendre au piège.

Elle devait garder en tête ce regard glacial, hostile, accusateur, qu'il avait dirigé sur elle la dernière fois qu'elle l'avait vu. C'était son seul espoir de ne pas commettre l'irréparable, ce qui équivaudrait à un véritable suicide émotionnel. Pas question de repasser par là ; une fois avait suffi.

— Il est très tard, Luke. Je veux que tu prennes vite une douche pour te débarrasser de toute cette poussière et de tout ce sucre que tu as ingurgité à la fête et que tu files te coucher.

— Mais, maman…

— Pas de « mais, maman » ce soir ! dit-elle d'un ton sans réplique. Si tu prends ta douche assez rapidement, je veux bien te lire un chapitre de ton livre avant que tu t'endormes.

— Un chapitre entier ?

— Un chapitre entier.

Elle s'apprêta à monter l'escalier. Pourvu que Logan comprenne que sa place n'était plus ici à présent…

— Papa pourra me le lire ?

Paige s'arrêta net. Malgré ses efforts pour ne pas laisser voir combien elle était contrariée, cela dut leur sauter aux yeux, car aussi bien Luke que Logan s'empressèrent de faire marche arrière.

— C'est juste parce qu'il n'a pas encore vu ma chambre, maman, se justifia le petit garçon. Et puis, il ne m'a encore jamais lu d'histoire…

Quant à Logan, il leva une main en signe d'apaisement.

— Ce n'est pas un problème. Vous avez une routine et je ne tiens pas à y mettre la pagaille. Je vais y aller, maintenant. Je te retrouve après-demain pour le match de basket, d'accord, Luke ? Allez, bonne nuit, bonhomme ! Dors bien et fais de beaux rêves…

Sur ce, il pivota sur ses talons et se dirigea vers la porte.

La déception de Luke était si manifeste que Paige s'en voulut aussitôt de sa réaction. Le pauvre essayait désespérément de retenir ses larmes et elle, elle ne trouvait rien de mieux que de se laisser guider par un égoïsme odieux ! A quoi bon avoir accepté déjà tant de compromis ? Si le bonheur de son fils en dépendait, elle pouvait bien faire un petit effort supplémentaire, elle n'était pas à ça près.

— Ne sois pas ridicule, dit-elle à Logan d'une voix un peu trop raide à son goût. Reste. Enfin, si tu veux. Mais si tu as d'autres obligations, Luke et moi nous comprendrons… Personnellement, je ne vois pas d'inconvénient à ce que tu lui lises un chapitre de son livre. Je veux dire…

Elle poussa un gros soupir. A quoi bon tourner autour du pot ? Mieux valait parler clairement.

— Reste, Logan. Je t'assure que ça me ferait plaisir.

Il ne répondit pas sur-le-champ, se contentant de l'examiner attentivement. Consciente de son regard inquisiteur, Paige tenta d'afficher une expression aussi neutre que possible. Sans grand succès.

— Entendu, finit par déclarer Logan, tout en se dirigeant vers l'escalier sous les cris de joie de Luke. Alors, de quoi est-ce qu'il parle, ce livre ?

— Il est génial ! C'est l'histoire d'un garçon qui va dans un camp de basket. Et là, tout va mal. Il commence par perdre sa valise, ensuite on le met par erreur dans la plus mauvaise équipe… En fait, lui, il pense que c'est par erreur mais on n'en sait rien. Après, je ne sais pas, on s'est arrêtés là.

— Eh bien, c'est ce que nous allons découvrir ce soir. Alors, comme ça, tu aimes le basket ?

— J'adore ! Quand je serai grand, je veux être joueur de basket professionnel.

Il marqua une pause, jaugeant Logan des pieds à la tête, puis ajouta :

— Je dois avouer que je suis un peu déçu… J'espérais que tu serais un peu plus grand. Un mètre quatre-vingt-dix, ce n'est pas mal mais pas si tu veux jouer en pro.

Paige feignit de tousser pour étouffer son rire, ce qui ne fut pas aisé surtout que Logan la dévisagea, les yeux pétillants. Lui aussi, de toute évidence, avait du mal à contrôler son hilarité.

— Tu joues en quelle position ?

— Je suis grand pour mon âge, alors je joue centre.

— Ah oui ? Et tu es bon ?

— Ouais ! Je suis super bon ! Bien sûr, pas comme Shaquille O'Neal, lui c'est un vrai champion mais je me débrouille plutôt bien.

Cette fois, Paige rit franchement et Logan se joignit à elle. Il ébouriffa les cheveux de Luke.

— C'est bien, continue comme ça et, si les petits cochons ne te mangent pas en route, tu iras loin. Tu peux me croire, c'est la bonne attitude à avoir.

— C'est toujours ce que me dit maman. En fait…

Paige lui lança son pyjama, qu'il reçut en plein torse.

— Tu sais ce que maman dit ? Maman dit : à la douche. Et tout de suite. Sinon pas de livre.

— Ohhh ! Maman !

Il la gratifia de son regard de chien battu, ce regard suppliant qui avait le don de la faire craquer. Elle faillit céder, d'autant plus que sa présence la rassurait. Tant qu'il était là, il servait de tampon entre Logan et elle, ce qui n'était pas négligeable.

En même temps, elle connaissait son fils. Il commençait à être si fatigué que bientôt, il deviendrait ingérable. Il était donc impératif qu'il prenne sa douche et aille se coucher sans plus attendre. D'un autre côté, il était tentant de voir comment Logan se tirerait de la situation, mais ce n'était pas franchement une bonne idée vis-à-vis de Luke. Ce serait dommage de gâcher cette journée.

— Ecoute, voilà ce que je te propose. Fais couler l'eau pendant que tu te déshabilles, comme ça elle sera bien chaude. Tu te laves le plus vite possible, sans t'occuper de tes cheveux. Je ne dirai rien pour cette fois. Mais c'est juste pour ce soir. On est bien d'accord ?

— D'accord !

Sans perdre une seconde, Luke se précipita vers la salle de bains.

Logan le regarda disparaître tout en secouant la tête d'un air amusé. Au premier, la porte claqua violemment.

— Dis donc, c'est un vrai tourbillon !

— Je dois dire qu'avec lui, je n'ai pas le temps de m'ennuyer.

— A lui seul, il serait capable de donner du fil à retordre à tout un commissariat !

— On voit bien qu'il tient de sa mère…

A peine avait-elle proféré ces paroles, qu'elle les regretta amèrement. Elle les avait dites sur le ton de la plaisanterie, espérant détendre l'atmosphère, dissiper la tension qui régnait entre eux, mais Logan ne riait pas du tout.

Ses yeux au contraire prirent un ton de gris profond, proche de l'argent en fusion. Elle connaissait ces yeux ; ils en disaient long sur son état d'esprit. Un silence s'installa, ponctué par le claquement régulier et distant des vagues sur les rochers.

Sans un mot, Logan se passa la main dans les cheveux. Ce geste non plus, elle ne l'avait pas oublié. Cela la ramenait à l'époque de leur séparation. Mal à l'aise, il traversa la pièce jusqu'à n'être qu'à quelques centimètres d'elle.

— Je ne disais pas ça, Paige.

Elle sourit.

— Je sais bien que tu ne disais pas ça. Je ne cherchais pas à te critiquer indirectement. J'ai eu une jeunesse difficile, j'ai fait des bêtises, c'est un fait. Je n'ai jamais essayé de prétendre le contraire.

— Oui, mais tu n'étais pas non plus aussi coriace que beaucoup de gens voulaient bien le croire.

— Et toi ?

Il arqua un sourcil.

— Quoi, moi ?

— Tu croyais que j'étais coriace ?

La porte de la salle de bains s'ouvrit d'un coup brusque avant qu'il n'ait pu répondre. Luke apparut en haut de l'escalier, vêtu de son pyjama préféré, décoré de son super-héros.

— C'est l'heure de mon livre ! C'est l'heure de mon livre !

Paige aurait bien aimé avoir une réponse à cette

question, malgré tout ce qui s'était passé entre eux, malgré le mal qu'il lui avait fait.

Juste à cette petite question. Mais il allait lui falloir attendre…

Il n'avait pas répondu à Paige, mais la question qu'elle lui avait posée ne cessa néanmoins de tarauder Logan bien après que la jeune femme fut retournée au rez-de-chaussée. Tandis qu'il lisait à voix haute le livre de Luke, son esprit vagabondait à mille lieues de là.

Il ne parvenait pas à se pardonner de l'avoir coupée de sa vie de manière aussi radicale, sans même lui accorder le bénéfice du doute. Il ne parvenait pas à se pardonner de s'être conduit de la sorte, de s'être montré borné au point de ne penser qu'à sa propre peine, sans regarder plus loin, sans s'imaginer une seule seconde la douleur qu'il infligeait par la même occasion à Paige.

A cause de lui, il n'y avait eu que des victimes dans cette affaire, à commencer par Luke, privé de la présence d'un père pendant toutes ces années. Et lui-même ? Avait-il la moindre idée de ce qu'il avait raté ? Peut-être auraient-ils pu être heureux ensemble, Paige et lui ? Bien sûr, ils étaient très jeunes, dix-sept ans… Bien trop jeunes sans doute pour s'engager pour la vie, pourtant, rien ne dit que cela n'aurait pas marché. Pour le savoir, il aurait fallu tenter sa chance. Mais non ! Il était si sûr de lui ! Si sûr de son bon droit ! La jeunesse sait parfois faire preuve d'un orgueil si imbécile !

Il était tellement plongé dans ses pensées qu'il ne mit pas beaucoup de cœur à sa lecture. Heureusement pour lui, Luke était si fatigué qu'il s'endormit béatement au bout de quelques pages.

Et maintenant que le petit garçon était bordé et qu'il dormait à poings fermés, le moment était venu pour lui de partir. Il n'avait plus aucune raison d'être là. Il devrait descendre, trouver une excuse et s'en aller le plus vite possible.

Mais il n'en fit rien. Il n'en fit rien parce qu'il n'y avait pas un seul endroit sur la Terre entière où il aurait voulu se trouver à cet instant précis, excepté là, avec son fils, avec Paige.

Il voulait par-dessus tout l'entendre rire, voir ses yeux pétiller, son visage s'illuminer d'une joie aussi intense que communicative, comme elle seule en avait le secret. Il venait juste de se rendre compte à quel point cela lui avait manqué.

Combien de minutes resta-t-il assis au bord du lit, à contempler Luke en train de dormir ? Il n'aurait su le dire. Il l'examina tout à loisir, fit le décompte des taches de rousseur qui constellaient son nez, mémorisa chaque égratignure, chaque petite cicatrice sur ses bras et ses mains, en se demandant comment il avait bien pu se les faire.

Il n'en revenait pas de sa beauté. Pas seulement physique, mais intérieure.

L'idée que le temps avec lui lui était compté, qu'il devrait le laisser repartir à la fin de l'été, lorsqu'il retournerait à Los Angeles avec Paige et qu'il ne le verrait plus qu'une fois par mois peut-être, le rendait malade.

C'était trop court. Beaucoup trop court. Il n'avait pas entamé le quart du centième de tout ce qu'il voulait faire avec lui ! Ils n'étaient pas encore allés pêcher ensemble, ils n'avaient pas joué au base-ball, ni fait de longues promenades dans les parcs naturels environnants, ni même tout simplement construit une maquette d'avion ou une cabane de bois !

Deux mois ! Qu'est-ce que c'était, deux mois ? Une goutte d'eau par rapport à tous ces moments précieux qui leur avaient échappé.

Son téléphone portable se mit à vibrer, le tirant de sa contemplation agitée. Il hésita avant de vérifier l'identité de ce correspondant qui venait, bien involontairement certes, mettre un terme à la plus belle soirée qu'il ait connue depuis longtemps. Sans doute un appel pour le travail… Mais un coup d'œil rapide sur l'écran lui révéla qu'il s'agissait d'un texto dont l'auteur était son père.

Ta mère insiste pour que tu viennes dîner avec nous demain soir. Ce n'est pas une option. Chez Rudolfo à 19 heures.

Chez Rudolfo… La sentence était donc tombée : il n'était plus le bienvenu chez ses parents. Fils indigne, il était bel et bien banni.

Fallait-il en rire ou le déplorer ? Lorsque sa mère voulait une rencontre en terrain neutre, elle se rabattait toujours sur Rudolfo. Il n'avait qu'à bien se tenir, sinon Dieu seul sait où il finirait ! Probablement au Burger Bar dans le quartier mal famé de l'autre côté de la ville. Ce qui, après tout, n'était peut-être pas une si mauvaise proposition, vu les qualités de cuisinière de sa mère.

Il aurait bien aimé, pour une fois, être surpris – agréablement surpris – par le comportement de sa mère. Mais définitivement, le mot *indulgence* ne faisait pas partie de son vocabulaire, sauf en ce qui concernait son mari. Il avait déjà dépassé les bornes, selon elle, lorsqu'il était en terminale, en sortant avec Paige, mais qu'après toutes ces années, la jeune femme et son bâtard de fils réapparaissent tout à coup en ville, jetant l'opprobre sur sa famille et alimentant par la même occasion les commérages, ce n'était tout simplement pas acceptable.

Quelle influence sa mère avait-elle eue sur sa propre intolérance à l'égard de Paige neuf ans auparavant ? se demanda-t-il tout à coup. Assis à côté de son fils endormi, retombant sur Terre après ce moment privilégié, il avait de quoi s'interroger.

Comment avait-il pu se montrer si perméable, si crédule, alors qu'il se targuait d'être plus ouvert d'esprit qu'elle ? Avait-il fait preuve d'ouverture d'esprit, de tolérance, le jour où il avait refusé d'écouter Paige, où il l'avait mise plus bas que terre ? Bien sûr que non !

Pourquoi avait-il agi de la sorte ? Ce n'était pas comme s'il n'y avait eu aucune chance que l'enfant soit de lui. A l'époque, Paige et lui faisaient l'amour dès que l'occasion s'en présentait. Seulement, quand elle lui avait annoncé qu'elle était enceinte, il s'était tellement monté la tête, à cause de tout ce que ses amis lui avaient raconté, qu'il l'avait chassée de sa vie alors qu'elle lui jurait sur ce qu'elle avait de plus précieux qu'il était le père de cet enfant.

Quelles preuves avait-il, au fond, qu'elle avait couché avec d'autres pendant qu'ils sortaient ensemble ? Et même… Même à supposer que ce soit la vérité, cela le rendait-il moins responsable ? Absolument pas.

Il essaya de retrouver son état d'esprit du moment, non pour conforter les excuses qu'il s'était trouvées alors, mais pour tenter de comprendre comment tout s'était mis en place, avec quelle logique. Il avait subi une telle pression de la part de sa famille, de ses amis proches, chacun essayant de le persuader que Paige n'était pas la fille qu'il lui fallait, qu'il avait fini par se laisser convaincre. Leurs témoignages, qu'il n'avait pas de raison de croire mensongers, étayant les rumeurs qui circulaient sur son compte, il avait accepté de l'abandonner, alors qu'elle comptait tant pour lui, alors qu'il l'aimait…

Elle avait connu d'autres garçons avant lui, mais n'avait pas eu avec eux de relations durables, de *vraies* relations. Ils n'avaient été que des histoires sans lendemain, comme bien souvent les histoires des adolescents.

De son côté, il lui avait affirmé que le passé était le passé, que ce qu'elle avait fait avant de le rencontrer n'avait pas d'importance à ses yeux, tant et si bien qu'il y avait cru lui-même. Sauf qu'il s'était menti.

S'il avait choisi d'accorder du crédit à ses amis plutôt qu'à Paige, en vérité, c'était parce que cette option l'arrangeait. C'était parce qu'il n'avait pas ainsi à faire face aux conséquences de ses actes. C'était parce que s'il assumait cette paternité, c'en serait fini de ses rêves de carrière footballistique, fini de ses rêves de grandeur.

Il frissonna, choqué par cette découverte. Elle faisait de lui le pire salaud de la Terre. Il ne valait guère mieux que sa mère, dont la seule motivation était l'égoïsme et la peur du qu'en-dira-t-on.

Comment avait-il pu être aussi aveugle ? Rien que de penser à tout ce que Luke n'avait pas connu, parce que son père n'avait pas été fichu d'écouter sa mère, il en avait la nausée.

On frappa doucement à la porte. Il pivota sur lui-même et se trouva face à Paige qui le contemplait d'un air interrogateur.

— Tout va bien ?

— Oui.

Il détourna la tête vers le mur, derrière elle, gêné, craignant qu'en croisant son regard elle ne découvre le fond de ses pensées.

— Je le regardais dormir…

Elle sourit.

— Je fais ça beaucoup, moi aussi. Il est incroyable, non ?

— Oui, il est tout à fait étonnant. Je n'en reviens pas à quel point je l'aime déjà. Je regrette juste…

Il s'interrompit. Paige n'était sans doute pas la meilleure personne à qui confier ses regrets, c'était elle qui avait le plus souffert de leur séparation, après tout.

— Qu'est-ce que tu regrettes ?

— Il était comment, bébé ? Et après, quand il a grandi, qu'il a commencé à marcher. Il était facile ou bien il te rendait folle ?

Elle ne répondit pas tout de suite et il s'en inquiéta. Est-ce que sa question n'allait pas relancer chez elle le flot des reproches – justifiés, il acceptait enfin de le reconnaître, du moins en son for intérieur – qu'elle lui avait adressés durant leurs premières discussions ?

Il avait beau essayer d'y aller lentement, de ne pas bousculer les choses, il ne supportait pas ce vide d'informations sur son enfant. Il aurait tout voulu savoir sur Paige, Luke et leur vie à Los Angeles.

— Ecoute, Paige… Oublie ce que je viens de te dire… Je…

— Tu veux que je te montre des photos de quand

il était petit ? J'en ai quelques-unes sur mon ordinateur portable. Oh ! Pas beaucoup, mais suffisamment pour te donner une idée.

— Je…

Les mots avaient du mal à passer le gros nœud qui lui serrait la gorge, menaçant presque de l'étouffer.

— J'aimerais énormément, parvint-il tout de même à articuler.

Elle hocha la tête, puis s'engagea dans le couloir et se mit à descendre l'escalier.

Après avoir déposé un baiser sur le crâne de Luke, Logan lui emboîta le pas.

Il avait l'impression que son univers se résumait désormais à cette maison et à ces deux personnes qui y habitaient.

Chapitre 13

Ils prirent place tous les deux côte à côte sur le divan et Paige alluma son ordinateur portable, plus sûre du tout d'avoir eu raison de lui proposer cette petite séance photos.

Avec la bouteille de vin devant eux sur la table basse et Luke bébé à quelques clics, la situation était en train de prendre un tour beaucoup plus intimiste qu'elle ne l'aurait voulu.

Au lieu de se laisser attendrir, elle aurait mieux fait de renvoyer Logan chez lui une fois Luke endormi. Mais en le voyant assis au bord du lit près de leur fils, l'air si perdu, si seul, si curieux d'en savoir plus, elle n'avait pu s'y résoudre. L'argument derrière lequel elle s'était retranchée toutes ces années, selon lequel il ne faisait que récolter ce qu'il avait semé en étant privé de son fils, avait soudain manqué de poids.

— J'ai pris des tonnes de photos de lui depuis sa naissance, mais elles sont toutes ou presque à Los Angeles. Je pourrai t'en envoyer dès mon retour, si tu veux. En revanche, j'en ai une petite sélection sur mon ordinateur, comme ça, quand je dois partir et le laisser quelque temps, je peux les regarder et j'ai l'impression qu'il me manque moins…

— Ça t'arrive souvent d'être obligée de le laisser ?

Paige se raidit, percevant dans cette question apparemment anodine une certaine note de désapprobation.

— Non, en fait, pas vraiment. Quand il était petit, je l'emmenais toujours partout avec moi si je devais me déplacer sur un tournage. Depuis qu'il va à l'école, c'est plus difficile, alors je le confie à de très bons amis à moi. En général, je pars rarement plus de deux semaines à la fois. La conception des décors peut se faire à distance. Il suffit que je sois sur les lieux pour en superviser la mise en place avant le tournage à proprement parler, mais c'est tout. Je m'arrange aussi pour travailler dans la mesure du possible sur des films dont le tournage se fait pas trop loin de chez moi, ou alors qui ne demandent pas de décors trop élaborés, ce qui m'évite d'être obligée de partir pendant des mois.

— Les décors d'*Une longue nuit d'hiver* étaient absolument époustouflants ! Tu as dû y passer un temps fou !

— C'est vrai qu'il m'a fallu du temps. Luke était encore tout petit, alors je l'ai emmené avec moi en Australie. C'était formidable !

— Tu as des photos de cette époque dans ton ordi ? J'aimerais beaucoup les voir.

— Oui, j'en ai une ou deux…

Elle ouvrit un document, puis fit pivoter l'ordinateur vers lui.

— Là, nous sommes sur la plage et là, près de l'Opéra de Sydney. De vrais touristes en goguette ! J'ai aussi quelques photos de nous prises pendant le tournage en décors naturels, en plein désert. Il a adoré.

— Le contraire m'eût étonné. Tu as beaucoup voyagé avec lui ?

— Le premier décor que j'ai construit, c'était pour un film qui se tournait à Vancouver. C'est grâce à Lucas, tu sais, le voisin dont je t'ai déjà parlé, que j'ai eu le job. Lucas était très connu comme décorateur, en son temps, il a eu trois oscars pour son travail.

Elle attendit que Logan fasse un commentaire, en vain. Le diaporama avait commencé à défiler et toute son attention était concentrée sur les photos de Luke.

Les premières avaient été prises durant une période de vaches maigres. Et même si Lucas l'avait bien aidée en la laissant vivre pour presque rien dans la petite maison d'amis qui se trouvait sur sa propriété, et qu'elle achetait pratiquement tous les habits de Luke dans la boutique de vêtements d'occasion située à deux pas du bar où elle travaillait comme serveuse, elle avait du mal à joindre les deux bouts.

Mais Logan n'avait pas l'air de remarquer qu'ils étaient habillés assez pauvrement. Elle comprit vite pourquoi. Il n'avait d'yeux que pour Luke.

Elle aurait trouvé cela touchant, si elle n'en avait pas été aussi effrayée. Elle se trouvait tout à coup confrontée de façon bien plus concrète aux sujets d'inquiétude qui l'avaient tourmentée ces derniers jours et qu'elle avait essayé de son mieux de chasser de son esprit : droits de visites, garde partagée et tout ce qui s'ensuit généralement.

— Il avait quel âge, là ?

Logan lui désigna une photo d'un Luke minuscule et tout potelé, assis sur une couverture dans un parc.

— Il devait avoir quatre mois. Je sortais d'une pneumonie qui nous avait tenus confinés dans notre petite maison. Il était si content de sortir enfin et de voir la lumière du soleil, qu'il n'a pas arrêté de rire comme un fou pendant des heures.

Il lui jeta un regard indéchiffrable.

— Tu as eu une pneumonie ?

— Oui. Mais ce n'était pas si grave que ça... J'étais fatiguée parce que Luke ne faisait pas encore ses nuits, et mon système immunitaire devait être affaibli.

Elle voulait lui donner l'impression de prendre cela à la légère, pourtant, ces quelques semaines avaient été parmi les pires qu'elle ait jamais vécues de sa vie. Elle avait continué à travailler, à s'occuper de Luke, alors que c'était tout juste si elle arrivait à respirer. Il avait fallu qu'elle soit vraiment malade, qu'elle ne puisse plus tenir debout, pour consentir enfin à s'arrêter. Lucas avait fait de son mieux pour l'aider, seulement à presque quatre-vingts ans, il ne pouvait pas vraiment s'occuper d'un bébé.

Elle avait tenu bon et, à force de courage et de détermination, elle avait fini par apercevoir le bout du tunnel. Peu de temps après, elle avait obtenu son premier travail de décoratrice et en deux ans, sa situation s'était peu à peu améliorée, jusqu'à ce qu'elle soit réellement tirée d'affaire.

Elle ne voulait surtout pas que Logan éprouve de la pitié pour elle à cause de ce qu'elle avait vécu. Tout cela, c'était du passé, et elle avait par moments l'impression que c'était arrivé à quelqu'un d'autre.

Il dut comprendre qu'il valait mieux ne pas s'engager plus avant sur ce terrain, visiblement très privé, car il ne posa plus de questions sur cette période de sa vie.

— Et là, vous étiez à Dysneyland ?

— Oui ! J'avais fait des économies pendant des

mois pour pouvoir y emmener Luke, pour ses trois ans. Qu'est-ce que nous nous sommes amusés, tous les deux !

— Je vois ça…

Il examina la photo de Luke sur son attraction favorite.

— Dis donc, si son sourire pouvait s'élargir encore, il n'y aurait plus de place sur son visage !

— Je sais. C'est pour ça que j'adore cette photo…

Il fit avancer la suivante.

— Celle-ci a été prise en Australie. On a passé deux ou trois jours à la plage une fois que le décor a été terminé. On a plongé avec des masques et je me suis fait piquer par une méduse.

Il releva la tête brusquement.

— Tu as été piquée par une méduse ?

— Oui. Et c'est comme ça que je me suis aperçue que j'étais allergique. Tu m'aurais vue ! J'ai gonflé comme une baudruche, c'était horrible !

— Quelqu'un t'a aidée à t'occuper de Luke, le temps que tu te remettes ?

Qu'est-ce qu'il insinuait, à la fin, avec toutes ses questions ? se demanda-t-elle, sentant la colère monter en elle. Qu'elle n'était pas capable de prendre soin de son enfant ?

— Je n'ai besoin de personne pour s'occuper de moi, Logan, je le fais très bien toute seule depuis aussi longtemps qu'il m'en souvienne. Quant à Luke, *je* me suis occupée de lui !

Elle fit dérouler rapidement une demi-douzaine d'images, toutes prises après cette journée à la plage.

— Est-ce qu'il a l'air malheureux sur ces photos ?

Elle se leva, furieuse, et se mit à arpenter la pièce à grands pas.

— Je commence à en avoir assez de tes questions insidieuses ! Tu n'arrêtes pas de me demander chez qui il était à tel moment, qui s'est occupé de lui, comme si tu pensais que j'étais une mère incapable ! Figure-toi que je suis une bonne mère et que je sais m'occuper de mon enfant !

— De *notre* enfant… Bien sûr que tu sais t'en occuper, Paige. Si tu penses que c'est parce que je doute de tes capacités que je pose ces questions, je te demande pardon. Ce n'était pas mon intention. Je voulais juste savoir comment tu as fait pour te débrouiller. Ce n'est déjà pas facile d'élever un enfant à deux, alors je dois t'avouer que j'ai du mal à imaginer ce que ça représente quand on est seul…

Sa colère retomba aussitôt. Elle s'attendait si peu à une telle réaction de sa part qu'elle en resta sans voix.

— Excuse-moi, dit-elle au bout de quelques secondes, je n'aurais pas dû prendre la mouche comme ça. Je suis un peu à cran ces derniers temps, et j'ai tendance à partir au quart de tour, surtout lorsqu'il s'agit de Luke.

— Tu n'as pas à t'excuser. Crois-moi, j'ai beaucoup de respect pour ce que tu as fait. Et… Je… je voulais aussi te dire combien je suis désolé, vraiment désolé de t'avoir laissée te débrouiller seule avec lui toutes ces années…

Paige se figea. Qu'est-ce qu'il venait de dire ? Est-ce que ça ressemblait à un acte de contrition ? Elle n'en crut pas ses oreilles.

Il la gratifia d'un sourire incertain.

— N'aie pas l'air si choquée ! Je suis capable de

reconnaître mes torts quelquefois. Bien sûr, ce n'est pas ce qui va effacer tout ce que tu as traversé, tout ce que vous avez traversé tous les deux, mais, pour le moment, c'est tout ce que j'ai à t'offrir.

— C'est déjà bien.

Elle vint se rasseoir près de lui et continua de faire dérouler les photos, jusqu'à ce qu'elle arrive à la dernière. Pour la première fois depuis son retour à Prospect, elle se sentait enfin détendue. Elle avait envie de se confier à Logan, de lui parler de Luke.

— La première année, ça a été difficile, très difficile même. J'étais très jeune, je n'avais pas un sou et je ne savais pas du tout où j'en étais, ni ce que j'allais faire. J'étais vraiment paumée. Je me souviens…

Elle marqua une pause, le regard perdu.

— J'ai tenté plusieurs choses, mais chaque fois je rencontrais un nouvel échec. Je ne savais plus où donner de la tête. Et puis j'ai commencé à prendre un peu confiance en moi. J'ai passé mon diplôme d'études secondaires en candidate libre et je me suis inscrite à des cours du soir pour obtenir une qualification en décoration. Lucas m'a pistonnée pour me faire entrer dans le monde du cinéma. Maintenant, je peux dire que je suis tirée d'affaire. Je peux même dire que je m'en suis très, très bien sortie.

Logan ne dit rien. Elle leva les yeux vers lui, s'attendant à le voir sourire. Loin de sourire, il avait la mâchoire crispée et ses yeux, d'habitude si lumineux, étaient presque noirs. Elle le fixa, stupéfaite. Il y avait une telle douleur dans son regard…

— Logan ? Qu'est-ce qui ne va pas ?

Au lieu de répondre, il l'attira contre lui et enfouit son visage dans son cou.

— Logan ?

Instinctivement, elle l'encercla de ses bras.

— Merci, Paige. Merci d'avoir pris si bien soin de Luke alors que moi, j'étais bien trop salaud pour…

— Hé !

Elle se recula pour le regarder.

— Arrête de te culpabiliser comme ça ! Les torts sont partagés. Pendant des années, j'ai rêvé de ce moment mais si tu réfléchis, j'aurais pu t'appeler. Or, je ne l'ai pas fait. J'aurais pu me manifester et te donner une chance de faire partie de la vie de Luke… Tu vois, ce n'est pas aussi simple que tu sembles le croire. Moi aussi, j'ai ma part de responsabilité. Moi aussi, je te demande pardon.

Elle attendit qu'il réagisse, mais il ne dit rien. Parce qu'il n'y avait rien à dire, sans doute.

Il préféra se pencher vers elle et déposer un baiser sur ses lèvres, un baiser si doux qu'elle se trouva aussitôt transportée au moment de leur tout premier baiser.

C'était en hiver. Ils étaient sur la plage et, à cause du froid, il n'y avait personne d'autre qu'eux. Elle avait frissonné, alors il l'avait serrée contre lui puis, doucement, délicatement, il avait posé ses lèvres sur les siennes. Si délicatement que, les yeux fermés, elle n'aurait su dire si elle ne se l'était pas plutôt imaginé.

C'est comme cela qu'il l'embrassa sur le divan, effleurant ses lèvres en petites touches tout en douceur, tout en finesse, attisant son désir jusqu'à ce que son cœur menace d'exploser dans sa poitrine.

Elle glissa sa main dans son cou, l'agrippa fermement

et pressa sa bouche sur la sienne avec toute la frénésie de son impatience.

Et là, ce fut comme s'ils étaient devenus eux-mêmes *baiser*. Baiser fougueux, baiser brûlant, baiser profond et langoureux. Ils se dévorèrent comme deux affamés face à un somptueux festin. Et quel festin ! Logan avait un goût de cannelle épicée, de café serré qu'elle aimait tant. Elle aurait voulu qu'il ne s'arrête jamais de l'embrasser afin qu'elle puisse s'imprégner de toutes ses saveurs délicieuses. Que ce baiser ne finisse jamais…

Il devait partager ce désir, car il ne chercha pas à aller plus loin, ne quémanda rien d'autre que sa bouche.

Et, lorsque leurs deux langues s'entremêlèrent, elle se fondit dans son étreinte. Elle s'ouvrit à lui, s'offrit à lui avec la même ferveur qu'elle avait toujours su lui accorder.

Logan n'attendait rien de plus. Il se pencha au-dessus d'elle, la plaqua sur le divan, la fit prisonnière de ses deux bras tout en pressant son corps contre le sien.

Elle gémit, arqua le dos, se pressa plus encore dans une vaine tentative d'apporter un peu de soulagement à sa poitrine en feu. Rien n'y fit.

Ses seins se dressaient, vibrant de mille sensations, ses mamelons étaient parcourus de picotements insupportables. Elle voulait qu'il la touche, la caresse, elle le voulait maintenant.

Folle… Elle était folle de se laisser aller à cette étreinte… Elle avait fait confiance à Logan une fois déjà, lui avait tout donné et qu'avait-elle récolté en échange ?

Il lui avait fallu des mois pour surmonter la dépression qui avait suivi leur rupture, des années pour remonter la pente, pour arriver enfin là où elle se trouvait aujourd'hui, dans la peau d'une jeune femme heureuse, comblée, équilibrée.

Etait-elle prête à mettre en danger cet équilibre si chèrement conquis ? Si elle décidait de se laisser guider par son corps qui lui criait de ne pas résister, si elle acceptait de faire l'amour avec Logan, dans quel état allait-elle se retrouver le lendemain matin ?

Si elle devait payer un moment de plaisir avec lui par des années de souffrance, le jeu en valait-il la chandelle ?

Elle parvint tant bien que mal à détacher sa bouche de celle de Logan, posa ses mains sur ses épaules et le repoussa malgré l'envie féroce qu'elle avait de se lover contre lui, de rester soudée à son corps.

— Non…, balbutia-t-elle. Non, je ne peux pas…

Autrefois, lorsqu'ils étaient adolescents, Logan ne l'aurait pas écoutée. Il n'aurait probablement pas tenu compte de ses atermoiements, il aurait continué à l'embrasser, aurait tout fait pour la convaincre de s'abandonner à lui.

Il n'en fit rien. Il s'arrêta aussitôt, recula légèrement et se laissa couler jusqu'à s'agenouiller par terre devant elle, les mains posées sur ses cuisses, se contentant de la couver du regard.

Son corps, tendu comme un arc, faisait penser à celui d'un fauve prêt à bondir sur sa proie, ses muscles puissants étaient durs comme de la pierre. Ses yeux surtout la fascinaient, ses yeux qui la dévisageaient, sombres et troublés comme un ciel d'océan un jour de tempête, brûlants, empreints d'une telle tendresse qu'elle suffoqua, la gorge nouée.

Il se contenta cependant de la dévisager, sans bouger, conscient de l'émoi qu'elle ne parvenait pas à dissimuler.

Elle aurait dû, à ce moment-là, lui demander de partir, lui dire qu'elle n'était pas prête. Pas prête pour ça. Et surtout, pas prête pour lui.

Elle n'en fit rien, incapable d'aller contre ce désir impétueux, irrépressible, qui ne cessait de croître, les attirant l'un vers l'autre comme une force vitale surhumaine. Elle ne pouvait lutter, alors que leur passé emplissait tout l'espace de sa présence palpable et que l'avenir n'était encore que trop incertain.

La dernière fois qu'elle s'était offerte intimement à un homme, c'était neuf ans auparavant, et cet homme était Logan. Elle lui avait accordé sa confiance, persuadée qu'il l'aimait et qu'il ne lui ferait jamais aucun mal…

N'était-ce pas tenter le destin ? N'était-ce pas risquer d'être de nouveau cruellement blessée ?

Elle effleura du doigt son front, ses joues, ses yeux. Ses paupières palpitèrent, puis il les ferma. Ce petit geste la toucha profondément, preuve qu'il ne craignait pas de se montrer vulnérable. Et elle, qu'attendait-elle pour fermer les yeux à son tour, pour lui offrir, elle aussi, toute sa fragilité ?

En serait-elle encore capable ?

Ses doigts glissèrent jusqu'à sa bouche, et il les embrassa, l'un après l'autre. C'est alors qu'elle eut la réponse à son questionnement.

Elle ne pouvait plus reculer. Même si elle était sur le point de faire la plus grosse bêtise de sa vie, en tout état de cause la plus grosse bêtise depuis neuf ans, elle ne reculerait pas.

Elle le désirait, elle avait besoin de lui et ce soir, quoi qu'il arrive, elle se laisserait aller à ce besoin.

Quant aux conséquences, il serait toujours temps d'y faire face. Si plus tard, elle avait la certitude d'avoir fait une erreur, elle aviserait. Ce moment avec Logan, avec le seul homme qu'elle ait jamais aimé, elle voulait le vivre jusqu'au bout, dans toute son intensité.

« Le passé, c'est de l'histoire. L'avenir, c'est un mystère. Le présent, c'est un cadeau. C'est pour cela qu'on l'appelle le présent », disait un dicton.

Il était temps pour elle de le mettre en pratique.

Logan perçut sans qu'aucun doute ne soit possible l'instant précis où Paige cessa de lutter contre le flot d'émotions qui gonflait entre eux comme la vague gigantesque d'un tsunami. Il brûlait de profiter de la brèche qui venait de s'ouvrir, de peur qu'elle ne change d'avis. Il brûlait de plonger son sexe dans son corps gracile, offert, et de s'y noyer comme il l'avait fait tant et tant de fois.

Mais il voulait être certain qu'elle désirait ce moment, elle aussi.

Elle comptait pour lui. Malgré le temps, malgré la colère et la souffrance, elle comptait toujours énormément et, avant toute autre chose, il tenait à ce qu'elle le sache.

— Tu es sûre ? murmura-t-il contre ses doigts.

Il dut faire un effort phénoménal pour résister au désir sauvage de les sucer l'un après l'autre, de les aspirer dans sa bouche.

Elle secoua la tête, non…

Pourtant, elle chuchota :

— Je te veux Logan. Je veux te sentir tout au fond de moi. Je veux savoir que c'est toi qui me possèdes.

Ses paroles eurent un effet foudroyant sur lui. Son sexe se durcit plus encore qu'il n'aurait cru possible. Chaque respiration était devenue une torture ; il sentait bouillonner en lui une fièvre, un désir inextinguibles.

— Oh ! Ma chérie, murmura-t-il dans un souffle tout en se penchant sur elle. Moi aussi.

Il l'attira tout contre lui, écarta un peu plus ses jambes, logeant son sexe gonflé contre le petit nid ainsi formé. Malgré l'épaisseur du tissu de leurs jeans, il percevait la chaleur de Paige irradier, tel un brasero.

S'il avait pu, il lui aurait arraché ses vêtements sans perdre une seconde, l'aurait prise là, sur le divan, mais la raison n'avait pas totalement déserté son esprit.

Luke pouvait descendre de sa chambre d'une minute à l'autre, pour boire un verre d'eau ou grignoter quelque chose. Au prix d'un effort surhumain, il parvint à se contrôler.

Il se pencha sur elle, balaya de ses lèvres le coin de sa bouche, lécha sa délicate fossette, cette fossette qui l'avait toujours rendu fou. Comme elle était délicieuse ! Il aurait voulu la dévorer tout entière.

— Où est ta chambre ? demanda-t-il d'une voix rauque.

Il y avait de l'urgence dans sa voix. Et pour cause : s'ils ne trouvaient pas vite un endroit plus approprié, il ne répondait plus de rien !

— Luke et moi dormons dans la même chambre pour le moment.

Il étouffa un juron, porteur de toute sa frustration.

Paige, quant à elle, eut un rire de gorge qui l'excita encore plus.

— Il y a une chambre d'hôtes avec un matelas par terre. Ça ira ?

Quelle question ! Il pouffa, soulagé. Un matelas par terre, c'était Byzance ! Dans l'état où il était, il se serait contenté sans problème d'un plancher nu, d'un mur, du dessus d'un meuble de salle de bains. N'importe quoi, n'importe où, pourvu qu'il puisse la pénétrer, le plus vite possible !

Pensées qu'il garda pour lui. Inutile d'inquiéter Paige davantage, elle était déjà bien assez nerveuse sans en rajouter. Qu'allait-elle penser, s'il se présentait face à elle en véritable sauvage affamé ?

Affamé, il l'était pourtant. Et sauvage aussi. Plus rien d'autre ne comptait pour lui que de la voir, la goûter, la sentir. Son univers tout entier se réduisait à ce seul objectif : ne pas laisser un seul centimètre carré de sa peau libre de ses caresses.

— Ce sera parfait… C'est par où ?

Elle le guida vers l'escalier qu'il monta derrière elle, ses yeux à la hauteur de ses fesses qui se balançaient à chaque marche. La suivre était une torture exquise.

Dans le couloir, leurs lèvres se trouvèrent sans beaucoup chercher, et leurs baisers attisèrent leur désir. Dès qu'ils atteignirent la chambre, Logan ouvrit la porte d'un coup brusque et précipita Paige à l'intérieur. Là, il la plaqua doucement mais fermement contre le mur, un bras appuyé de chaque côté d'elle et s'empara, une fois de plus, de sa bouche avide.

Il se mit à la dévorer, ses lèvres, sa langue, sa bouche n'ayant qu'un seul but, l'absorber tout entière. Il était comme sous l'emprise d'une drogue dont il pensait ne jamais pouvoir se libérer. Comment se faisait-il qu'il ait laissé partir cette femme, alors qu'elle était toute à lui ? Comment avait-il pu être aussi fou ?

N'y tenant plus, il lui arracha littéralement son pull en le faisant passer par-dessus sa tête. Il n'avait jamais rien vu de plus beau que Paige, nue, dans la clarté diaphane de la lune qui entrait par la fenêtre. Elle était l'alpha et l'oméga, pureté et luxure, ombre et lumière réunies en un seul être.

Suivant de son pouce la broderie délicate de son soutien-gorge couleur lavande, il fit glisser son doigt sur le gonflement délicieux de son sein. Il le laissa là, savourant la douceur parfaite de sa peau sous sa main calleuse, puis remonta jusqu'à sa clavicule. Il la tenait, elle était à lui.

— Dis-moi que tu en as envie…

Sa voix était rauque, suppliante, tandis que ses doigts la caressaient, percevant la pulsation affolée du sang dans son cou.

— Dis-moi que tu as envie de moi.

— J'ai envie de toi, murmura-t-elle, les yeux embués de désir.

Elle leva une main, l'enroula sur celle de Logan, amena ses doigts jusqu'à ses lèvres entrouvertes et les embrassa l'un après l'autre, puis elle attrapa son index d'un coup de langue avant de le sucer avidement, jouant de sa langue dans un simulacre de l'acte sexuel.

Ce geste le rendit fou. Pendant un instant il crut qu'il allait exploser, se voir obligé de lui arracher son jean et de la prendre contre le mur. Il se souvint juste à temps, heureusement, que c'était leur toute première fois depuis une éternité. Cela suffit à le ramener à la raison. Il tenait à faire de ce moment quelque chose de spécial et ce n'était pas en se comportant en homme des bois qu'il y arriverait.

Il émit un gémissement rauque lorsqu'elle laissa son index quitter lentement la moiteur brûlante de sa bouche. Il ne voulait pas qu'elle s'arrête ; au contraire, il voulait que de ses lèvres embrasées elle parcourt tout son corps, descende jusqu'à son sexe, s'en empare…

Cela viendrait mais plus tard, beaucoup plus tard. Tout d'abord, il lui fallait percevoir leurs deux peaux en contact, celle si douce de Paige contre la sienne.

Sans relâcher la pression de son corps contre celui de la jeune femme, il ôta sa chemise puis glissa une main dans le dos de Paige et, d'un geste habile, lui dégrafa son soutien-gorge.

Elle poussa un petit cri et, tandis que les mains de Logan remontaient sur ses flancs pour entourer les rondeurs palpitantes de ses seins, elle eut comme un sanglot.

C'était si bon de se retrouver l'un contre l'autre, si naturel, si juste, que pendant quelques instants, le temps parut s'arrêter. Il se pencha, appuya son front sur celui de Paige, cherchant à contrôler les battements précipités de son cœur, et surtout, à éviter la catastrophe. Il ne fallait pas que leur rencontre amoureuse se termine avant d'avoir commencé.

Leurs souffles se mêlaient. Il approcha ses lèvres du lobe de l'oreille de Paige, le mordilla, pas assez fort pour lui faire mal mais suffisamment pour qu'elle arque soudain son dos, pressant un peu plus encore ses seins gonflés contre ses mains.

Il ne comprenait plus ce qui lui arrivait. Même les situations les plus extrêmes auxquelles il avait été confronté au cours de sa vie professionnelle ou amoureuse ne l'avaient pas préparé à ce qu'il ressentait. Il n'y avait pas que son corps qui s'enflammait comme une torche dès qu'il se trouvait près d'elle, ou son cœur qui tambourinait dans sa poitrine… Une force contre laquelle il ne pouvait rien s'était emparée de lui, de sa volonté, de sa raison, lui démontrant que le seul choix s'offrant à lui était de prendre soin non seulement de Luke mais aussi de Paige. Du plus profond de son âme, lui venait la certitude qu'il voulait enterrer le passé, oublier les blessures et marcher main dans la main avec Paige le long du sentier de la vie.

Il devait se contrôler…, songea-t-il tout en cheminant avec sa langue le long de son cou jusqu'au petit creux entre ses seins, humant au passage les senteurs de lilas qui imprégnaient sa peau.

Il devait se contrôler… tout en effleurant de ses lèvres la douceur nacrée de Paige, tout en la mordillant doucement.

Il aspira dans sa bouche affamée un mamelon frémissant et se mit à le sucer.

Paige tressaillit. Un cri étouffé lui échappa, tandis que tout son corps se mettait à trembler. Comme si elle n'attendait qu'un signal de sa part, elle plongea alors ses mains dans ses cheveux pour mieux attirer son visage vers sa bouche. A son tour, elle l'explora, dévora ses lèvres goulûment, le serra contre elle de toutes ses forces. Puis elle fit glisser une main dans le creux de ses reins, là où la peau est si sensible, descendit un peu plus bas, sur ses fesses, entrouvrit ses cuisses et se pressa contre lui.

Ce fut le déclic. Malgré toutes ses bonnes résolutions, malgré sa décision de prendre son temps, d'aller lentement, Logan sut à cet instant qu'il n'y parviendrait pas. Pas cette fois-ci. C'était trop demander à son corps privé d'elle depuis si longtemps.

Il se dégagea de son étreinte et, multipliant les gestes maladroits comme le jeune homme qu'il était la dernière fois qu'il lui avait fait l'amour, tenta de lui ôter son jean. Ce petit manège dura quelques secondes, sans grand succès.

Elle rit.

— Attends, je vais le faire, dit-elle d'une voix hachée, haletante.

Elle défit le bouton, fit glisser la fermeture Eclair et se tortilla tant et si bien que le pantalon descendit sur ses hanches, ses cuisses, et finit par tomber à ses pieds. Elle le repoussa sur le côté.

La pièce, sans être sombre, n'était pas assez éclairée au goût de Logan, qui éprouvait un besoin urgent de la voir le plus distinctement possible.

Tâtonnant sur le mur derrière elle, il chercha. Il devait bien y avoir un interrupteur quelque part, bon sang ! Ses doigts le repérèrent bien vite, et une douce lumière baigna la pièce. Il en trembla de délice.

— Comme tu es belle, Paige ! Tu es si belle que j'en ai le souffle coupé.

Elle était belle en effet, debout devant lui, n'ayant pour tout vêtement qu'un petit slip couleur lavande. Ses seins galbés se dressaient, et il admira sa taille, si fine, ses hanches riches et pleines de promesses, ses jambes longues et bronzées…

Il avait devant lui la femme qui avait peuplé ses nuits pendant neuf années. Elle était là, en chair et en os, bien réelle, exaucement de ses vœux les plus fous, les plus insensés, réalisation des rêves dont il émergeait épuisé, en sueur, désespéré.

Elle était là, bien là. A lui. Toute à lui.

— Je ne suis plus si belle que ça. Tu vois, j'ai…

Sa main se posa à plat sur son ventre, sur les fines marbrures qui s'étiraient sur sa peau.

— C'est à cause de Luke.

Il s'agenouilla devant elle, blottit son visage contre son ventre, s'imaginant que le bébé y était encore.

Sa langue, mutine, parvint à se glisser sous l'élastique de son slip et se promena sur son sexe humide.

Elle gémit en ouvrant grands les yeux, et ses doigts agrippèrent convulsivement les cheveux de Logan. Sans s'arrêter, il l'observa entre ses cils. Elle avait la tête rejetée en arrière, les lèvres entrouvertes, les yeux mi-clos, les joues rosies.

Sa peau couleur abricot frémissait au rythme de sa langue.

— Oh si, tu es belle ! Tu es la plus belle chose que j'aie jamais vue !

Sur ce, il lui arracha son slip.

Chapitre 14

Paige vacilla et elle dut se mordre les lèvres pour ne pas crier lorsque Logan plaqua sa main entre ses cuisses, remontant jusqu'à son intimité brûlante. Cela faisait si longtemps qu'il ne l'avait pas touchée, c'était si exquis que pendant un bref instant, elle crut que ses jambes n'allaient pas pouvoir la soutenir.

Prenant une inspiration profonde, elle posa ses mains sur ses épaules.

— Logan, s'il te plaît…

— S'il te plaît quoi, ma chérie ? S'il te plaît, arrête ou s'il te plaît, continue ?

— Je ne sais pas. J'ai besoin…

— De quoi ?

— De toi !

Une de ses mains remonta jusqu'au menton de Logan. Elle fit basculer son visage jusqu'à pouvoir plonger ses yeux dans les siens.

— J'ai besoin de toi, répéta-t-elle.

— J'espérais que tu dirais ça.

— Pourquoi ?

— Parce que moi aussi, j'ai besoin de toi.

Ses paroles la firent trembler de bonheur. Elle s'agrippa

à lui, ses genoux flageolèrent, se plièrent et tous deux glissèrent jusqu'au sol.

Il eut un rire malicieux.

— Est-ce que je vais trop vite pour toi ?

— Tu vas trop lentement, au contraire !

Elle entreprit de lui déboutonner son jean mais, avant tout, ne pouvant résister, elle frotta sa paume contre son entrejambe.

Il sursauta, sans pour autant repousser sa main. Encouragée par sa réaction, elle s'enhardit, posa sa main en coupe sur le renflement de son érection et se mit à le caresser de son pouce avec détermination.

— Retire-moi ce jean, vite !

Paige ne se le fit pas dire deux fois. Elle fit lentement glisser la fermeture, prenant de toute évidence un plaisir intense à cette tâche. Elle savourait chaque seconde, appréciait à sa juste valeur les chaudes vibrations sous ses paumes et la sensualité sulfureuse du regard enflammé dont Logan la couvait.

Quand elle en eut terminé avec la fermeture à glissière et qu'elle n'eut plus aucune excuse pour effleurer *accidentellement* son érection, elle fourra ses mains sous la ceinture et fit descendre jean et caleçon d'un seul mouvement.

Bien que le jean ne fût pas moulant, cela prit un temps infini car elle ne cessait d'être distraite par son sexe si près de ses joues et de sa bouche. N'y tenant plus, elle frotta doucement sa joue contre sa virilité douce comme du velours, brûlante comme un tison.

Le sexe de Logan se dressa aussitôt, et ses mains agrippèrent ses cheveux, alors elle recommença, agrémentant son geste d'une légère succion au passage, si légère qu'elle s'apparentait plus à une torture.

Neuf ans, c'était long, mais elle n'avait pas pour autant oublié ce qu'il aimait.

— Je veux sentir tes mains sur moi. Paige, s'il te plaît, caresse-moi…

Sa voix était rauque, sombre, dangereuse. Son sexe à elle brûlant et de plus en plus humide. Elle était sur le point d'atteindre l'orgasme alors qu'il l'avait à peine touchée.

Mais c'était Logan. Comment pouvait-elle prétendre qu'elle le haïssait ?

Après avoir quitté Prospect, pendant des mois et des mois, elle n'avait cessé de rêver qu'il la caressait, qu'il l'aimait. Puis elle se réveillait en larmes, étreignant son oreiller, au bord de la jouissance, chaque cellule de son corps vibrant du souvenir de lui.

Mais là, elle ne rêvait plus ! C'était bien Logan… Il était bel et bien là, elle le touchait comme elle le désirait depuis si longtemps !

N'y tenant plus, elle prit son sexe entre ses mains. De ses doigts fuselés, elle l'entoura, coula souplement jusqu'à la base puis remonta avec lenteur et précision jusqu'au gland turgescent, qu'elle caressa. Elle aimait l'entendre gémir, émettre ces sons âpres et caverneux qui émergeaient du plus profond de sa gorge. Son sexe était plus chaud encore que dans son souvenir, plus épais aussi. Son corps à elle vibrait à l'unisson, criant son besoin de le sentir la pénétrer.

***

Logan laissa tout loisir à Paige de le caresser aussi longtemps qu'il put tenir sans risque puis, sentant que le moment approchait où il ne pourrait plus jurer de rien, il repoussa doucement sa main. Comme elle protestait, il lui cloua le bec en prenant son téton dans sa bouche. A peine l'eut-il effleuré, à peine eut-il goûté la saveur délicieuse de son petit bouton qu'elle arqua les reins, s'offrant à lui en gémissant.

Elle s'abandonna toute, non sans lui avoir prodigué une dernière caresse qui lui fit l'effet d'une décharge électrique. Pour se venger, il mit les bouchées doubles, usant de sa langue et de ses dents pour la mordiller et la sucer à la fois.

Tout son corps frémit sous ses caresses et ses jambes s'entrouvrirent. Il n'attendait que ce signal, et fit glisser sa main contre la peau soyeuse de son entrecuisse, et frotta les jointures de ses doigts sur son sexe. Elle était douce, humide et si brûlante… Il voulait la toucher, la goûter, laisser leurs deux corps se fondre l'un dans l'autre à jamais. Il voulait l'amener à l'orgasme, la sentir jouir contre sa main, dans sa bouche.

N'y tenant plus, il glissa un doigt dans son sexe brûlant, et se mit à le caresser, entrant, sortant, imitant le mouvement de la pénétration. Un long gémissement échappa à Paige, un gémissement plus marqué cette fois, qu'il s'empressa de capturer en se penchant vers elle pour l'absorber dans sa bouche.

Il adorait l'embrasser, avait toujours adoré cela. Lorsqu'ils étaient plus jeunes, il l'avait embrassée pendant des heures. Il adorait la douceur de ses lèvres sous les siennes et les petits bruits étouffés de désir qu'elle laissait toujours échapper.

Il balaya les commissures de sa bouche avec sa langue puis aspira sa lèvre inférieure entre ses dents et se mit à la sucer fermement.

Les yeux de Paige s'ouvrirent grands, mais son regard était voilé, d'un vert opaque qui en disait long. Comme lui, elle était sur le point de perdre tout contrôle. Il ne cessa pas de l'embrasser pour autant, bien au contraire. Il n'avait plus dix-huit ans et savait savourer le chemin qui menait à la victoire, autant que la victoire elle-même.

Au contraire, il prit son temps, savoura sa bouche autant que les expressions changeantes de son visage, qui l'excitaient à la limite du supportable.

Par-delà son désir exacerbé, il ne pouvait ignorer les émotions si évidentes qui accompagnaient leur étreinte, appréciait à sa juste valeur la confiance qu'elle lui manifestait malgré les événements passés. Il se promit alors qu'il allait la satisfaire, la faire jouir au-delà de l'imaginable, lui rendre la monnaie de sa pièce, lui faire perdre pied comme lui avait déjà perdu pied.

Il s'attaqua à l'un de ses tétons avec avidité, le suça jusqu'à ce qu'elle sanglote presque, toute tremblante, jusqu'à ce que ses hanches accompagnent ses caresses de violents coups de reins. Glissant un deuxième doigt dans son intimité, il caressa avidement son bouton, si doux et si dur à la fois. Elle laissa échapper un cri.

Ses muscles internes encerclèrent ses doigts, les serrant comme dans un étau, tandis que sa tête battait l'air de gauche à droite. Ses hanches se soulevèrent alors, il en profita pour déposer une ligne de baisers depuis son ventre jusqu'à son sexe, alternant coups de langue bien appuyés et petites morsures taquines.

— Logan, je t'en prie ! Je n'en peux plus ! Logan…

Il se laissa alors glisser sur elle, pressa son visage contre son sexe, inhalant à pleins poumons son doux parfum musqué.

Le moment était venu de faire perdre la raison à Paige Matthews.

Elle ne pouvait plus rien contrôler. Elle avait atteint un tel degré d'excitation que Logan aurait pu lui faire n'importe quoi sans qu'elle s'en offusque. Le désir qui la possédait était aussi violent que la plus violente des tempêtes. C'était comme si un ouragan s'était déchaîné tout au fond de son être et l'emportait, chaque battement de cœur la secouant un peu plus.

C'est alors qu'il lui assena le coup de grâce. Lorsque sa langue la pénétra à son tour, elle perdit complètement le sens de la réalité ; elle sut qu'elle avait atteint la limite du supportable, qu'elle allait se consumer vivante.

Jamais elle n'avait connu un tel plaisir, jamais elle ne s'était sentie aussi vivante, aussi belle, aussi désirée. Lorsqu'ils étaient jeunes, Logan avait toujours su prendre son temps avec elle ; il s'était toujours assuré de la satisfaire, mais rien de ce qu'ils avaient vécu alors, pourtant ils en avaient passé des heures à faire l'amour, rien ne pouvait se comparer à ce feu, à cette passion. A ce pouvoir inouï qu'il semblait exercer sur elle.

Elle souleva ses hanches pour mieux s'offrir à lui. Il souffla sur son sexe un air chaud déclenchant des vagues de plaisir inégalé qui la traversèrent de part en part. Elle était sur le point de ressentir quelque chose de vraiment incroyable, brûlait de se laisser emporter sur cette vague de jouissance, mais il lui restait un semblant de raison. Elle ne voulait pas y aller seule. Elle voulait que Logan l'y accompagne à chaque étape.

— S'il te plaît, le supplia-t-elle de nouveau. Viens… J'ai besoin de te sentir à l'intérieur de moi. J'ai besoin de partager avec toi…

— Sois patiente, ma douce. Bientôt… Je te le promets. Détends-toi juste, laisse-moi prendre soin de toi encore un peu.

Sa langue reprit ses caresses, d'abord doucement puis plus profond, la taquinant de coups d'abord légers puis plus sauvagement, la rendant folle. Elle se débattait sous lui, devenue sa prisonnière. Ses poumons allaient éclater, son corps hurlait, son cœur battait si fort qu'elle crut qu'il allait éclater.

Elle en eut presque peur. N'avait-elle pas passé une grande partie des neuf dernières années à s'assurer qu'elle contrôlait sa vie et toutes les situations dans lesquelles elle s'était engagée ? La peur cependant ne suffit pas à dominer son désir, ni à combattre le plaisir qui se propageait inexorablement dans chaque recoin de son être.

La tension croissant, de plus en plus forte, de plus en plus intense, elle se laissa porter sur la crête du plaisir comme un surfeur sur la vague de l'océan. C'était effrayant et joyeux tout à la fois. Elle s'accrocha à Logan de peur de se noyer. Il était à la fois sa perdition et sa bouée de sauvetage.

C'est le moment qu'il choisit pour caresser de son pouce son mamelon en feu, l'amenant à un degré d'excitation presque intolérable. Il suffit de ce petit geste pour qu'elle explose de plaisir. Son corps s'arqua tandis qu'une onde de jouissance, suivie d'une autre puis d'une autre encore, chacune plus intense que la précédente, la transportaient jusqu'à l'extase finale.

Logan choisit ce moment pour se reculer brusquement. Il s'empara de son portefeuille, en tira un préservatif, déchira l'enveloppe et l'enfila sur son sexe palpitant. Il la pénétra sans plus attendre d'un violent coup de reins, lui arrachant un petit cri de surprise mêlé de délice, suivi d'un soupir de volupté.

Un deuxième coup de reins le fit pénétrer plus profond encore. Alors, Paige l'entoura de ses jambes et de ses bras avant de surfer vers un nouvel orgasme.

Elle se soulevait pour mieux le sentir, et lui n'avait qu'un désir, la posséder comme un fou, mais elle était si étroite, si incroyablement étroite, qu'il eut peur de lui faire mal.

Il se retira d'elle lentement, puis la pénétra de nouveau d'un vigoureux coup de reins, tout en essayant d'être aussi doux que possible, autant que son sang en fusion le lui permettait.

Mais Paige n'avait de toute évidence plus envie de délicatesse. Elle lui enfonça les ongles dans le dos, planta ses dents dans la pulpe de son épaule, fit un étau de ses jambes et l'encercla fermement pour qu'il la pénètre plus profondément encore.

Elle releva la tête et se mit à le lécher depuis le milieu du torse jusqu'au creux du cou. Il sut alors qu'il avait perdu la partie. Ses hanches s'élancèrent en avant dans un rythme de plus en plus frénétique, si endiablé que sa tête se mit à tourner et son corps à perdre toute mesure, atteignant des degrés de plaisir de plus en plus intenses.

C'était comme si des flammes léchaient chaque centimètre de sa peau, le dévoraient de l'intérieur, le brûlaient vivant, tout en lui procurant du plaisir, tandis qu'il la chevauchait vers l'orgasme.

Tout le temps, il se concentra sur elle, étudiant son visage, ses expressions, se noyant autant dans le plaisir de la jeune femme que dans le sien propre.

Il n'avait jamais connu rien d'aussi bon.

Il entendit Paige crier son nom, il la sentit l'agripper de toutes ses forces. Il n'en fallut pas plus. Submergé par une onde de plaisir inégalé qui se répandit dans tout son corps en vagues répétées, brûlant et déchirant chacune de ses terminaisons nerveuses, il se sentit aspiré comme dans un tourbillon jusqu'à ce qu'il ne sente plus rien autour de lui, sauf Paige.

Jusqu'à ce qu'il ne connaisse rien, à part Paige.

Son rythme s'accéléra. Au moment où elle basculait dans le plaisir, il perçut les contractions de son corps autour du sien, comme si un étau enserrait subitement son sexe.

Puis il bascula dans un plaisir si intense qu'il craignit un instant de ne pas y survivre. C'était trop fort, trop gigantesque, trop bouleversant…

Il plaqua sa bouche sur celle de Paige, se laissant emporter dans le goût de Paige, dans tout ce qui était Paige et tout explosa.

Quand il ouvrit les yeux, il avait perdu toute notion de temps et d'espace. Combien de temps s'était écoulé depuis qu'ils étaient entrés dans la pièce ? Il n'en avait pas la moindre idée. Il avait l'impression que les rouages de son cerveau s'étaient enrayés et qu'aucune pensée cohérente ne parvenait plus à s'y formuler.

— Tu m'avais dit qu'il y avait un matelas dans cette pièce…, fit-il tout en jouant négligemment avec une mèche de cheveux de la jeune femme. Il semble qu'il était un peu trop loin pour nous. Nous n'avons pas eu le temps d'y arriver.

Elle rit. Et comme il était encore en elle, son rire déclencha toute une série de vaguelettes qui ranimèrent son désir. Il était trop lourd pour elle et devait l'écraser, s'avisa-t-il soudain, songeant qu'il ferait mieux de se dégager. Il était si bien cependant, à l'intérieur de Paige et malgré leur longue séparation, cela lui semblait si naturel, qu'il n'avait qu'une idée, prolonger ce plaisir aussi longtemps que possible.

— Je n'ai pas vraiment remarqué.

— Pour tout t'avouer, moi non plus. Ceci dit, je n'étais pas en dessous.

— A ce propos…

Elle le repoussa doucement en appuyant sur son épaule jusqu'à ce qu'il glisse hors d'elle et se trouve allongé à son côté.

Un sentiment de perte d'une violence inouïe s'empara aussitôt de lui. C'était comme si on lui avait enlevé sa raison de vivre, comme si tout ce qui comptait désormais, c'était de passer le reste de sa vie blotti contre Paige, et surtout de l'aimer.

Une onde de choc le parcourut à cette pensée. Que lui arrivait-il ? Pas question de s'engager sur cette voie remplie d'embûches !

Il bondit sur ses pieds.

— Est-ce que cette salle de bains fonctionne ?

— Oui.

— Je reviens tout de suite.

— Ne t'inquiète pas, je n'ai pas l'intention de bouger d'ici.

Elle le regarda disparaître, perplexe. Que s'était-il passé ? Pourquoi cette réaction, aussi soudaine qu'inexpliquée ? Quelque chose lui aurait-il échappé ? Elle qui se sentait si bien, si extraordinairement détendue. Comme si le monde lui appartenait sans réserve.

Elle fila jusqu'au matelas, tira le drap dont elle s'enveloppa en attendant qu'il revienne. Elle aussi devrait faire un brin de toilette, mais ce n'était pas encore à l'ordre du jour. Pas du tout. Elle voulait rester ainsi encore quelques minutes, savourant à sa juste valeur cette merveilleuse sensation de plénitude, le corps détendu, l'esprit en paix.

Hélas, dès que la porte de la salle de bains s'ouvrit, elle comprit que l'heure n'était plus ni à la plénitude, ni à la jouissance du moment. De toute évidence, Logan était redescendu sur Terre et plutôt brutalement. Il semblait perdu, gêné, confus. Que se passait-il ? Regrettait-il ce qui venait de se passer entre eux ?

D'une certaine manière, cela ne l'étonnait guère. Une chose identique s'était produite, neuf ans auparavant. Et cette leçon-là, elle n'était pas près de l'oublier. Elle ne ferait pas les mêmes erreurs.

Elle se leva, le drap bien serré autour de son corps et lui tendit son caleçon.

— Si tu as des obligations, je comprendrai très bien. Ne te crois pas obligé de rester…

— Tu ne veux déjà plus de moi ?

Il avait l'air étonné, comme s'il ne comprenait pas où elle voulait en venir.

— Non, pas du tout ! Mais je me dis que tu n'as

peut-être pas tout ton temps, que tu dois peut-être aller quelque part… Après tout, c'est toi le shérif ! Tu pourrais être de garde.

— Non, ce n'est pas le cas.

Elle attrapa ses vêtements, était sur le point de les enfiler, lorsque Logan la retint en posant une main sur son bras.

— Que se passe-t-il, Paige ?

Il avait l'air un peu perdu et dans sa voix, elle perçut une note de colère. Il n'en fallut pas plus pour déclencher la sienne.

Pourquoi faisait-il une tête pareille ? De quoi se plaignait-il ? Après tout, c'était lui qui avait commencé, lui qui avait donné l'impression de vouloir partir d'ici le plus vite possible.

— Rien. J'ai cru que tu voulais t'en aller. Je ne voulais pas te retenir, si tel était le cas. Je ne veux surtout pas que tu te croies obligé de rester.

Il agrippa le drap et tira dessus jusqu'à ce qu'elle soit obligée de le lâcher.

— Et si je veux rester ? Tu y vois un inconvénient ?

Son cœur s'emballa. Elle se sentit soudain terriblement vulnérable, elle qui se croyait si forte ! Pourquoi cet homme avait-il une telle emprise sur elle ? Face à lui, elle perdait tout sens commun, toute raison, ne savait plus ce qu'elle faisait, ni pourquoi… Comment parvenait-il à obtenir tout d'elle, alors qu'elle savait qu'elle s'en mordrait les doigts ?

— Non, je n'y vois aucun inconvénient.

— Très bien.

Sur ce, il la prit par la taille et la fit basculer sur le matelas.

— Parce que, si tu veux tout savoir, je n'en ai pas encore fini avec toi.

— Ah, vraiment ?

Elle fit mine d'être étonnée, cachant au mieux la joie qui l'avait envahie.

— Je ne vois vraiment pas ce que tu peux faire d'autre pour moi, dit-elle d'une voix faussement innocente.

— Oh ! Paige ! J'ai à peine commencé !

Il se pencha sur elle, posa ses lèvres sur les siennes, puis recula à la dernière seconde.

— Je suis désolé. Je ne sais pas comment tu gères ce genre de situation d'habitude… Est-ce que tu voudras que je parte avant que Luke se réveille ? Ou bien est-ce que tu préfères que je reste ?

Elle ne répondit pas immédiatement pour la bonne et simple raison qu'elle ne connaissait pas la réponse. Pouvait-elle lui avouer que la situation ne s'était jamais présentée depuis qu'elle était maman ? Qu'il était le seul homme à avoir partagé son lit en dix ans ou presque ? A quoi bon ? Il ne la croirait sans doute pas et le lui avouer ne servirait à rien, sinon à les mettre mal à l'aise l'un et l'autre.

La sagesse lui dictait de lui demander de partir avant que Luke ne se réveille, mais pour le moment, elle n'en avait pas envie.

Elle voulait dormir entre ses bras, se réveiller à ses côtés, même si ce n'était que pour une seule nuit. Luke avait tendance à dormir tard, le matin. Il y avait donc de grandes chances pour que Logan soit déjà parti travailler avant qu'il ne montre le bout de son nez.

Elle le prit par le cou et murmura :

— Reste.

Puis elle posa ses lèvres sur les siennes.

Demain était un autre jour et il serait bien temps alors de faire face aux conséquences inévitables que ne manquerait pas d'entraîner cette nuit impétueuse, folle et parfaitement merveilleuse.

Pour l'instant, il ne lui restait plus qu'à s'assurer d'en faire une nuit longue, aussi longue qu'inoubliable.

Chapitre 15

— Ton père t'a envoyé un texto hier soir et tu n'y as pas répondu !

Logan sortait de la boulangerie où il venait d'acheter un stock impressionnant de viennoiseries, quand son portable s'était mis à sonner. Il mourait de faim en se réveillant et, plutôt que de fouiller dans les placards de la maison, tant qu'il n'y était pas invité, il avait décidé de faire un saut chez Delilah, où il était sûr de trouver son bonheur. Luke serait probablement ravi de faire un sort aux pâtisseries que Paige ne mangerait pas.

Il reconnut le numéro de sa mère et se demanda tout d'abord s'il allait prendre l'appel. Il décida que oui car il savait qu'elle n'abandonnerait pas tant qu'elle ne lui aurait pas parlé. Sa voix était froide et distante et ne présageait rien d'agréable.

— Je sais… J'avais l'intention de passer à la maison pour te parler.

C'était la vérité, même s'il aurait peut-être dû le faire plus tôt. Il n'avait aucune illusion sur ce qui l'attendait, dès qu'il aurait mis les pieds chez ses parents. C'est pourquoi il avait, plus ou moins intentionnellement, repoussé l'échéance. Sa mère allait le bombarder de questions à propos de Luke, auxquelles elle aurait sans aucun doute déjà apporté ses propres réponses, et il n'était décidément pas prêt à ce genre de confrontation. Il n'avait pas lui-même de réponse à beaucoup de ces questions.

— Vraiment ?

Il ne put réprimer une grimace. Elle ne faisait rien pour dissimuler sa fureur, ni faciliter le dialogue.

— Et de quoi voulais-tu me parler, peut-on savoir ?

— Maman, arrête ce petit jeu. Pas avec moi, je t'en prie ! Tu sais très bien que tu veux avoir ton mot à dire à propos de Luke.

— Ah bon ? C'est le nom de mon petit-fils ? Il s'appelle Luke ?

— Son vrai nom, c'est Lucas.

— Je vois. Et ça fait combien de temps que tu es au courant de son existence ?

— Pas très longtemps. Je…

— Il a huit ans, si je compte bien. Qu'est-ce que tu entends exactement par *pas très longtemps* ?

— Maman, écoute… Je comprends que tu sois contrariée mais épargne-moi l'inquisition, s'il te plaît… Je ne suis pas prêt. Il est encore un peu tôt ce matin.

— C'est quand même un comble, Logan ! Il fallait absolument que j'apprenne l'existence de mon petit-fils par la ville entière ? Franchement, j'aurais préféré l'apprendre de ta bouche ! Ça aurait été la moindre des choses, tu ne trouves pas ?

Logan soupira.

— Mais moi non plus, figure-toi, je n'étais pas au courant de son existence. Ce n'est pas comme si j'avais gardé un secret pendant huit ans !

Elle renifla avec dédain dans le combiné.

— Et depuis combien de temps est-ce que tu le gardes, ce secret ?

— Je te dis et je te répète que je n'ai rien fait de la sorte !

— Dans ce cas, pourquoi n'es-tu pas passé me voir ? Pourquoi faut-il que ce soit moi qui te téléphone, deux fois d'ailleurs, pour que tu daignes me parler de lui ?

— Parce que tu n'es pas au centre de ma vie, voilà pourquoi ! J'ai appris son existence il y a un peu plus d'une semaine et j'essaye de me faire à l'idée que je suis père, ce qui n'a rien d'évident, je t'assure ! Je te l'accorde, j'aurais sans doute dû passer vous voir, papa et toi, pour en discuter avec vous. Je ne l'ai pas fait. Mais je ne cherche pas non plus à vous éviter. Nous nous sommes parlé la semaine dernière, juste après le retour de Paige, et j'avais besoin de faire le point, surtout d'avoir des réponses à certaines questions avant de discuter de nouveau avec vous. Tu peux comprendre ça, non ? J'ai besoin de temps pour me retourner et pour digérer l'information. Bon sang, maman, je viens d'apprendre que j'ai un fils !

Il y eut un silence et, pendant quelques secondes, Logan crut avoir fini par la toucher. Sa mère avait beau être dure et peu disposée à se laisser émouvoir, elle pouvait sûrement comprendre qu'il avait été bouleversé en apprenant l'existence de Luke. Que sa vie tout entière avait, du jour au lendemain, basculé.

Hélas, il déchanta bien vite. Dès qu'elle reprit la parole, il comprit que ce qui passait avant tout le reste, c'était à quel point elle était vexée d'être tombée des nues quand une de ses amies l'avait appelée pour lui parler de son petit-fils, un petit-fils de huit ans dont elle ignorait l'existence. Il aurait pu se jeter à ses pieds et la supplier de le comprendre, elle ne l'aurait pas entendu.

— Et alors ? Tu as digéré maintenant ? Tu sais ce que vous allez faire, toi et… et cette fille ?

— Cette fille, comme tu dis si élégamment, s'appelle Paige, maman.

— Je sais bien qu'elle s'appelle Paige, Logan ! Là n'est pas la question et, en ce qui me concerne, ça m'est tout à fait égal. Alors, réponds-moi.

La patience de Logan avait des limites. Ce que sa mère pouvait être pénible quand elle prenait ses grands airs, quand elle ne pensait qu'à elle et faisait passer ses émotions avant tout le reste ! Il ne le supportait pas.

— C'était quoi, déjà, ta question ? demanda-t-il, histoire de gagner du temps.

— As-tu enfin décidé comment tu allais gérer cette… cette situation ?

— Il ne s'agit pas d'une situation ! Il s'agit de mon fils ! cria-t-il presque, en s'engageant sur la route qui le rapprochait de chez Paige. Et puisque tu veux tant le savoir, j'ai l'intention de prendre les choses lentement. J'ai l'intention d'apprendre à connaître Luke.

— D'apprendre à le connaître ? Vraiment ? Après huit ans ?

— C'est mieux que vingt ans après, non ?

— Cette Paige Matthews, est-ce qu'elle t'a dit ce qu'elle attendait de ta part ?

— Je suppose que tu veux parler d'argent ?

— Entre nous, de quoi d'autre ?

— Non, elle n'a rien demandé, maman. Et elle ne le fera pas, j'en suis sûr.

— Tu es bien naïf, mon pauvre garçon ! C'est toujours

une question d'argent dans ce genre de situation, crois-moi. Toujours. Cette fille est partie sans un sou et maintenant qu'elle est revenue, tu peux être certain qu'elle fera tout ce qu'il faut pour obtenir ce qu'elle estime lui revenir de droit. Ne te fais aucune illusion !

— Et même si c'était le cas ? En quoi est-ce que ça te regarde ?

Il appuya sur l'accélérateur, pressé d'arriver chez Paige. Au moins, il aurait une bonne excuse pour mettre fin à cette conversation ridicule avec sa mère. Si elle tenait tant à savoir pourquoi il ne l'avait pas appelée plus tôt, elle allait bientôt l'apprendre. Et elle ne serait pas déçue ! Il n'avait pas l'intention de mâcher ses mots, cette fois ! Il lui dirait que c'était uniquement parce qu'elle n'était capable que d'accuser, de faire des insinuations douteuses et de traîner les gens, en l'occurrence Paige, dans la boue jusqu'à lui en donner la nausée !

— C'est mon fils ; je suis responsable de lui. Et comme je ne suis pas du genre à tourner le dos à mes responsabilités, j'ai bien l'intention de participer à son éducation, sur tous les plans, y compris financier. Je ne vois pas ce qu'il y a à redire à cela !

— Oh ! Seigneur ! Je constate qu'elle n'aura pas été longue à te remettre le grappin dessus.

C'était trop.

— Ecoute, maman, il faut que j'y aille. Je dois reprendre le boulot dans peu de temps et il faut encore que je prenne une douche et que je me change.

— Ne crois pas que tu vas t'en tirer aussi facilement, Logan… Rassure-moi au moins sur un point. J'espère que vous n'avez pas dormi ensemble ?

Il sourit en repensant à la manière dont Paige et

lui avaient passé la nuit précédente. On ne pouvait pas dire qu'ils avaient beaucoup *dormi* ensemble. Pour autant, il évita d'expliquer la nuance à sa mère, elle n'aurait sans doute pas apprécié. En outre, il n'avait pas du tout envie de discuter avec qui que ce soit de cet aspect de sa relation avec Paige. Encore moins avec sa mère.

Elle dut cependant interpréter son silence comme un aveu. C'est tout juste s'il ne la vit pas lever les yeux au ciel.

— Logan ! Cela ne t'a pas suffi de faire cette bêtise il y a neuf ans, il faut que tu recommences ! Je t'avais pourtant prévenu, je me suis pourtant tuée à te dire que cette fille ne valait rien, qu'elle ne t'apporterait que des ennuis et il faut que tu retombes dans ses filets !

— Je ne vois pas de quoi tu veux parler.

— Bien sûr, c'est normal. Tu es un homme. Tu ne comprends pas comment fonctionnent les femmes.

— Parce que toi, si ?

— Oui, je sais de quoi je parle. Comment crois-tu que j'ai fait, toutes ces années, pour supporter les aventures de ton père ? Toutes ces femmes qui sont venues, un jour ou l'autre, pointer le bout de leur nez et toutes pour la même raison. Je me suis occupée d'elles, je me suis chargée de régler ces affaires de la manière la plus discrète possible et je n'ai eu qu'à m'en féliciter. Si tu veux, je peux me charger de Paige de la même manière…

Une onde de choc le traversa de part en part. Non pas à cause des nombreuses aventures de son père, car en grandissant il avait vite compris ce qui se passait. C'était en partie la raison pour laquelle il avait réagi si violemment lorsqu'il avait appris que Paige l'avait trompé. Il avait beau l'aimer, il ne l'aimait sans doute pas assez pour accepter le fait qu'elle ait besoin d'aller voir ailleurs. Pour lui, c'était tout ou rien. A force de voir son père courir après d'autres femmes, à force de voir combien sa mère souffrait de ses infidélités, il s'était promis, déjà à dix-huit ans, que cela ne lui arriverait pas.

Ce qu'il ignorait, c'était que sa mère *s'était occupée de ces femmes.* Comment avait-elle pu être insensible au point non seulement de rester mariée à un coureur de jupons de cet acabit, mais encore de s'occuper des femmes qu'il lui avait préférées ? Cela dépassait l'entendement.

Il devait en avoir le cœur net.

— Comment as-tu fait pour supporter tout ça ? Pourquoi es-tu restée avec lui, alors que tu savais pertinemment qu'il ne te serait jamais fidèle ?

— Mon cher garçon, apprends que le mariage ne se résume pas uniquement à la fidélité sexuelle. Ton père a peut-être joué au matou avec toutes ces femmes mais au bout du compte, vers qui revenait-il toujours ? Avec qui est-il encore marié, au bout de trente-cinq ans ?

— Et ça te suffit ?

Il aurait dû en rester là, ne pas la presser davantage, au risque de dépasser les bornes. Pourtant, il ne put s'en empêcher. Après tout ce qui s'était passé entre Paige et lui, il avait besoin d'une autre opinion. Il avait besoin d'entendre quelqu'un qui avait vécu le même genre de trahison que lui.

— Pour toi, c'est suffisant qu'il revienne à la maison

après avoir été avec une autre femme ? Tu peux l'accepter ? Cela ne te fait pas souffrir de savoir où il a été et ce qu'il a fait ?

Il y eut un long silence. Avait-elle raccroché ? se demanda-t-il. Il tendit l'oreille, perplexe. Non, elle était toujours là, au bout du fil. Il attendit qu'elle parle, conscient d'avoir été un peu trop loin, de l'avoir blessée peut-être, car il voulait savoir, il voulait entendre sa réponse.

— Bien sûr que j'ai souffert, finit-elle par murmurer. Au début, tu n'y crois pas, c'est un tel choc que tu refuses d'admettre qu'il puisse faire une chose pareille. Pas à toi ! Tu pleures, tu enrages, et lui, il te promet que cela ne se reproduira plus. Cela se reproduit pourtant, une fois, deux fois. Et chaque fois, il a beau mentir, dès qu'il rentre, tu le sais et quand il ment, c'est comme s'il te retournait le couteau dans la plaie. Tu lui trouves des excuses, tu vas même jusqu'à culpabiliser. Tu te dis que tu devrais être une meilleure épouse, que c'est ta faute. Que c'est la faute du travail, il est tellement stressé le pauvre qu'il ne parvient même pas à te parler. Que tu devrais être plus à l'écoute. Tu restes, à cause des enfants, parce que tu l'aimes, parce que tu penses pouvoir encore le faire changer…

Elle marqua une pause, prit une inspiration profonde.

— Et tu veux mon avis, Logan ?

Question de pure forme. Elle était décidée à le lui donner de toute façon. Sa voix se fit dure, incisive.

— Tu ne pourras jamais changer les gens que tu aimes. Si tu imagines que tu pourras les façonner à ta manière, tu te trompes. S'il y a une chose que j'ai apprise par mon mariage et à travers l'expérience de certains de mes amis, c'est qu'un tricheur restera toujours un tricheur. Alors, soit tu t'en vas, soit tu baisses les bras, tu finis par accepter l'inacceptable, tu donnes ta vie à quelqu'un qui ne te mérite pas et qui ne t'aimera jamais comme tu veux être aimé.

Ces mots allèrent droit au cœur de Logan. Il savait de quoi sa mère parlait, il savait ce qu'elle ressentait. N'avait-il pas lui-même, durant ces derniers jours, trouvé toutes sortes d'excuses à Paige pour ses infidélités passées ? N'avait-il pas cherché à se convaincre qu'elle était jeune, ne savait pas où elle en était, qu'elle essayait, par la provocation, d'attirer l'attention de parents qui n'avaient cure d'elle ?

Il eut un haut-le-cœur et crut qu'il allait vomir, en plein milieu de la route. Heureusement, il parvint à contrôler sa nausée alors qu'il prenait l'embranchement le menant vers Paige. Vers Luke.

— Je suis désolé, maman. Je ne savais pas.

C'était plutôt tiède, comme soutien, mais les mots ne venaient pas. Il était pourtant sincèrement désolé. Beaucoup plus désolé qu'il ne pourrait jamais lui dire pour toutes les souffrances qu'elle avait endurées pendant trente-cinq ans.

— Je ne te souhaite pas ma vie, Logan. Je ne veux pas que tu passes des années le nez collé à la fenêtre à te demander où peut bien être ta femme et avec qui. Tu mérites mieux que ça.

— Je…

Il hésita. Qu'y avait-il à dire ?

— Ne t'inquiète pas pour moi…

Elle s'éclaircit la voix et reprit la conversation comme si de rien n'était.

— Réfléchis à ce que je t'ai dit, Logan. Elle ne changera pas. Et si tu crois pouvoir y arriver, tu te trompes. Pourquoi gâcher ta vie avec une femme qui te fera toujours passer après les autres ?

Sur ce, elle raccrocha et lui était arrivé devant chez Penny, terriblement troublé par ce qu'il venait d'entendre. Sa mère avait-elle raison ? Paige resterait-elle à jamais cette fille qui l'avait trompé ? Continuerait-elle sur sa lancée ? Lorsqu'ils sortaient ensemble, il avait été prêt à tourner le dos à ses amis pour elle. A tenir tête à ses parents. A faire n'importe quoi pour lui faire comprendre qu'elle n'était plus seule. Qu'elle l'avait, lui.

Il pensait l'avoir convaincue. Malgré cela, elle l'avait quand même trompé. Non pas parce qu'elle était tombée amoureuse d'un autre, ce qu'il aurait pu comprendre à la rigueur, mais tout simplement parce que l'occasion s'était présentée. Parce que des garçons l'avaient trouvée séduisante et qu'elle avait répondu à leurs avances.

Or il y aurait toujours des hommes pour la trouver séduisante. Paige était belle, lumineuse, vibrante. Il y aurait toujours des hommes qui ne demanderaient qu'à coucher avec elle, mariée ou non. Mère ou non. Pourrait-il vivre avec cette épée de Damoclès constamment au-dessus de sa tête ? Toujours à se demander où elle pouvait être et ce qu'elle pouvait bien être en train de faire ? Pourrait-il vivre, comme sa mère avait vécu, en sachant exactement ce qu'elle était en train de faire et avec qui ?

Il sortit lentement de sa voiture, prit le sac contenant

les viennoiseries et se dirigea vers la maison la tête basse, les épaules voûtées.

Quel incroyable retournement de situation… Il s'était senti si bien en compagnie de Paige, quelques heures auparavant seulement. Il avait eu l'impression d'être enfin arrivé à destination après des années de voyage… Et maintenant… Maintenant…

Etait-il en train de faire une erreur monumentale ?

Il l'avait aimée comme un fou autrefois et elle l'avait détruit. Son monde entier s'était effondré à cause d'elle. Puis elle était revenue, avec un fils en prime. Et il lui avait ouvert sa porte. Sans se méfier, il lui avait donné tout pouvoir de le détruire une fois de plus.

S'il était certain qu'elle avait changé, ce serait différent. Il repensa à la nuit précédente. Lorsqu'il lui avait demandé s'il pouvait rester, elle n'avait formulé aucune objection. Aucune objection à ce qu'il passe la nuit avec elle. Aucune objection à ce que Luke le trouve dans le même lit qu'elle ce matin. C'était bien la preuve qu'elle avait dû faire ça des centaines de fois. Passer la nuit avec un homme et prendre le petit déjeuner avec lui le lendemain, en présence de son fils…

Il avait beau essayer de se convaincre que cela n'avait pas d'importance - après tout ce n'était pas comme s'il avait pratiqué l'abstinence depuis qu'elle était partie —, il avait quand même du mal à accepter. Non pas le fait qu'elle ait eu des petits amis, lui-même avait eu des tas d'aventures. Il s'était même marié. Ce qu'il ne pouvait accepter, c'était l'aisance avec laquelle elle leur faisait partager la vie de son fils.

Arrivé dans la cuisine, il but une gorgée de café, mais elle lui parut si amère qu'il la recracha dans l'évier.

Lui aussi se sentait amer, aussi amer que le breuvage. Et s'il restait une minute de plus avec Paige, il le serait encore plus.

Il devait lui parler. Il n'était plus un adolescent et savait qu'il ne sert à rien de ruminer dans son coin, que rien ne vaut une bonne explication. Il suffisait parfois de mettre les cartes sur la table pour que tout s'éclaircisse.

Il savait aussi que lorsqu'on ne veut pas entendre la réponse à une question, mieux vaut ne pas la poser.

Il repensa aux paroles de sa mère. « Elle ne changera pas. Si tu crois pouvoir la changer, tu te trompes… Le nez collé à la fenêtre… A te demander où elle est, avec qui… »

Il eut l'impression que le plafond descendait, que les murs se rapprochaient et se sentit suffoquer. Il devait partir. Vite.

Il ne pouvait pas rester là une seconde de plus. Pas lorsque le passé le cernait de toutes parts, prêt à l'étouffer. Pas lorsque tous ses rêves, tous ses espoirs, étaient répandus, brisés, à ses pieds.

S'il restait, il savait ce qui allait se passer. Il irait la retrouver dans la chambre, là-haut, et il chercherait désespérément à se convaincre qu'elle lui appartenait. Il chercherait désespérément à se convaincre que le passé était le passé et qu'il ne se répéterait pas. Il chercherait désespérément à se convaincre que sa mère avait tort, qu'elle se trompait quand elle croyait faire de son expérience personnelle une vérité universelle.

Il avait besoin de se retrouver seul.

Attrapant ses clés, il s'élança vers la porte.

Il avait besoin de s'éloigner.

Il avait besoin de réfléchir.

Il lui fallait décider, une fois pour toutes, s'il pouvait faire confiance à Paige. S'il pouvait être sûr qu'elle n'allait pas le faire souffrir, une fois encore.

Chapitre 16

Quand Paige ouvrit les yeux, elle était seule.

Encore toute embrumée de sommeil, comblée, doublement amoureuse de Logan, frémissant d'anticipation à l'idée d'un petit câlin du matin avant qu'il ne parte travailler, elle tapota le matelas en souriant, mais elle trouva la place vide.

Logan devait se trouver dans la salle de bains ou bien dans la cuisine, en train de préparer le café. Elle étira langoureusement son corps aux muscles fatigués. C'était si délicieux ! Enfouissant son visage dans l'oreiller de Logan, elle huma avec volupté son odeur.

Ce genre de réveil, elle en voulait bien pour le reste de sa vie…

Quoi ? Elle se redressa d'un coup, les yeux grands ouverts, pressant le drap contre sa poitrine, en proie à un sentiment un peu trop familier. Elle se sentait brusquement vulnérable, exposée, fragile. Une fois de plus.

La pensée de se réveiller chaque matin aux côtés de Logan venait-elle vraiment de lui traverser l'esprit ? C'était impossible. L'idée en elle-même était absurde. Comment pourraient-ils s'entendre, comment pourraient-ils envisager un avenir commun, avec le lourd contentieux qui subsistait entre eux ?

Et pourtant, cette idée faisait son chemin. On pouvait même dire qu'elle commençait à s'imposer sans trop de difficulté.

Quelle bêtise ! Qui serait assez fou pour baser une vie entière sur une seule nuit ? Bien sûr, entre Logan et elle, ce n'était pas juste l'histoire d'une seule nuit.

Et puis la façon dont il l'avait serrée dans ses bras, dont il lui avait fait l'amour tant de fois au cours de la nuit… Quand il s'était lové contre elle et qu'elle s'était endormie la tête contre son cœur, tout cela n'était pas anodin. Pour elle en tout cas, cela comptait énormément. Beaucoup trop sans doute.

Repoussant de son visage quelques boucles, Paige s'extirpa du lit à regret. Après un petit tour rapide à la salle de bains, elle enfila ses vêtements de la veille et partit à la recherche de Logan.

Mieux valait lui faire face sans tarder, mieux valait voir dans quel état d'esprit il se trouvait, plutôt que de traîner au lit à s'inquiéter ou à se raconter des histoires merveilleuses qui ne se réaliseraient probablement jamais.

Où pouvait-il bien être ? se demanda-t-elle après avoir fouillé en vain toute la maison. Il n'y avait aucune trace de lui, ni dans la grande pièce du bas, ni dans la chambre de Luke. Elle y avait jeté un coup d'œil rapide, le petit garçon dormait à poings fermés.

Elle sortit sous le porche. Sa voiture avait disparu. Elle resta un instant sans comprendre, puis il lui fallut bien admettre que Logan était parti sans un mot.

Elle dut s'accrocher à la balustrade pour ne pas tomber, vacillant sous le choc. Elle eut beau se raisonner, se répéter qu'elle s'y attendait, la stupeur n'en était pas moins énorme.

Elle venait de partager avec lui la plus belle nuit de sa vie, et une part d'elle avait cru au prince charmant. Pourtant, elle savait bien que les contes de fées n'existent que dans l'imagination des petits enfants.

Elle s'était imaginé le trouver dans la cuisine, une tasse de café à la main, l'accueillant de son beau sourire. Ou bien sous le porche, en train de lire le journal tout en écoutant le bruit des vagues.

Mais il était parti sans la prévenir, la laissant seule, le cœur meurtri.

Un bon café bien serré l'aiderait à se remettre les idées en place. Elle se dirigea vers la cuisine. Oui, ça irait mieux après… Rien de tel qu'une bonne dose de caféine pour évacuer la déception, chasser la tristesse…

Elle était sur le point de placer une dosette de café dans la machine quand elle s'arrêta net. Qu'est-ce que c'était que ce gros carton rose rempli de viennoiseries ? A côté, il y avait deux tasses pleines de café encore chaud et une pile de serviettes en papier imprimées du nom du magasin Delilah.

Elle sourit, soulagée. Logan n'était pas parti en catimini au milieu de la nuit avec l'idée de mettre de la distance entre eux. Au contraire, il était resté jusqu'au matin, avait pris la peine d'aller jusqu'au centre-ville chercher des croissants pour le petit déjeuner, avec l'intention évidente qu'ils le prendraient tous ensemble. S'il n'était pas là et s'il n'avait pas bu son café, c'était sans aucun doute parce qu'il avait été appelé en urgence pour son travail. Rien d'étonnant quand on était shérif dans une petite ville…

Elle prit la tasse qu'il avait remplie à son intention et but une longue gorgée. La chaleur du liquide lui procura une sensation d'immense bien-être. Elle sourit de nouveau, mais le café n'y était pas pour grand-chose ! Ce rayonnement intérieur qui semblait s'étendre jusqu'au fond de chaque cellule de son corps venait des sentiments qu'elle éprouvait pour Logan.

Elle décida de ne pas s'inquiéter de l'avenir, alors que le présent était si merveilleux.

Elle emporta son café et un pain au chocolat sous le porche, s'assit sur la balancelle, et contempla l'océan, comblée.

Elle ne voulait plus penser. Elle ne voulait plus se demander pourquoi Logan avait eu telle ou telle réaction, pourquoi il avait fait telle ou telle remarque ou ce que telle de ses expressions pouvait bien signifier. Cela ne servait à rien qu'à se faire du mal et ce matin, elle n'avait pas envie d'avoir mal…

Elle ne put cependant s'empêcher de tendre l'oreille, espérant que le téléphone se mettrait à sonner ou que le véhicule de Logan remonterait l'allée.

Une heure et demie plus tard, lorsqu'un petit Luke, encore tout chiffonné de sommeil après sa soirée endiablée, fit son apparition en clignant des yeux, la situation n'avait pas évolué. Logan ne lui avait fait aucun signe.

— Salut, maman.

— Salut, bonhomme. Viens donc t'asseoir ici avec moi.

Elle leva un bras, l'invitant à venir se blottir contre elle, ce qu'il fit sans hésitation.

— Tu as bien dormi, mon chéri ?

Il bâilla, s'étira un peu.

— Oui. Mais j'aimerais déjà être à ce soir !

— Si tu es encore fatigué, retourne te coucher. Ce

n'est pas comme s'il y avait un programme chargé, aujourd'hui. J'ai juste l'intention de faire un peu de peinture, pour changer.

— Ce n'est pas parce que je suis fatigué, et puis j'aime bien faire de la peinture avec toi. J'ai juste envie d'être à ce soir parce que papa a dit qu'il nous emmènerait au bowling, tu te souviens ? Il finit de travailler à 18 heures.

Paige avait complètement oublié. Les paroles de Luke achevèrent de la rassurer et de donner corps à ses hypothèses. Logan ne pouvait pas s'être envolé. S'il terminait son travail à 18 heures, c'est qu'il faisait partie de l'équipe du matin, celle qui démarrait dès l'aube. Il ne manquerait pas de la contacter pendant la journée, dès qu'il aurait une minute, pour confirmer l'heure à laquelle il passerait prendre Luke, comme il le faisait depuis qu'elle lui confiait le petit garçon.

Mais la journée s'écoula sans aucun appel. Luke et Paige la passèrent à peindre une troisième chambre, couleur pêche, sans que rien ni personne ne vienne les en distraire. Lorsqu'ils sortirent se détendre en tapant un peu dans un ballon, Paige emporta son téléphone, au cas où. En vain.

A 18 heures, ils n'avaient toujours pas reçu de nouvelles, ni pour confirmer ni pour annuler le rendez-vous. A quel jeu Logan jouait-il ?

Qu'il couche avec elle et disparaisse ensuite sans donner signe de vie, elle pouvait encore l'accepter, mais qu'il fasse des projets avec son fils, puis le laisse poireauter pendant des heures sans aucune explication, ça, ce n'était pas tolérable ! Comment osait-il le traiter avec autant de désinvolture ? Et après toutes ses déclarations de bonnes intentions ? L'affirmation qu'il tenait plus que tout à faire désormais partie de sa vie ?

Dès qu'il appellerait et quelle que soit son excuse, elle ne prendrait certainement pas de gants pour lui exprimer le fond de sa pensée !

Quant à Luke, qui s'était fait une telle joie d'aller au bowling avec son père, il semblait accepter avec beaucoup de philosophie ce lapin. Selon lui, Logan avait dû être retenu par quelque brigand ou autre malfrat, dont l'arrestation passait bien sûr avant tout le reste, y compris son propre fils.

— Le fils d'un officier de police doit savoir faire face aux imprévus et s'adapter. On ne peut jamais prévoir quand un crime sera commis, déclara-t-il sentencieusement.

Elle en eut les larmes aux yeux.

Dans l'intérêt de Luke, elle essaya de se convaincre qu'il avait raison et qu'elle-même prenait trop vite la mouche. Logan devait effectivement être retenu par son travail et n'avait aucun moyen, ni de s'échapper ni de les prévenir. Pourtant, elle savait bien, tout au fond de son cœur, que la vérité se trouvait ailleurs.

Logan regrettait d'avoir couché avec elle et plutôt que de l'admettre et d'en parler franchement avec elle, il avait préféré fuir. Comme tous les hommes qu'elle connaissait, il se montrait lâche, incapable de faire face à une situation délicate, préférant se taire en attendant qu'elle ait compris le message.

Qu'il se rassure, le message était passé… Elle l'avait même reçu cinq sur cinq. Et cette fois, elle ne risquait pas de lui faire de scène, de le supplier de la croire, de les reprendre, son enfant et elle ! Elle avait appris sa leçon, et même si elle venait de faire une petite rechute malheureuse, elle garderait la tête haute.

Désormais, c'était fini, bien fini, elle n'était pas près de s'y laisser reprendre ! Elle avait barricadé son cœur, l'avait endurci contre lui une bonne fois pour toutes. Lorsqu'il appellerait, elle le rassurerait. Il pourrait continuer à voir Luke, parce qu'il n'aurait plus rien à craindre d'elle.

Parce qu'elle s'imaginait que Logan allait appeler ou passer voir son fils, ce fils auquel, selon ses dires, il tenait comme à la prunelle de ses yeux ? Comment pouvait-elle être aussi naïve ? Aussi indécrottablement naïve ?

Deux jours plus tard, quand Penny revint de Portland, elle attendait toujours que le téléphone sonne.

— Si tu es si furieuse contre lui, pourquoi ne l'appelles-tu pas toi-même et ne provoques-tu pas une bonne explication ? lui demanda Penny, tandis qu'elles ponçaient au papier de verre une armoire trouvée dans une brocante pour trois fois rien.

Quatre jours s'étaient écoulés depuis que Logan avait disparu dans le brouillard après leur nuit d'amour. Jamais de sa vie elle ne s'en était voulu à ce point-là, jamais elle n'avait été aussi en colère.

Si elle n'avait pas couché avec lui, rien de tout cela ne serait arrivé. Logan passerait tous les jours ou presque prendre Luke, ils partageraient tous les deux tout plein de moments passionnants, puis Logan resterait quelque temps sous le porche en fin de journée, à bavarder avec elle de choses et d'autres. Tout serait simple. Tout serait encore si simple ! Elle aurait pu continuer à vivre dans l'illusion qu'il avait changé, qu'il était bien l'homme nouveau qu'elle s'était imaginé.

Quelle idiote ! Mais quelle idiote ! Elle s'était pourtant bien juré de ne jamais retomber dans le même piège ! Qu'est-ce qui lui avait pris ? Maintenant, c'était fichu. Et le pire, ce qui la faisait souffrir plus que tout et la mettait hors d'elle, c'est qu'elle n'était plus la seule concernée. A cause de son manque de discernement, Luke payait les pots cassés.

Il était persuadé que si son père ne voulait plus le voir, c'était sa faute, parce qu'il n'avait pas été à la hauteur de ses attentes. Il en était malade et ne comprenait pas ce qu'il avait pu faire. Mais il n'y avait rien à comprendre, du moins rien qu'elle puisse lui dire.

Elle ne cessait de lui répéter qu'il n'avait rien fait de mal, qu'il n'était pour rien dans la disparition de son père mais il ne la croyait pas. Pour lui, les événements avaient un rapport direct et simple de cause à effet. Son père lui avait dit qu'il l'aimait et puis il avait changé d'avis. Il devait y avoir une bonne raison à cela. Et comme son père n'était pas un homme à agir à la légère, c'était bien la preuve, en toute logique, qu'il était seul responsable.

Paige passa sa colère sur l'armoire, redoublant d'énergie et frottant de plus belle.

— Pourquoi veux-tu que je l'appelle ? Ce n'est pas à moi de l'appeler, c'est lui qui a disparu sans un mot !

— Justement, si c'est lui qui a disparu sans un mot, il ne faut pas trop compter sur lui pour t'appeler. Si tu veux avoir le fin mot de l'histoire, j'ai bien peur que tu n'aies pas le choix. Tu vas devoir mettre ta fierté dans ta poche avec ton mouchoir par-dessus. En faisant le premier pas, tu feras preuve d'intelligence, Paige.

— Je sais pertinemment ce qui s'est passé, Penny… Je n'ai pas besoin de chercher bien loin. Logan a découvert qu'il avait un nouveau jouet. Et quel jouet ! Au début, c'était tout feu tout flamme, il en était tout excité, prêt à tous les sacrifices… Et puis, très vite, il a commencé à se lasser, son intérêt s'est émoussé et il l'a laissé tomber. Ce que je ne comprends pas, tu vois, c'est comment j'ai pu encore me laisser prendre… C'est tellement typique de la façon d'agir de Logan ! Je m'en veux tellement ; tout ce gâchis, c'est ma faute.

Penny s'accroupit sur ses talons et s'arrêta de poncer. Elle se mit à examiner sa sœur avec attention. Paige s'en aperçut mais fit comme si de rien n'était.

Au bout d'un moment de ce petit manège, elle finit par déclarer :

— Alors là, c'est bien la première fois que je t'entends parler de toi en termes de *jouet* !

Paige la fusilla du regard.

— C'était une métaphore ! Et puis je ne parlais pas de moi, mais de Luke. A cet instant précis, le pauvre est dans sa chambre, dans tous ses états. Il n'arrive pas à comprendre ce qu'il a bien pu faire pour que son père ne veuille subitement plus le voir ni lui parler. C'est affreux et désolant. Toute cette affaire est désolante !

Penny hocha la tête : elle était bien d'accord.

— Quand même, je n'arrive pas à croire que tu aies couché avec lui. Qu'est-ce qui t'a pris ?

— Je ne sais pas. De toute évidence, j'ai dû agir sans réfléchir.

— De toute évidence…

— Mais tu l'aurais vu, Penny ! Si tu avais été à ma place, toi non plus tu n'aurais pas pu résister. Il était si tendre, si doux… Jamais je ne l'avais vu comme ça avec moi.

— Peut-être a-t-il éprouvé la même chose que toi ?

Paige n'était pas de cet avis. Penny leva une main pour interrompre d'éventuelles protestations.

— Comprends-moi bien, Paige… Je ne cherche pas à lui trouver des excuses… Rien ne peut excuser la façon dont il s'est conduit et je suis assez contrariée comme ça de voir Luke aussi triste et désemparé. J'essaie juste de comprendre, avec un recul que toi, tu n'as pas. Hier, tu m'as dit que tu as été effrayée par l'intensité de ce qui s'était passé entre vous. Je me demande juste si Logan n'aurait pas pu ressentir la même chose. C'est possible, non ? Il a très bien pu en être effrayé lui aussi et il ne sait pas comment faire face…

— J'en doute. Mais même si c'était le cas, même s'il avait éprouvé ne serait-ce que la moitié de ce que moi, j'ai éprouvé, il n'aurait pas pu rester si longtemps sans donner de nouvelles. Non, je n'y crois pas… Mais il ne s'agit pas de moi. Il s'agit de Luke.

— Il s'agit de vous deux.

— Absolument pas !

— Bien sûr que si ! Paige, enfin, arrête de faire l'autruche ! S'il ne s'agissait que de Luke, nous ne serions pas là en train de discuter, toi et moi. Tu n'aurais pas perdu une seconde, tu serais allée tambouriner à sa porte depuis longtemps, et tu lui aurais demandé de quel droit il avait osé faire du mal à ton fils et pour qui il se prenait.

— Ce n'est pas vrai.

— Rappelle-moi la dernière fois que tu as laissé quiconque s'en prendre à Luke sans réagir ?

Comme Paige ne répondait pas, Penny eut un sourire satisfait.

— Tu vois bien ? Jamais. Tu en es incapable. Ce qui montre bien que tu es aussi blessée par sa réaction que Luke… Seulement tu ne veux pas l'admettre parce que en l'admettant, tu ne pourrais pas rester les bras croisés.

— Je ne savais pas que tu étais psychologue à tes heures perdues, fit Paige d'un ton narquois.

Elle savait bien que sa sœur avait raison, même si elle refusait de le reconnaître. L'attitude de Logan l'avait profondément meurtrie, mais ce qu'il y avait de pire encore, c'est qu'elle avait le sentiment que l'expérience acquise durant les neuf années écoulées s'était volatilisée en une seule nuit.

Elle les avait passées à mûrir, ces années difficiles, à devenir forte, à se préserver, à préserver son enfant et à s'assurer qu'aucun homme ne la ferait plus jamais souffrir. Elle était restée seule, ne sortant que très rarement, n'acceptant que de très rares invitations, afin de se protéger, mais surtout afin de protéger Luke.

Bien sûr, elle ne mettait pas tous les hommes dans le même panier. Tous n'étaient pas des lâches ou des salauds. En revanche, elle savait pour l'avoir pratiqué et parce qu'elle en portait encore les cicatrices, que l'un d'entre eux en était un, et un beau.

Elle eut un rire amer. Elle s'était si bien prémunie… Et pour quel résultat ? Elle avait trouvé le moyen de refaire exactement la même erreur ! Qui plus est, avec le même homme ! Pourquoi faire les choses à moitié, n'est-ce pas ? Malgré tous ses efforts, malgré toutes ses précautions, elle n'avait rien appris, finalement, elle en était restée exactement au même point. C'était à la fois effrayant de le constater et terriblement humiliant.

Et maintenant ? Elle faisait quoi ?

Elle avait plusieurs options : soit elle prétendait que rien de tout cela n'était arrivé dans l'espoir que Luke, avec le temps, finirait pas comprendre qu'il n'était pas responsable des défaillances de son père, soit elle décidait de se confier à son fils, de reconnaître ses erreurs, passées et présentes, soit elle allait affronter Logan, le mettre devant ses responsabilités et l'obliger à être le père dont Luke avait besoin.

Cela avait été si simple toutes ces années : juste Luke et elle. Logan hors du tableau, aucune ingérence, aucune menace de bataille pour des histoires de garde, aucun partage de Luke. Elle soupira. Elle aurait menti en affirmant ne pas être tentée d'en revenir à cette situation, surtout après ce qu'elle venait de vivre.

S'engager sur le sentier le moins tortueux n'était cependant pas nécessairement le meilleur choix. Avant tout, elle devait penser à Luke et à ce qu'il y avait de mieux pour lui. Il avait besoin de son père, incontestablement. Il lui suffisait de repenser aux moments qu'il avait partagés avec Logan pour en avoir la certitude. Et ceci constaté, elle ne pouvait prétendre faire comme si ce besoin n'existait pas.

Elle n'avait pas le droit de priver Luke de cette relation, parce qu'elle trouvait plus simple de ne pas avoir à faire face à Logan. Penny avait raison. Elle s'était toujours battue pour Luke, dès l'instant où il était né. Elle n'avait jamais laissé personne se mettre en travers de son chemin, dès qu'il s'était agi du bonheur de son fils.

Alors, qu'est-ce qui l'empêchait aujourd'hui d'affronter Logan et de l'obliger à faire face à ses responsabilités vis-à-vis de Luke ? Il n'était pas question de lui demander de l'argent. De ce côté-là, elle avait une bonne situation professionnelle et Luke ne manquait de rien. Elle voulait lui demander de combler un vide affectif.

Il était tellement évident que son fils avait besoin de lui ! Qu'il l'attendait, désespérément ! Alors, pourquoi restait-elle les bras croisés, bon sang ?

La réponse n'était peut-être pas celle qu'elle voulait entendre. Pourtant, elle ne pouvait pas continuer à se voiler la face. Et puis affronter la vérité lui donnerait la force de réagir. Si elle était restée ainsi tétanisée, à faire l'autruche chez Penny, si elle n'avait pas su protéger son fils des agissements de Logan, c'était pour la bonne et simple raison qu'elle était lâche !

Elle avait tellement eu peur de ce qu'elle pourrait ressentir en le voyant, qu'elle avait choisi d'éviter toute confrontation. De cette façon, elle n'avait pas eu à faire face à ses propres faiblesses, à ses propres insuffisances.

Mais c'était fini. Il était temps de mettre un terme à ces atermoiements, comme il était temps de mettre un terme à Logan.

Ce qui n'effaçait pas le fait qu'il avait des responsabilités envers Luke. C'était lui qui avait ouvert la boîte de Pandore. Lui qui avait insisté pour faire partie intégrante de la vie de Luke. Elle ne lui avait rien demandé. Elle n'était pas allée le chercher. Elle n'attendait rien…

C'était décidé. Elle était prête à lui accorder une chance, une seule. Une dernière. S'il n'était pas fichu de se comporter en père digne de ce nom vis-à-vis de Luke, alors ce serait fini. Il aurait beau crier, faire autant de scènes qu'il voudrait, la menacer de tous les tribunaux de la Terre, elle ne le laisserait sous aucun prétexte s'approcher, même à cent mètres, de son fils.

Chapitre 17

Logan entra chez lui par la porte du garage, après avoir garé son véhicule dedans. Une fois dans la cuisine, il sortit une bière du réfrigérateur, se laissa choir sur le divan et appuya sur la télécommande.

Il s'apprêtait à faire tourner la capsule de sa bière, lorsqu'il s'arrêta. Cela commençait à devenir une habitude, chez lui… Dès qu'il rentrait, il s'empressait de tout faire pour s'embrumer l'esprit afin de ne pas avoir à réfléchir.

En fait, il ne voulait surtout pas penser à Luke. Ni à Paige. Encore moins au terrible gâchis qu'il avait fait de leurs vies à tous trois.

Il reposa sa bière sur la table basse en fronçant les sourcils de dégoût. Lui qui s'efforçait de ne pas marcher dans les traces de sa mère, il en prenait pourtant bien le chemin. Elle était championne pour gérer les difficultés de la vie en s'abrutissant de son mieux. Oh ! Rien d'illégal ! Elle choisissait de se bourrer d'antidépresseurs et de tranquillisants prescrits par son médecin. Quoi qu'il en soit, il fallait bien appeler un chat, *un chat* et par conséquent, le déni, *le déni*.

Il avait essayé d'appeler Paige… Au moins une cinquantaine de fois ces derniers jours. Il voulait lui expliquer son attitude. Il voulait s'excuser de les avoir laissés tomber tous les deux, mais il avait eu beau faire, chaque fois qu'il avait tapé son numéro, la voix de sa mère, sa voix désespérée, s'était mise à résonner dans sa tête et il avait aussitôt raccroché. Et s'il tombait dans le piège à son tour ? S'il finissait comme elle, amer, déçu, malheureux ?

Une fois de plus, il choisissait la fuite.

Mais ce qui s'avérait différent, c'est qu'il ne pourrait pas se terrer bien longtemps, parce qu'il avait besoin de voir Luke.

Les journées sans lui, sans la perspective d'un moment partagé avec lui, s'écoulaient, lentes, interminables. A quoi bon se mentir ? Son fils lui manquait cruellement. Leurs rencontres quotidiennes s'étaient vite imposées comme une évidence. Quand il savait qu'il allait retrouver Luke le soir, il ne voyait pas le temps passer.

En revanche, il ne se sentait pas encore prêt à faire face à Paige. Même juste pour parler de leur fils. Il était encore trop tôt. Il lui fallait renforcer ses défenses, enterrer la souffrance, la culpabilité, le chagrin, sinon il ne répondait de rien. Les mots jailliraient, aussi blessants que des poignards acérés, et il n'aurait aucun moyen de les retenir. Or il ne voulait plus de querelles stériles, uniquement des échanges constructifs, dans l'intérêt de Luke.

Il cliqua sur la télécommande et fit défiler les chaînes, jusqu'à ce qu'il tombe sur un match de base-ball. Washington jouait contre Boston, un beau match en perspective. Rien de tel pour lui changer les idées…

Mais le programme avait à peine commencé, que la sonnette d'entrée résonna. Ravalant un juron, il se leva pour aller ouvrir, bien résolu à envoyer l'importun sur les roses.

En fait d'importun, Paige se tenait debout sur le seuil…

Elle ne ressemblait plus en rien à la jeune femme qu'il avait côtoyée depuis son retour. Elle portait un tailleur-pantalon noir, de toute évidence sorti tout droit de chez un grand couturier, un chemisier de soie vert émeraude et des chaussures noires à talons aiguilles. Il avait devant lui l'incarnation même, jusqu'au bout des ongles, de la femme d'affaires couronnée de succès qu'elle était.

— Je peux entrer ? demanda-t-elle froidement.

— Euh… Oui, bien sûr…

Il dut faire un effort pour détacher les yeux de cette vision et pour reprendre un peu ses esprits.

— Je peux, euh… je peux t'offrir quelque chose à boire ?

— Non, merci. Je ne suis pas venue pour te faire une visite de courtoisie.

Elle le toisa d'un regard hautain qui en disait plus long que toutes les insultes de la Terre. Sa voix allait de pair avec son attitude, et témoignait d'un mépris si total à son égard qu'il se braqua aussitôt, sur la défensive.

Qu'est-ce que c'était que ce petit jeu ? Si elle croyait pouvoir débarquer chez lui comme ça avec ses grands airs, pomponnée comme pour un dîner d'affaires, elle allait vite comprendre qu'elle se trompait ! Il n'eut plus qu'une idée, faire tomber le masque derrière lequel se dissimulait la femme qu'il connaissait et qui n'avait rien à voir avec ce personnage froid.

Et puisqu'elle le prenait sur ce ton, il allait lui donner

la réplique. Fourrant ses mains dans ses poches, il s'adossa au mur nonchalamment.

— Très bien, ma belle… Alors, si ce n'est pas une visite de courtoisie, peux-tu me dire ce que tu es venue faire chez moi ?

Il promena son regard de haut en bas, l'examinant attentivement, s'arrêtant sur sa bouche pulpeuse, ses seins magnifiques et ses longues jambes.

L'effet fut immédiat mais pas du tout celui qu'il avait escompté. Son sexe enfla et se durcit d'un coup. Il s'était pourtant juré de tirer un trait une bonne fois pour toutes sur leur relation ! Il y était bien décidé. C'était la meilleure solution – la seule –, s'il ne voulait pas perdre la raison.

Et voilà qu'il lui suffisait de se trouver dans la même pièce que Paige, pour que toutes ses bonnes résolutions se dissolvent comme neige au soleil. Cette femme était faite pour lui. C'était une obsession. Ses mains le démangeaient, il brûlait de les poser sur elle, brûlait de se fondre dans ce corps fait pour le sien à la perfection.

— Ecoute Logan, je me moque de ce qui s'est passé entre nous l'autre nuit. Que tu sois parti de chez moi sans un mot, que tu ne m'aies pas appelée une seule fois depuis, c'est ton choix et cela ne regarde que toi. Je te le répète, je m'en moque comme je me moque que ça n'ait pas marché entre nous…

— Tu t'en moques ?

Il s'approcha d'elle lentement, envahissant son espace vital au point de la faire reculer jusqu'au fond de la pièce.

— Oui.

— Tu t'en moques ? insista-t-il.

— Complètement.

Il perçut avec soulagement une note d'hésitation dans sa voix. C'était le signal qu'il attendait. Ses paroles l'avaient bouleversé. Le conflit qui les séparait le ravageait. Il se sentait déchiré, empli de confusion. Désir et rejet, amour et questionnement se livraient une lutte désespérée au fond de son cœur. Pourquoi n'aurait-elle pas droit, elle aussi, à partager sa souffrance ? Ce ne serait que justice.

Il caressa de la main sa joue douce et satinée, effleura de son pouce ses lèvres roses et pulpeuses. Elles s'écartèrent légèrement dans un souffle, et ses yeux se voilèrent l'espace d'un instant.

— Tu t'en moques vraiment ?

Il se pencha vers elle, jusqu'à ce que sa bouche se trouve à quelques centimètres de son oreille. Elle eut beau rester de marbre, elle fut parcourue d'un frisson qu'elle ne put dissimuler.

Il sourit.

— Parce que tu vois, je n'ai pas du tout l'impression que tu t'en moques tant que ça, bien au contraire.

— Tu es un vrai salaud, tu le sais, ça ?

Sa voix tremblait. Elle avait raison, il n'était qu'un salaud et tout cela allait mal finir. Pourtant, c'était comme si une force incontrôlable le poussait, comme si elle avait pris possession de sa volonté, de sa raison. Il fallait qu'il la touche, qu'il sente une fois de plus son corps pressé contre le sien, même si c'était la dernière.

— Si ce que tu dis est vrai, qu'est-ce que tu attends pour t'en aller ?

Il posa son autre main en coupe sur son sein, prit entre son pouce et son index le mamelon dressé, ferme et gonflé, le fit rouler entre ses doigts.

— Pourquoi me laisses-tu te caresser ? Tu trembles de désir !

Il approcha sa bouche, effleura ses lèvres, attendit, certain qu'elle allait réagir. Elle allait faire le premier pas, il en était sûr. Du moins, c'était ce qu'il désirait. Il voulait l'amener jusqu'au bord du précipice.

Son corps était comme un brasier que seul le corps de Paige était à même d'apaiser. Son cœur brûlait pour elle d'un amour aussi ardent qu'interdit, car elle le tromperait comme elle l'avait déjà trompé, jusqu'à ce qu'il ne reste plus rien entre eux.

Mais il avait beau se raisonner, il avait beau se répéter les mêmes arguments, se rappeler les promesses faites à lui-même, ce fut en pure perte.

A l'instant où il avait ouvert sa porte, il avait su sans qu'aucun doute ne soit possible que rien au monde ne comptait plus pour lui, à part Paige et son fils.

Elle ne fit pas le premier pas, ne bougea pas, ne fit rien pour que leurs lèvres se rencontrent, alors, n'y tenant plus, il glissa une main derrière sa nuque et l'attira à lui.

Son corps tout entier vibrait d'un désir trop longtemps contenu. Il glissa sa langue entre ses lèvres, fouilla, explora sa bouche avec avidité.

Il l'embrassa jusqu'au point de non-retour. Il prenait tout ce qu'elle avait à donner, demandait plus et plus encore.

Paige gémit, pressée contre lui. Elle posa ses mains sur ses épaules pour l'éloigner d'elle, mais rien ne l'arrêtait plus. Il avait besoin d'elle, il la désirait comme il n'avait jamais désiré rien ni personne de toute sa vie.

Qu'elle le fasse souffrir, qu'elle l'entraîne à sa perte, il n'en avait cure ! Il ne la laisserait plus jamais partir !

Pourtant, il dut bientôt se rendre à l'évidence : elle le repoussait maintenant de toutes ses forces.

Dès que le message trouva le chemin de son cerveau enfiévré, il obéit, recula d'un pas, et se contenta de la dévorer avec ses yeux, puisqu'il ne pouvait plus la dévorer avec sa bouche. Tout d'abord, il ne comprit pas. Puis il la regarda vraiment et fut choqué par ce qu'il vit.

Elle tremblait, non pas de passion, non pas de désir comme il l'avait pensé, mais de chagrin. Des larmes perlaient à ses yeux.

— Paige…

Il tendit la main vers elle dans un geste d'apaisement, de réconfort, mais elle le repoussa si violemment qu'il faillit tomber à la renverse.

— Ne me touche pas ! Ne t'avise pas de me toucher, plus jamais !

Le choc de ses paroles le fit vaciller. Elle aurait aussi bien pu le gifler.

— Je ne comprends pas. Je sais que tu as envie de moi, ne prétends pas le contraire !

— J'ai envie de beaucoup de choses Logan, mais cela ne veut pas dire pour autant qu'elles soient bonnes pour moi. Et pour commencer, toi, tu n'es pas bon pour moi.

— Tu es incroyable, Paige. Vraiment incroyable. Tu te rends compte à quel point ?

— C'est moi qui suis incroyable ? Tu oublies que c'est toi qui as couché avec moi, qui m'a laissée tomber, qui a laissé tomber Luke !

— C'est de l'histoire ancienne. J'ai changé depuis, je ne suis plus le même homme.

Elle arqua un sourcil.

— Alors ça, c'est la meilleure ! Je ne parlais pas de ce qui s'est passé il y a neuf ans. Je parlais de toi, aujourd'hui !

— Je ne t'ai pas laissée tomber.

— Ah bon ? Comment appelles-tu ce que tu as fait, alors ?

— Je ne savais plus où j'en étais. J'avais besoin de temps pour réfléchir...

— *Tu* avais besoin de temps ? Sans blague !

— Oui, bon sang ! Je n'ai pas à m'excuser pour ça. J'avais besoin de comprendre ce que je ressentais pour toi. Quand tu m'as trompé, il y a neuf ans, j'ai cru que j'allais crever. Nous étions jeunes, et je n'aurais pas dû y attacher tant d'importance. Seulement, je t'aimais. Je t'aimais comme un fou. Quand j'ai compris que tu ne m'aimais pas autant, j'ai cru en perdre la raison. Je ne veux pas que ça se reproduise. J'ai eu tellement mal, Paige, j'ai tellement souffert !

Elle se mit à rire, d'un rire aigu, cynique, qui lui donna la chair de poule.

— Je t'ai fait souffrir ? *Moi*, je *t*'ai fait souffrir ? Il vaut mieux entendre ça que d'être sourd ! Tu ne manques pas de culot !

— Paige, je t'en prie. Ne fais pas ça. Je veux...

— Tu veux ? Tu veux, tu veux ! Qu'est-ce que ça peut me faire ce que tu veux ? Regarde-toi, mon pauvre ! De quoi est-ce que tu as l'air à ressasser des douleurs imaginaires qui remontent à dix ans pendant que moi, je suis là, à me creuser les méninges pour savoir comment expliquer à mon fils de huit ans pourquoi son père ne veut plus lui parler ! Pourquoi il n'est pas venu le prendre pour l'emmener jouer au bowling comme il le lui avait promis ! Pourquoi il n'a même pas été fichu de lui passer ne serait-ce qu'un petit coup de fil en cinq jours !

— Je suis désolé… Je me ferai pardonner, je te le promets. J'avais besoin de…

Elle secoua la tête, le foudroya d'un regard si éloquent qu'il perdit tous ses moyens et ne put finir sa phrase. Il n'aurait jamais cru qu'elle pouvait éprouver un tel mépris à son égard.

— *Je veux. J'ai besoin.* Il n'y en a que pour toi ! C'est bien là le problème et il n'a rien de nouveau. Tout ce qui compte dans ta tête, c'est Logan Powell. Eh bien, tu vois, j'en ai assez. Assez de ton égoïsme et assez de toi ! Ne t'avise surtout plus de t'approcher de moi, ou de ton fils. C'est terminé. Bel et bien terminé.

Elle pivota sur ses talons hauts de dix centimètres au moins et se dirigea vers la porte d'un pas précipité.

— Paige ! Attends !

— J'attends depuis trop longtemps, Logan, ça commence à bien faire. J'ai assez attendu comme ça, et ton fils aussi. La patience a des limites.

Une seconde avant qu'elle n'atteigne la porte, il avait plaqué sa main contre le battant.

— Tu ne peux pas faire ça, Paige. Tu ne peux pas éloigner Luke de moi. Plus maintenant…

— Tu n'as besoin de personne pour ça, tu te débrouilles très bien tout seul !

Elle agrippa la poignée, tira dessus de toutes ses

forces mais il ne la laissa pas faire. Il ne pouvait pas. Une panique terrible s'était emparée de lui.

Il fallait à tout prix l'empêcher de partir, il fallait à tout prix gagner du temps, le temps nécessaire pour qu'il parvienne à la convaincre qu'elle se trompait sur son compte. Qu'il n'était pas le salaud égoïste, narcissique, centré sur lui-même qu'elle imaginait. Il l'aimait, elle et il aimait Luke. Il fallait qu'elle le croie.

— Lâche la porte, Logan.

— Non, attends…

Doucement, très doucement, il glissa une main dans le creux de ses reins. Seigneur ! Elle tremblait… Derrière cette façade dure et intransigeante, comme elle tremblait… Cette constatation le choqua, tout en faisant naître une lueur d'espoir.

— Paige, s'il te plaît.

— Quoi ?

— Je n'ai jamais voulu te faire du mal. Je te le jure.

Elle le fixa droit dans les yeux tandis qu'une grimace déformait son beau visage.

— Comme si tu pouvais.

Elle profita de sa stupeur pour tirer sur la poignée, ouvrant la porte d'un coup. Logan, encore sous le choc de ses mots, de son regard de haine pure, n'eut aucune réaction.

Elle descendit alors les marches et le laissa.

Il venait de laisser s'échapper, par sa faute, ce à quoi il tenait le plus au monde.

Il venait d'en avoir la certitude.

Trop tard, hélas.

Chapitre 18

Paige mit en place le dernier groupe de fleurs dans le massif devant la maison, puis elle recula de quelques pas pour admirer son œuvre. Contre la clôture fraîchement repeinte, les couleurs éclatantes ressortaient bien. L'ensemble était gai et joyeux. Du beau travail ! Luke les avait choisies lorsqu'ils s'étaient rendus ensemble chez le pépiniériste et, dès qu'il les lui avait montrées, elle les avait tout de suite adorées.

Elle s'étira, les mains à plat sur les reins. Elle avait encore mal au dos après la folle journée de peinture de la veille avec Penny. Un vrai marathon ! Puis elle contempla l'océan au-delà des falaises qui bordaient la propriété de sa sœur vers l'ouest. Trois semaines s'étaient écoulées depuis sa dispute avec Logan, cinq semaines depuis son arrivée à Prospect avec Luke.

La rénovation de la maison était presque terminée. Grâce à son apport financier, les problèmes d'électricité et de plomberie n'étaient plus que de mauvais souvenirs. Tout avait été réglé en un temps record. Toutes les pièces ou presque étaient maintenant habitables. Penny et elle avaient poncé le vieux bois, peint, lasuré, installé les meubles et mis des rideaux à toutes les fenêtres. Si elles parvenaient à conserver ce rythme pour les derniers préparatifs, Penny pourrait ouvrir dès la fin juillet. Bien sûr, la saison était déjà bien entamée, mais mieux valait tard que jamais, mieux valait une moitié de saison que pas de saison du tout.

En tout état de cause, les touristes ne manquaient pas et la demande de places d'hôtellerie dépassait de loin l'offre. Rien n'était perdu.

Depuis deux semaines environ, la plage juste devant la maison s'était remplie de vacanciers, des masses bruyantes qui passaient leur temps à rire, à surfer et à construire des châteaux de sable. Paige les trouvait un peu trop envahissants à son goût. Avant leur arrivée, elle s'était presque approprié cette plage et elle avait un peu l'impression qu'ils s'étaient installés chez elle sans lui demander la permission.

Néanmoins, elle ne pouvait s'empêcher de les regarder avec une certaine fascination et emmenait Luke pratiquement tous les jours jouer avec les autres enfants.

Quelle impression cela ferait-il de faire partie d'une famille, comme eux ? se demandait-elle. Avec un père, une mère, des enfants, dans la sécurité sereine d'un amour partagé ? Chaque membre bien à sa place dans la cellule familiale ?

Elle soupira. Voilà qu'elle recommençait à cafarder, ce qui n'était pas bon signe. Il était grand temps qu'elle se reprenne en main et qu'elle s'occupe l'esprit d'une manière ou d'une autre. Il restait encore une salle de bains à finir de carreler, elle n'avait qu'à s'y atteler. Penny et Luke étaient partis en ville chercher de l'adhésif et de la pâte à joints, mais il en restait assez pour commencer. Si elle s'occupait, elle n'aurait pas le temps de penser à Logan et au gâchis qu'il avait fait de sa vie et de celle de Luke.

Elle était dans l'escalier, à mi-chemin entre le deuxième et le troisième étage, lorsque la sonnerie du téléphone retentit. Elle faillit ne pas répondre. Le correspondant n'avait qu'à laisser un message. Après tout, les répondeurs c'était fait pour ça. Cependant, quelque chose lui dit que ce ne serait pas une bonne idée. Une petite voix, un sixième sens, dont elle ignorait jusque-là l'existence.

Redescendant les marches quatre à quatre, elle décrocha.

— Allô ?

— Paige ? C'est Logan…

Aussitôt, son cœur se mit à battre la chamade. Et pourquoi ces larmes brusquement, au bord de ses paupières ? Comme elle se détestait de se sentir si faible, si vulnérable ! Tout cela était ridicule, elle ferait mieux de se ressaisir, et vite. Vivement qu'elle puisse repartir à Los Angeles, loin d'ici, où elle ne risquait pas de tomber sur lui au premier coin de rue, où elle n'entendrait pas parler de lui dès qu'elle mettrait le nez dehors, où elle ne penserait pas à lui à tout moment.

En même temps, l'idée de ne plus jamais le rencontrer par hasard, de ne plus jamais le voir lui était insupportable. Rien que d'y penser, tout son être se rebellait. C'était un cercle vicieux, une spirale infernale dont elle ne pourrait jamais s'extirper.

Rassemblant toute son énergie, elle essaya d'adopter une voix aussi revêche, aussi incisive que possible, pour qu'il ne puisse pas deviner le fond de ses pensées. Il ne fallait surtout pas qu'il s'aperçoive à quel point il l'affectait.

— Je ne peux pas te parler, Logan. Je suis en plein…

— Il y a eu un accident, Paige. Luke et Penny sont à l'hôpital. C'est très grave…

Le combiné lui glissa des mains et tomba par terre. Sans se préoccuper de le ramasser, elle courut vers la porte, attrapa son sac au vol et sauta dans sa voiture.

En temps normal, il fallait à peu près une demi-heure pour arriver à l'hôpital qui se trouvait situé entre Prospect et Sunshine, une autre petite ville côtière. Elle fit le trajet en quinze minutes à peine.

Les pensées tourbillonnaient dans sa tête comme un vol d'oiseaux affolés. Une fois sur le parking, elle prit la première place venue et courut comme une folle vers l'entrée des urgences. Que s'était-il passé ? Logan avait dit que c'était grave. A qui pourrait-elle parler ? Elle ne savait rien, rien du tout ! C'était horrible !

Luke ! Oh ! Luke ! Et Penny… Oh ! Seigneur ! Un gros sanglot remonta dans sa poitrine, qu'elle refoula aussi vite. Plus tard. Plus tard, il serait bien temps de pleurer, quand elle connaîtrait l'ampleur des dégâts. Quand elle aurait vu sa sœur et son enfant.

La première personne qu'elle vit en pénétrant dans la salle d'attente des urgences fut Logan. Il était debout tout à côté des portes, ses yeux rivés sur l'entrée.

Il l'entoura aussitôt de ses bras solides. Les jambes flageolantes, elle se laissa aller contre lui.

Toutes sortes d'images plus épouvantables les unes que les autres se bousculaient dans son esprit.

— Qu'est-il arrivé ? balbutia-t-elle. Dis-moi, Penny ? Luke ? Mon bébé, oh mon bébé…

Elle éclata en sanglots.

— Je ne sais pas grand-chose. Une voiture avec des jeunes qui avaient trop bu est sortie de sa trajectoire et les a heurtés de plein fouet. Luke avait perdu connaissance, quand nous sommes arrivés. Il est toujours dans le coma. Ils sont en train de l'examiner. On lui fait un scanner et toute une batterie de tests pour vérifier si…

Sa voix se brisa.

— S'il a subi des lésions.

— Des lésions ?

Elle le dévisagea, désorientée. Des lésions ? Qu'essayait-il de lui cacher ?

— Il a subi un traumatisme crânien, Paige, et comme il a perdu connaissance, ils doivent vérifier si le cerveau a été endommagé.

— Ça veut dire qu'il va peut-être rester…

Elle chancela, ses jambes refusant de la porter, et malgré toute la force de Logan, elle glissa à terre. Il s'agenouilla près d'elle.

— On n'en sait rien pour le moment, c'est pour ça qu'ils font tous ces tests.

— Alors, qu'est-ce qu'on sait ? hurla-t-elle.

— Rien. Il va te falloir être patiente, les examens peuvent prendre longtemps.

— Oh ! Mon Dieu ! Oh ! Mon Dieu ! Où est le médecin ? Et toi, pourquoi n'es-tu pas avec Luke ?

— Je suis resté avec lui, Paige, tout le temps. Ils l'ont emmené mais l'infirmière a promis de me prévenir dès qu'il sera revenu dans la salle des urgences.

— Je veux le voir, Logan. Il *faut* que je le voie !

— Je sais, ma chérie. Tu vas le voir, dès qu'ils l'auront ramené… Nous irons ensemble.

Elle hocha la tête, sans vraiment comprendre ce qu'il disait. Où était-elle ? Que faisait-elle dans cet endroit ? Elle avait l'impression de rêver, de flotter. Comme un poisson rouge dans un bocal, elle voyait des gens autour d'elle, leurs lèvres bougeaient, mais aucun son n'en sortait. Et Logan ? Logan repoussa doucement une mèche de son front. Il tremblait. Lui si fort, si solide, tremblait comme une feuille.

Elle prit sa main dans la sienne et la pressa sur son cœur, cherchant à le réconforter comme il cherchait à la réconforter, elle.

— Et Penny ?

— Ça va aller, ce n'est pas trop grave. Des blessures superficielles, quelques-unes plus profondes sur les bras. Ils sont en train de lui faire des points de suture. Ils vont sans doute la garder cette nuit, par simple précaution. Elle devrait pouvoir sortir demain.

— Dieu merci !

— Tu veux la voir ? Elle était dans tous ses états à cause de Luke, et ils ont été obligés de lui donner des sédatifs pour la calmer. Je crois que ça lui ferait du bien de te serrer dans ses bras.

— Oui, bien sûr !

Paige balaya la salle d'accueil des urgences d'un regard égaré, incapable de bouger, de se lever, comme si son cerveau avait cessé de fonctionner.

Logan se redressa, puis il l'aida à en faire de même.

— Je te tiens.

— Je ne peux pas…

— Tu n'as rien à faire. Laisse-toi aller, je vais m'occuper de toi.

Il la prit par la taille et la guida vers le bureau des admissions.

L'infirmière dut le reconnaître car, sans un mot, elle les invita à la suivre jusqu'à la salle de soins où Penny était allongée sur un brancard, tandis qu'un interne lui recousait une large plaie sur l'épaule.

En apercevant sa sœur à travers la vitre, Paige se mit à trembler de tout son corps. Penny était couverte de sang… Il y en avait partout, et sa chemise, pitoyable tas de lambeaux sanguinolents, gisait par terre.

Cette vision la ramena, affolée, à Luke. Si Penny était dans un tel état, qu'en était-il de son fils ? Elle se sentit soudain glacée.

Le médecin finit de recoudre la première plaie et s'apprêtait à attaquer la seconde, quand Logan poussa la porte, encourageant Paige à entrer. Médecin et patiente levèrent tous deux les yeux, le premier faisant mine de s'opposer à leur présence. Un seul regard de Logan cependant suffit à le faire taire.

— Oh ! Paige ! Je suis tellement désolée ! J'ai essayé de le sortir. J'ai essayé…

— Chut ! Penny, arrête, s'écria Paige en se précipitant au chevet de sa sœur.

Elle aurait voulu la serrer dans ses bras, la bercer contre son cœur comme la petite sœur qu'elle était, la réconforter, autant pour se rassurer elle-même sans doute, mais c'était impossible. Penny semblait avoir des plaies et des contusions partout. Paige craignait de lui faire mal.

Elle se contenta de lui caresser les cheveux.

— Tu n'y es pour rien.

— Si, c'est ma faute. Je les ai vus mais je n'ai pas pu m'arrêter. Je n'ai pas pu les éviter…

Le médecin s'interposa.

— J'ai réussi à la calmer un peu pour pouvoir faire mon travail alors si ça continue, je vais être obligé de vous demander de quitter cette pièce.

Ignorant sa remarque, Paige se saisit des mains de sa sœur.

— Penny, arrête, je t'en supplie ! Logan était sur la scène de l'accident. Tu as fait tout ce que tu pouvais. Ce n'est pas ta faute.

— Mais…

— Ce n'est pas ta faute, Penny, insista Logan. Maintenant, il faut que tu te calmes et que tu laisses le docteur s'occuper de toi, sinon il va être obligé de t'assommer avec des somnifères et tu seras obligée de rester ici jusqu'à demain. Quant à Luke, il est en de très bonnes mains. On ne peut rien faire de plus pour le moment. Il faut attendre les résultats des examens qu'il subit en ce moment.

Paige n'aurait su dire si c'étaient les paroles de Logan ou le ton sans réplique qu'il avait employé, quoi qu'il en soit, Penny se tut. Elle se laissa aller doucement contre le dossier. Son menton tremblait, et de grosses larmes silencieuses coulaient sur ses joues tachées de sang.

Paige la contempla, le cœur dans un étau. A sa peur, à son chagrin, se mêlaient amour et compassion.

— J'ai encore quelques points de suture à faire, déclara le médecin d'un ton beaucoup plus chaleureux.

— Est-ce qu'elle peut rester ? demanda Penny d'une voix faible, tout en agrippant la main de Paige

— Je ne vais nulle part, Penny, répondit cette dernière. Je reste avec toi…

Des heures plus tard, Logan et Paige étaient tous deux assis au chevet de Luke, attendant que le médecin vienne leur parler des résultats des tests pratiqués sur lui depuis son admission. Luke avait été transféré au service des soins intensifs de pédiatrie, ce qui était loin de rassurer Logan. Et cette attente interminable, cette incertitude, le rendaient fou.

Il jeta un coup d'œil à Paige. Pâle comme un linge, elle n'en menait pas large, elle non plus. Elle tenait la main de Luke dans la sienne et, bien qu'il fût toujours inconscient, ne cessait de lui murmurer des paroles rassurantes. Elle avait les yeux rouges, et malgré tout, elle semblait tenir le coup beaucoup mieux que lui. Qui aurait pu l'imaginer ?

La pendule murale lui indiqua qu'il avait vérifié l'heure à peine trois minutes plus tôt. Les trois minutes les plus longues de sa vie. Jamais le temps ne lui avait paru s'écouler aussi lentement et, si un médecin ne venait pas leur faire un rapport incessamment, il ne répondrait plus de ses actes. Officier de police chargé de faire respecter la loi ou non, il était prêt à faire un esclandre, prêt à tout casser, même à s'en prendre au personnel s'il le fallait pour obtenir une information.

Ne rien savoir était pire encore que de savoir le pire.

— Tout ira bien, il va s'en sortir, murmura Paige.

— Bien sûr.

— Tu dois le dire avec conviction, Logan ! Luke va s'en sortir. Il n'aura pas de séquelles. Il va…

Sa voix se brisa. Pourtant, elle ne pleura pas. Ravalant un sanglot, elle se rassit bien droite, refusant de s'effondrer.

— Paige…

Il prit sa main libre dans la sienne et la serra pour la rassurer. Bizarrement, il eut le sentiment très net d'en tirer plus de réconfort qu'il n'en donnait. L'attente, d'insupportable se fit alors plus résignée.

Il était presque 9 heures du soir lorsqu'un médecin entra enfin dans la salle. Tous deux se levèrent à son arrivée, le cœur battant. L'homme était jeune et visiblement fatigué. Dès le premier regard, Logan ne lui fit pas confiance, surtout lorsque s'adressant à lui, il l'appela M. Matthews. A peine conscient que les ongles de Paige s'enfonçaient dans le dos de sa main, il demanda sans préambule :

— Comment va mon fils ?

— Je vais être franc avec vous, nous ne pouvons pas encore nous prononcer.

Il s'avança jusqu'à l'ordinateur posé sur la table contre le mur et fit apparaître quelques images du cerveau de Luke.

— Vous voyez, là où le choc s'est produit, il y a un hématome, surtout autour du lobe frontal…

Il désigna la zone avec son stylo.

— Il y a également une ombre par là, qui nous inquiète un peu.

De nouveau, il leur désigna la zone concernée.

— Il s'agit de l'aire somato-motrice, qui gère les mouvements volontaires du corps.

— Il va rester paralysé ?

Logan crut que le monde autour de lui était en train de chavirer.

— Il est encore trop tôt à ce stade pour envisager un tel scénario. Mais je ne pense pas qu'il y ait un risque de paralysie à proprement parler, si l'on se base sur la zone du cerveau concernée. Le problème, c'est ce gonflement qui pourrait nous cacher l'existence d'autres lésions. Nous ferons un nouveau scanner demain matin et un autre encore, sans doute demain soir. Cela nous permettra de poser un meilleur diagnostic.

— Quel est le diagnostic à ce stade, docteur Roberts ?

Paige parlait pour la première fois.

— Je comprends très bien que vous ne vouliez pas vous prononcer, je veux juste entendre votre opinion et je sais aussi qu'il ne peut s'agir de rien de définitif. Dites-moi, je vous en conjure, ce qui se passe avec Luke.

— Il est sorti du coma, mais nous l'avons replongé dans un coma artificiel à cause de cet œdème. S'il se résorbe comme prévu, nous pourrons le mettre en réanimation demain soir ou après-demain matin. Quant à d'éventuelles séquelles…

Il secoua la tête.

— Il est encore trop tôt pour se prononcer. La zone du cerveau dont je vous parle contient les neurones qui commandent la motricité volontaire, c'est-à-dire la coordination des mouvements. La marche, pour vous donner un exemple, dépend du mouvement des jambes ainsi que du balancement des bras. Pour frapper une balle de base-ball, on a besoin des bras, des jambes, des mains, du dos, des épaules et ainsi de suite. Lorsque cette partie du cerveau est atteinte, il peut en résulter des mouvements brusques, ou bien un manque de coordination. Une incapacité à coordonner convenablement ces différentes parties du corps. Pour le moment, je vous le répète, il est encore trop tôt pour se prononcer. Tout dépendra de la façon dont cet œdème va se résorber et s'il se résorbe tout seul. Je sais que ce n'est pas ce que vous voulez entendre mais, une fois de plus, armez-vous de patience. Le corps a des ressources infinies d'autoguérison. Attendons de voir ce que le corps de Luke, qui est jeune, va décider de faire. D'ici quelques heures, nous en saurons un peu plus...

Les paroles de l'interne parvenaient à Logan dans une sorte de brouillard cotonneux. Il eut vaguement conscience de vaciller. Paige passa un bras autour de sa taille pour le soutenir, tandis qu'elle continuait à poser des questions auxquelles il n'aurait pas songé, des questions qui ne lui seraient venues à l'esprit qu'après le départ du médecin.

Alors qu'il terminait son exposé, Logan sentit son estomac se nouer. Cette impuissance face à l'état critique de son fils le rendait fou de douleur. Attendre ! Attendre sans rien faire ! C'était plus qu'il ne pouvait supporter.

Il étouffa un sanglot. Il n'allait quand même pas se mettre à pleurer ? Pas ici, pas devant Paige !

Après le départ du médecin, elle se laissa choir sur la chaise près du lit où Luke reposait, passant et repassant une main, doucement, tendrement, sur le front de l'enfant. Une main qui tremblait, témoin de son angoisse. Et pourtant, elle avait l'air de tenir le coup. Pas une seule larme ne coulait sur sa joue. Aucune plainte, aucune lamentation. Comment faisait-elle ?

Elle parlait à Luke à voix basse, lui disant combien

elle l'aimait. Combien ils l'aimaient, tous. Et combien elle avait hâte de croiser son regard de nouveau.

Impressionné, Logan ne pouvait détacher le sien de la jeune femme.

Et il commença à comprendre comment elle avait fait, à dix-sept ans, alors que la Terre entière semblait s'être liguée contre elle, pour reprendre sa vie en main, pour survivre, puis s'épanouir dans une ville réputée pour sa cruauté envers les plus démunis. Elle avait élevé son enfant sans l'aide de personne, tout en travaillant et en poursuivant des études jusqu'à obtenir son diplôme. Comment elle était parvenue à surmonter une somme d'épreuves qui en aurait écrasé beaucoup d'autres.

C'était parce qu'elle possédait un courage hors du commun, qu'elle n'abandonnait jamais, faisait face sans faillir à tous les obstacles, les affrontait, en triomphait. Si, par malheur, Luke devait garder des séquelles de cet accident, elle saurait faire face à ce nouveau défi avec le même courage, la même abnégation. Pour elle, la question ne se posait même pas.

En vérité, Paige était une femme tout simplement extraordinaire…

Il tendit la main et pressa le genou de Luke. Leurs regards se croisèrent alors. Elle avait l'air à bout de forces et pourtant, il savait qu'elle tiendrait aussi longtemps que ce serait nécessaire. Elle ne quitterait pas le chevet de son fils tant qu'il aurait besoin d'elle.

Et c'est alors que la vérité le frappa. La femme qu'il avait devant lui, si honnête, si solide, si intègre, ne pouvait pas être coupable de ce dont il l'avait accusée. Elle connaissait trop la différence entre le bien et le mal. Jamais elle ne l'aurait trompé, c'était tout simplement impossible.

Si Paige ne l'avait soutenu à ce moment précis par sa présence forte et volontaire, il se serait effondré comme une loque, en plein milieu de la salle de soins intensifs.

Il eut soudain envie de partir en courant, de disparaître, plutôt que de rester une seconde de plus dans la même pièce que la femme à qui il avait fait tant de mal. Il balbutia une excuse plus ou moins cohérente, avant de partir en titubant vers le couloir en direction de l'ascenseur. Il étouffait, il devait aller prendre l'air au plus vite.

Mais même une fois sur le parking, inhalant à pleins poumons de grandes bouffées d'air frais, il ne parvenait pas à retrouver son équilibre. Il avait le sentiment que son corps venait d'exploser, qu'il s'était disloqué en un million de morceaux, et qu'il ne pourrait jamais retrouver la paix. Il lui avait fait tant de mal ! Toutes les occasions où il les avait blessés, Luke et elle, revenaient en force comme si un gigantesque miroir se tenait devant lui, lui renvoyant l'image de l'être abject qu'il était. C'était insupportable !

Ce qu'il leur avait fait, il ne se le pardonnerait jamais ! Et maintenant… Maintenant, il était peut-être trop tard pour demander à Luke de lui pardonner.

Seigneur ! Je vous en supplie, pas Luke ! Mon Dieu, je vous en conjure, ne le prenez pas à Paige ! Elle ne pourra pas…

Ses jambes se dérobèrent sous lui. Il tomba comme une masse, heurtant violemment le macadam.

Il fallait qu'il se relève, qu'il reprenne ses esprits, qu'il retourne auprès de Paige et Luke. Il avait déjà manqué à tous ses devoirs envers eux, il ne pouvait pas les décevoir, pas une fois de plus, à un moment aussi critique. Pas maintenant.

Mais il avait beau faire, ses jambes refusaient de lui obéir, comme s'il ne parvenait pas à rassembler la volonté nécessaire pour se lever.

Seigneur, je vous en supplie. Pas Luke ! Donnez-lui une autre chance. Seigneur Dieu, donnez-moi une autre chance.

Cette fois-ci, il ne la laisserait pas filer. Cette fois-ci, il ne referait pas la même erreur.

Je vous en supplie…

Chapitre 19

Quand Penny rejoignit Paige auprès de Luke quelques instants plus tard, cette dernière lui demanda si elle pouvait rester à côté de lui pendant qu'elle partait à la recherche de Logan.

Il était parti comme un fou, visiblement en état de choc. Elle l'imaginait errant, hagard, dans les couloirs de l'hôpital… Il ne manquait plus que ça !

Elle demanda au bureau des infirmières si elles l'avaient vu passer. En effet, lui répondit-on, il s'était dirigé vers les ascenseurs. Son cœur fit un bond dans sa poitrine. Pourvu qu'il n'ait pas pris ses jambes à son cou comme il savait si bien le faire dès qu'il ne se sentait pas capable d'affronter la réalité ! Malgré ce nouveau doute, elle décida de poursuivre ses recherches. Ne lui avait-il pas assuré qu'il prendrait soin d'elle cette fois-ci ? Sa voix résonnait encore dans sa tête.

Elle vérifia les salles d'attente de chaque étage, le service des urgences dans son intégralité et la moitié du rez-de-chaussée de l'hôpital. Personne… Logan semblait s'être bel et bien volatilisé. Alors qu'elle était prête à abandonner, une petite voix intérieure lui murmura de n'en rien faire. Elle devait le retrouver, coûte que coûte. Elle sortit alors sur le parvis, balaya du regard le parking, sans grand espoir. Et soudain, elle le vit.

Il était accroupi par terre, à côté de la zone d'attente, vide, des ambulances. Les bras serrés autour des genoux, on aurait dit qu'il s'efforçait de se maintenir en une seule pièce comme s'il craignait de voler en éclats.

En s'approchant, elle s'aperçut qu'il avait le visage baigné de larmes.

Elle partit en courant dans sa direction, et s'agenouilla près de lui.

— Logan, murmura-t-elle en prenant sa main dans la sienne. Ça va aller… Calme-toi, tu te fais du mal pour rien.

— Ça va…

Il détourna la tête, s'essuya les yeux, tenta sans grand succès de dissimuler ses larmes.

— Non, ça ne va pas. Je le vois bien. Parle-moi, Logan, je t'en supplie. Qu'est-ce qu'il y a ?

Sans un mot, il l'attira contre lui, la serra dans ses bras, enfouissant son visage dans le creux de son cou. Se laissant guider par son émotion, elle répondit à son étreinte, tout en se disant qu'elle avait tort de lui ouvrir son cœur. Et pourtant, c'était si bon de fondre entre ses bras, cela semblait si naturel !

— Je suis désolé, articula-t-il d'une voix à peine audible.

— Quoi ?

— Je suis désolé. J'ai été stupide, aveugle, je me suis comporté comme une véritable ordure ! Je t'ai fait du mal, je n'ai cessé de te faire du mal alors que toi, tu n'as cessé de m'aimer.

Paige recula, et le dévisagea. Logan, aussitôt, l'attira

de nouveau contre lui. Il y avait comme une sorte de désespoir dans ce geste, comme si, en soudant leurs corps, il cherchait à oblitérer sa douleur.

— Je suis désolé, tellement désolé ! Je ne vous mérite pas, Luke et toi, pas après ce que je vous ai fait. Mais je vous aime. Je t'aime, Paige et je te jure que je ne te tournerai plus jamais le dos, je ne te laisserai plus jamais toute seule ! Je te le jure, Paige, je te le jure ! Il faut me croire.

— Chut, Logan. Chut…

Elle lui caressa le visage, repoussant quelques mèches de son front.

— Chut. Ce n'est pas le moment de t'inquiéter de ça, il y a d'autres…

— Si, justement. C'est le moment. Aujourd'hui j'ai failli perdre Luke. Toi, je sais que je t'ai déjà perdue et ça, je ne le supporte pas. Je ne supporte pas de t'avoir fait tout ce mal, de t'avoir laissée toute seule, de ne pas vous avoir protégés tous les deux comme j'aurais dû le faire.

A son tour, Paige ne put contenir son émotion. Elle appuya son front doucement contre celui de Logan, tandis que de grosses larmes silencieuses, libératrices, ruisselaient sur son visage.

— Oh ! Paige ! Je t'en prie, ne pleure pas, ma chérie ! Je ne veux pas que tu pleures. Tu étais à moi. Et moi, au lieu de te rendre heureuse, je t'ai fait souffrir plus que n'importe qui. Je suis désolé, je suis désolé, sanglota-t-il. Accorde-moi une autre chance, s'il te plaît, laisse-moi te prouver que je ne suis pas le salaud que tu t'imagines.

Paige était bouleversée. Logan d'ordinaire si fort, lui

montrait toute sa vulnérabilité. La gorge nouée, elle fixa ce beau visage tant aimé. Pouvait-elle continuer à se cacher derrière le passé, croyant ainsi se protéger ? Elle avait passé neuf ans à lutter contre ses sentiments, à refouler ses émotions, à les fuir comme elle avait cherché à fuir Logan ces six dernières semaines. Elle avait eu peur, en ouvrant son cœur, de raviver une blessure ancienne.

Mais le passé appartenait au passé. Le présent était tout autre.

Le présent, c'était deux êtres qui souffraient, deux êtres terrifiés, désespérés, face aux épreuves que leur fils allait peut-être devoir traverser.

Ils avaient changé. Ils avaient grandi, traversé des difficultés qui les avaient mûris. Neuf ans, ce n'était pas rien. Ils avaient traversé la vie, chacun de leur côté, et s'étaient retrouvés. Ils étaient là, l'un en face de l'autre.

N'était-ce pas merveilleux ? Quelle garantie la vie offrait-elle ? Aucune. Alors, pourquoi ne pas saisir cette chance qui leur était donnée ?

— Bien sûr que tu referas des erreurs, répondit-elle en riant. Et moi aussi, j'en ferai. Et puis, nous nous pardonnerons parce que, quand on s'aime, on se pardonne.

— Tu m'aimes ?

— Je n'ai jamais cessé de t'aimer, Logan. Même quand nous nous disputions, je t'aimais. Dès que je t'ai vu pour la première fois, dès que tu as posé les yeux sur moi, j'ai su qu'il n'y aurait jamais d'autre homme.

— Je suis désolé…

— Chut…

Elle posa ses doigts sur ses lèvres.

— Arrête de t'excuser. Le temps des excuses est

terminé, pour toi comme pour moi. Le passé est mort et enterré. Il faut aller de l'avant désormais, tous les trois ensemble.

Il hocha la tête.

— Oh ! Oui !

— Bien…

Elle se pencha vers lui, balaya ses lèvres des siennes, une fois, deux fois, puis leurs bouches se mêlèrent dans un baiser fougueux. Et Paige se jura de ne plus jamais le laisser partir.

Puis, elle se redressa et lui tendit la main pour l'aider à se relever.

— Viens. Allons voir notre fils. L'avenir nous attend.

Epilogue

— Hé ! Papa ! Je peux marcher tu sais !

— Je sais, Luke, mais fais plaisir à ton père, laisse-moi te porter jusque dans la maison… Ces deux semaines ont été assez longues !

Les jours qui avaient suivi l'accident étaient sans doute les pires que Logan ait jamais vécus. Un vrai cauchemar. Les premiers scanners n'avaient rien révélé de bien précis quant à l'état exact des lésions. A cause de l'œdème autour du cerveau, il était impossible de déterminer l'ampleur des dégâts.

Il avait fallu attendre, attendre et prier que leur fils se réveille. Une attente angoissante, interminable.

Quatre jours plus tard, Luke avait enfin ouvert les yeux. Un moment magique pour Logan lorsque l'enfant avait tendu la main vers lui en l'appelant « papa ». Un moment qu'il n'était pas près d'oublier.

Plus tard, ce jour-là, on lui avait fait un nouveau scanner, puis une IRM et toute une panoplie de tests. Les résultats concordaient.

Comme le médecin l'avait craint depuis le début, le cerveau avait été très légèrement endommagé dans la zone contrôlant la motricité volontaire. Avec le temps et un programme de rééducation adapté, les séquelles disparaîtraient en totalité ou presque. En revanche, Luke ne pourrait pas réaliser son rêve de devenir joueur de basket professionnel.

Pour lui, ce n'était pas un problème. Il serait médecin, avait-il annoncé à ses parents avec son grand sourire charmeur. Pour sauver des vies bien sûr et aussi, à cause de toutes ces jolies infirmières.

— Je suis trop content ! Je n'arrive pas à croire qu'on va venir vivre ici, chez toi ! C'est génial !

— N'est-ce pas ? acquiesça Paige, le cœur gonflé de joie. Los Angeles ne va pas trop te manquer ?

— Tu parles ! Je ne te l'ai jamais dit quand on habitait là-bas mais tu sais, le brouillard, c'était vraiment trop moche ! Et puis, c'est cool que tu puisses continuer à travailler dans le cinéma d'ici. Moi, je dis que tout ça, c'est parfait, tout simplement parfait !

Logan déposa Luke sur le divan avant de s'asseoir près de lui, puis il attira Paige sur ses genoux. Elle se laissa faire, se blottissant dans le creux de son bras.

Un flot d'émotions le submergea. Pendant quelques secondes, il crut suffoquer, c'est tout juste s'il parvenait à respirer. Qu'avait-il fait pour mériter ces deux êtres ? Il n'en savait rien mais, ce qu'il savait en revanche, c'est qu'il ferait tout pour ne plus jamais les perdre.

PRÉLUD'

Le 1er Février

Prélud' n°293

Le pari d'une nuit - Brenda Novak

Qu'est-ce qui m'a pris ? C'est la question que se pose Delaney, au matin de sa nuit d'amour avec un inconnu. En effet, faute de trouver l'homme de sa vie, elle a suivi les conseils délurés de sa meilleure amie, balayé sa timidité et attiré l'attention d'un inconnu dans un bar – tout cela dans le but de tomber enceinte. Le lendemain, revenue à plus de raison, elle décide de disparaître sans explication. Mais certaines rencontres, mêmes brèves, ne restent pas sans conséquences...

Prélud' n°294

Une secrète préférence - Abby Gaines

Sadie et Trey sont voisins depuis l'enfance, mais la vie a éloigné Trey quelque temps. Un soir où leurs deux familles sont de nouveau réunies, autour d'un barbecue, Trey fait deux découvertes : primo, Sadie est devenue une très jolie fille ; deuxio, elle ne quitte pas des yeux le fiancé de sa meilleure amie, amie qui n'est autre que la sœur de Trey. A la fois attiré et furieux, Trey décide de ne plus lâcher Sadie jusqu'au mariage...

Prélud' n°295

Un heureux malentendu - Sarah Mayberry

Enceinte et seule, Lucy retrouve par hasard Dom, son ami d'enfance. Ce qu'elle ignore, c'est qu'il a toujours été secrètement amoureux d'elle... La revoir le bouleverse et, après quelques hésitations, ils s'abandonnent dans les bras l'un de l'autre. Mais, malgré ce bonheur, voilà que Dom fait inexplicablement machine arrière au plus fort de la relation...

Prélud' n°296

Un arrangement pour l'été - Valerie Parv

Emma Jarret a un problème : issue d'une longue lignée de médecins, sa mère veut absolument qu'elle épouse... un médecin. Elle ne cesse donc de présenter à sa fille des prétendants en blouse blanche qu'Emma repousse poliment. Mais, un jour, tout à fait par hasard, c'est Nate Hale, que sa mère lui présente, afin qu'Emma organise son anniversaire. Nate, avec qui Emma a eu une scandaleuse mésaventure quelques mois plus tôt...

BestSellers

A paraître le 1er janvier

Best-Sellers n°494 • roman

Un nouveau jour - Joan Johnston

Kristin Lassiter est bouleversée : Bella Benedict, la mère de Max, son grand amour de jeunesse, lui demande de venir lui rendre visite en Angleterre, dans son château de famille. Bella, que Kristin n'a jamais revue depuis le jour où Max lui a brisé le cœur, dix ans auparavant. Pourquoi son ex-belle-mère cherche-t-elle soudain à la contacter ? Et quelle est cette fameuse mission qu'elle dit vouloir lui confier ? Une mission qui, apparemment, est susceptible de lui rapporter beaucoup d'argent. Kristin hésite. Elle élève seule sa petite Félicity et elle a vraiment du mal à s'en sortir financièrement. La proposition de Bella pourrait certes être un moyen de remédier à ce problème, mais elle craint de rouvrir d'anciennes blessures en croisant Max... Et ce qu'elle redoute encore plus, c'est que son secret - celui que le chagrin l'a conduite à préserver toutes ces années - n'éclate au grand jour.

Best-Sellers n°495 • suspense

L'inconnu de Shadow Falls - Maggie Shayne

Depuis des années, Olivia Dupree, professeur de littérature, voue une admiration sans bornes à Aaron Westhaven, un célèbre romancier qui vit caché. Aussi est-elle très surprise lorsque ce dernier accepte de venir parler au cours de la conférence qu'elle organise pour ses étudiants. Mais le jour prévu, quelle n'est pas la stupeur d'Olivia lorsqu'elle est convoquée par la police à l'hôpital, au chevet d'un inconnu victime d'une tentative de meurtre... Une stupeur qui ne fait que s'accroître quand elle apprend que sa carte de visite se trouvait dans la poche de cet homme qui a perdu la mémoire... Qui peut bien être cet étranger séduisant et mystérieux ? Est-il l'écrivain qu'elle avait fini par considérer comme son âme sœur ? Et si ce n'est pas le cas, que faisait-il à Shadow Falls avec sa carte de visite dans la poche ? Soudain, prise de panique, Olivia craint de voir ressurgir le secret d'un passé qu'elle fuit depuis seize ans.

Best-Sellers n°496 • suspense

Noir Secret - Brenda Novak

Brillante substitut du procureur, Grace Montgomery ne s'attendait pas à voir un jour ressurgir les terribles démons de son passé. A l'âge de neuf ans, Grace a en effet été victime des désirs pervers de son beau-père, le révérend Barker, un homme pourtant respecté de tous dans la petite ville de Stillwater. Et même après la mystérieuse disparition du révérend, ce n'est que dans la fuite et le silence qu'elle a trouvé refuge. Un refuge, hélas, bien fragile. Car aujourd'hui, alors que les souvenirs viennent forcer les portes de sa conscience, d'importantes zones d'ombres persistent, assorties d'un obscur malaise qui l'invite à penser qu'elle a joué un rôle dans la disparition de son bourreau. Sinon pourquoi, après toutes ces années, se sentirait-elle toujours coupable ? Résolue à clore ce chapitre douloureux de son existence, Grace n'a plus le choix : elle doit retourner à Stillwater pour exhumer le passé…

Best-Sellers n°497 • thriller

Frayeur - Michelle Gagnon

Appelée sur une nouvelle scène de crime à Phoenix, Kelly Jones, agent spécial du FBI, découvre une mise en scène macabre : le corps de la victime a été minutieusement découpé, et ses différents membres, artistement répartis aux extrémités d'un socle en forme d'étoile. Pire encore, Kelly comprend bientôt que ce qu'elle a vu n'est que l'un des rouages d'un projet macabre plus vaste encore, et que le meurtrier séquestre Madison, une jeune adolescente de seize ans. Un kidnapping sur lequel enquête son fiancé, Jake Riley, un ancien flic brillant et charismatique reconverti dans la libération d'otages. Perturbée par la tournure des événements mais épaulée par Jake, Kelly est prête à tout pour déjouer le complot derrière lequel, elle en est persuadée, se cache un adversaire plus redoutable que jamais. Un adversaire qui exige une rançon aussi inédite qu'effroyable.

Best-Sellers n°498 • roman

L'héritière australienne - Lynne Wilding

A la mort de son père, Carla Stenmark hérite d'un domaine viticole dans la Barossa Valley, en Australie. Une propriété dont son père ne lui a jamais parlé. Pas plus que de son passé secret, qu'elle découvre à la lecture de son journal intime : accusé à tort d'avoir séduit la fiancée de son frère, Rolfe a été renié et banni par son propre père. En s'installant à Sundown Crossing avec son fils, c'est donc un double défi que Carla s'apprête à relever : remettre en état un vignoble en friche depuis des années, et renouer avec le clan Stenmark, bien qu'héritière d'un fils maudit…

Best-Sellers n°499 • historique

Le mystère des Carlyle - Shannon Drake

Angleterre, 1892.

A l'idée d'affronter le comte de Carlyle, dont la réputation suffit à la faire frissonner, Camille est terrifiée. Hélas, elle n'a pas le choix : son tuteur, l'homme qui l'a recueillie alors qu'elle n'était encore qu'une enfant, et qu'elle aime par-dessus tout, a été injustement emprisonné au manoir des Carlyle. Alors peu importent les rumeurs qui prétendent que le comte est l'héritier d'une redoutable malédiction qui touche quiconque essaie de l'approcher, Camille est déterminée à rencontrer cet homme et à obtenir la libération de son protecteur. Mais sa détermination vacille dès son arrivée au manoir. Car derrière le masque terrifiant que le comte porte en public, elle découvre un regard profondément troublant, celui d'un homme blessé qui détient la clé d'un terrible secret…

BestSellers

Best-Sellers n°500 • thriller

Tabous - Nora Roberts

A près de soixante-dix ans, Eve Benedict est de ces stars qui ont bâti leur carrière par un travail acharné, mais aussi par le talent et la beauté. Un oscar et deux Tony Awards ont consacré ce parcours sans défaut. Quatre maris, des amants et de multiples liaisons lui ont construit une image sulfureuse. En faisant appel à la journaliste Julia Summers pour rédiger ses mémoires, Eve a décidé de se mettre à nu, sans tabou, quitte à dévoiler ses zones d'ombre, déclencher des scandales ou détruire des réputations. Mais à peine Julia a-t-elle emménagé avec son fils dans la propriété de Beverly Hills qu'un climat de menace s'installe : lettres anonymes, cambriolages… Pour l'une comme pour l'autre, écrire ce livre va désormais devenir une question de vie ou de mort. Car de ce face-à-face entre Eve et Julia, aussi subtil que cruel, un secret inavouable va émerger. Un secret mortel pour qui se risquerait à le divulguer.

Best-Sellers n°501 • historique

Sur ordre du roi - Margaret Moore

Pays de Galles, 1205

Promise par le roi au ténébreux Madoc de LLanpowell, lady Roslynn de Werre redoute de rencontrer son fiancé, que tous surnomment « l'ours de Brecon ». Hélas, après la trahison dont s'est rendu coupable son époux disparu, elle est désormais à la merci du roi et doit se plier à ses ordres. Et puis, même si cette alliance ne lui apportera jamais l'amour auquel elle aspire, elle représente sa seule chance de s'éloigner de la cour, où elle subit les pires humiliations depuis la mort de son mari. Aussi accepte-t-elle de se rendre au manoir de LLanpowell pour s'offrir au sombre Madoc en dépit de ses réticences. Mais alors qu'elle pensait que le guerrier accepterait sa main - et sa fortune – sans hésiter, Roslynn a la surprise de découvrir que ce mariage lui déplaît au moins autant qu'à elle. Pis encore ! Madoc refuse catégoriquement de prendre pour épouse une femme choisie par un autre… Désespérée à l'idée de retourner auprès du roi, Roslynn décide alors de tout faire pour séduire l'ombrageux guerrier…

Composé et édité par les
éditions HARLEQUIN

Achevé d'imprimer en France (Malesherbes)
par Maury-Imprimeur
en décembre 2011

Dépôt légal en janvier 2012
N° d'imprimeur : 168514